U0598178

在豪门的日日夜夜

WO ZAI HAO MEN DE
RI RI YE YE

晚情 著

当代世界出版社

图书在版编目（CIP）数据

我在豪门的日日夜夜/晚情 著 .—北京 ：当代世界出版社，2011.7

ISBN 978 – 7 – 5090 – 0759 – 4

Ⅰ. ①我… Ⅱ. ①晚… Ⅲ. ①长篇小说 – 中国 – 当代

Ⅳ. ① I247. 5

中国版本图书馆 CIP 数据核字（2011）第 131016 号

书　　名：我在豪门的日日夜夜
出版发作：当代世界出版社
地　　址：北京市复兴路 4 号 （100860）
网　　址：http：//www. worldpress. com. cn
编务电话：（010）83907528
发行电话：（010）83908410 （传真）
　　　　　（010）83908408
　　　　　（010）83908409
　　　　　（010）83908423 （邮购）
经　　销：新华书店
印　　刷：北京京海印刷厂
开　　本：787 毫米 ×1092 毫米　1/16
印　　张：15
字　　数：160 千字
版　　次：2011 年 8 月第 1 版
印　　次：2011 年 8 月第 1 次印刷
印　　数：1 – 10000 册
书　　号：ISBN　978 – 7 – 5090 – 0759 – 4
定　　价：28. 00 元

前言：

　　有人说豪门是人间天堂，里面的人动辄游艇豪宅，极尽奢靡；也有人说豪门画地为牢，里面的人行为受制，家规森严。那么，豪门生活到底是光芒四射，还是万丈深渊？本书会给你一个答案。

　　有句话说：一千个人眼中有一千个哈利波特。豪门也一样，一千个人眼里有一千种豪门。每个豪门都有其独特的氛围和生活方式，甚至是外人无法理解和想象的东西，我只书写我了解的豪门，只能书写豪门的某些共性，无法在一部小说里将各种豪门的方方面面描述到位。

　　本文记录了一个平民女孩嫁入豪门后的日日夜夜，真实反应了阶层之间的差别。文中的女主角"灵灵"以一个普通女孩的身份嫁入豪门巨富后，她是如何适应豪门生活？等待她的又是什么生活？

　　嫁给一个人就是嫁给一种生活，豪门不只是为了钱，更是身份和地位的提升，所处的环境也是更高一个层次。

　　婚姻不是意味着一个故事的结束，而是意味着另一段生活的开始，"灵灵"要走向的到底是什么样的豪门生活呢？

引言：

  我从不否认我的豪门梦，也一度为它努力完善自己，使自己拥有进入豪门的资本。可是经历过几段感情之后，我几乎认为那只可能是我年少时生命里一个梦想，越到后来便越不再抱这样的想法。可是命运真的很神奇，当富可敌国的林从我生命里消失，当KING再度回来找我的时候，当他希望和我重新开始的时候，我发现自己心如止水，拒绝KING后的我已经不再坚持豪门梦，却被命运奇迹般地推到子寒面前——一个隐瞒身份的豪门巨子。因着子寒的宠爱和执着，半年后，我接受他的求婚，告别父母，来到美国纽约比弗利山庄。在这个被誉为"全球第一富人住宅区"的山庄里，在这个成龙、丁邵光亦有宅邸的山庄里，我不知道等待我的生活将会如何，我不知道豪门生活对于我而言，是天堂还是地狱！只是，我已经答应嫁给子寒，也就是选择了进入他的生活，无论怎样，我都会为他坚持。

  经历过豪门之恋，愿得一心人，白头永不离！才是我今生今世的追求。

初进豪门（一）

当子寒带着我进入比弗利山庄的时候，我知道我的豪门生活正式拉开了帷幕。

大客厅里有几个佣人，子寒带着我穿过大客厅。来到东边的小客厅，说是小客厅，其实比我以前所见过的任何客厅都要大。月白色的窗帘挂在象牙钩上，只余一层轻纱流泻下来，窗户微开着，风过处，轻纱微微吹动，如梦似幻。透过薄纱，清晰可见外面的风景，花园中的植物显然经过精心料理，形状奇特，构思精巧。

子寒的父母坐在沙发上，看见我们进来微笑着说："回来了？路上辛苦吗？"

我乖巧地回答："不辛苦，让您们久等了！"

子寒拉着我在旁边的沙发上坐下："灵灵说要先过来见见你们，我们还需要倒倒时差。"

子寒真的很为我着想，即使他想到了我还没想到，他都会替我掩饰，我想他有这种悟性，我适应豪门生活一定会事半功倍。

子寒的母亲笑着点点头："灵灵这孩子果然懂事，你们路上也累了，先回去休息吧！吃饭的时候我让佣人喊你们。"

我和子寒并没有被安排同住，路上子寒就告诉我，他们家族是个极为传统保守的家族，家风很严，所以我被暂时安排在客房里。这幢别墅很大，房间很多，如果没有他带路，我想也许我会迷路也说不定。子寒带着我来到二楼西边第二个房间："灵灵，因为我们还未结婚，所以爸妈的意思是我们先分开住。"

我脸上一红，脑海里浮现出一起住的场面，为了避免子寒看出来，我转移话题道："我想看看你的房间，可以吗？"

子寒爱怜地拍拍我的手："当然可以了，你是我未婚妻啊！"

穿过回廊，他带着我来到东边第一个房间。

我父母住在上海的时候，子寒为他们开的是总统套房，当时我

惊讶总统套房的奢华，可是和他这个房间比起来，竟然逊色之极。他的房间采光极好，东南两面是大幅的玻璃，窗帘的颜色和客厅里的一样，靠北一些是一张大概两米宽的大床，床东边是张躺椅，房间设计得非常合理，没有一丝累赘，也没有一丝浮夸，样样都让人感觉恰倒好处。房间里的摆设我一眼就认出价值不菲，幸亏我经常研究艺术品和古董，平时对杂志里一些流行的东西也略有关注，不然，我也不知道他的房间竟奢华至此，单说西面墙上那幅凡高的画，就已经价值连城。我凝视着画中的风景，转身对他说："想不到凡高这幅画的收藏者，竟然是你！"

"严格来说，应该是我爸，如果你喜欢这些艺术品，我爸有一个藏宝室，里面收藏了很多珍品，只是他非常重视，目前还没带人进去过。"

参观完子寒的房间，他又把我送回客房，我住的房间虽然不如他的房间那么奢华，但也应有尽有，显然也是精心准备过。旅途劳顿，我进去换了丝质睡袍，出来时，子寒斜靠在床上看书，我笑着说："几乎我需要和不需要的东西全部都有，太周到了。"

他放下书，把我拉到床边坐下："本来家里就什么都有，灵灵，你先好好睡一觉，我父母准备了接风宴替你洗尘。还有，你要认识一下我这边的亲戚，以前告诉过你一点，我再简单告诉你一下吧：我爸下面还有两个弟弟，也是商业巨子。我二叔有两个儿子，一个女儿，前面一个比我大，儿子都已经结婚，女儿比你大三岁，是我们家族唯一的女孩，还在念书，今天不来。三叔有三个儿子，均已结婚，前两个年纪比我大，最小的儿子和我同年，有几位因为事业关系，并没有住在一起。再下面一代有孙子，也有孙女。"

我瞪大眼睛看着子寒，现在才明白家大业大、人丁兴旺是什么意思。我小心地问："他们娶的是不是都是名门望族，这样你会不会觉得我……"

不等我把话说完，子寒心疼得抱紧我："傻瓜，我不会这么想，你自己也别这么想，我希望你开开心心的，其实他们娶的也未必都是名门望族，像二叔的大儿子娶的是影星，三叔的二儿子娶的也是中产家庭的女儿。"

我好奇地问："那他们感情都好吗？"

子寒犹豫了一下，还是照实说了："并不好，但是这不代表我们也会这样，只要我们用心经营，怎么会不好呢？"

我用力地点点头，心里充满了对未来的憧憬和信心。这段时间子寒在处理我们两家关系上表现出了极大的睿智和成熟，我相信只要我用心经营，一定会有一个美好的未来。

子寒离开前突然想起什么似的："灵灵，给岳母打个电话吧，跟他们报个平安，我想他们一定很牵挂。"

我感动地点点头，他果然很细心周到。而我，唯一能回报的便是尽快努力地适应这种生活。

"你这岳母叫得很顺口嘛！"我笑着打趣他。

"如果要我叫老婆，我会叫得更顺口。"子寒戏谑地说。

我转着眼珠装没有听懂他的话，他笑着摇摇头，替我把被子掖好，顺手带上了房门。

我拨通家里的电话，我妈似乎一直守在电话前，几乎没有等待："灵灵，路上顺利吗？"

"很顺利！"

"你现在应该已经在子寒家了吧？还习惯吗？"

"妈妈，我今天才知道什么叫豪门，我真希望你和我一起过来。子寒家的奢华程度简直匪夷所思，以前我们去过的汤臣和子寒家相比，真是小巫见大巫了。"

我妈叮嘱道："孩子，你能得偿所愿妈妈很为你高兴，但是记住妈妈的话，好好把握自己手中的幸福。一定要记住，金钱是身外之物，只有当它和感情融为一体的时候，它才能给你幸福感。"

也许是我离开了她的身边吧，我妈的话远比以前多得多，生怕自己哪里有疏漏忘记叮嘱我。聊了一会，终于敌不过睡意沉沉袭来，和我妈结束了电话。

不知道睡了多久，我被一阵痒意弄醒。睁眼一看，是子寒放大的笑脸："睡得怎么样？"

我慵懒地伸了个懒腰，迷糊地说："睡得好香，现在神清气爽。"

子寒拉起我："起来梳洗吧，该吃晚饭了，等下其他亲戚都来了。"

我瑟缩了一下："他们会接受我吗？"

子寒拢了拢我披泻下来的长发："别害怕，一切有我。"

我点点头，偎入子寒怀里。我心里很清楚，我能否融入这个豪门家族，很大程度上取决于子寒。

初进豪门（二）

　　大客厅的沙发上坐着很多人，子寒的父母亦在其中，我想这些就是子寒家族里的人吧！看见我和子寒下来，很多目光都投向了我，我有些局促，但是尽量掩饰住了，子寒的母亲冲我招招手："灵灵，过来见见长辈们！"

　　我在子寒母亲身边坐下，顺着她的介绍一个个叫过来，子寒和他的堂兄弟们坐在一起。

　　"子寒终于肯结婚了，你们也好放下心头大石了！"二叔说。

　　说实话，对林氏家族这么多成员，我有点头晕，这中间我对子寒的所有亲戚里就一个有些眼熟，我记得他告诉过我，二叔家大儿媳妇是影星，嫁入豪门之后便改名为蔡美妍，从此相夫教子，长得很漂亮，虽年近四十，看起来最多三十出头，只是打扮上令我觉得有些艳，可能我自己喜欢素雅的缘故，而她对我的打量也最多。二儿媳妇李静贤是门当户对的富家千金，长相无法和蔡美妍相比，可是身上自有一股气度。林家是个非常讲究长幼的家族，而以家世论，蔡美妍无法和李静贤相比，所以只是几眼而已，我已经觉察到她们两个之间的暗涛汹涌。

　　"灵灵，子寒这么多年迟迟不肯结婚，现在为你结束单身，你不简单呢！"蔡美妍笑着说。但是我总觉得她笑得很虚假，是否嫁入豪门以后都要带上面具？想到这里，我竟不寒而栗。

　　李静贤笑着说："哎呀，大嫂，你不也一样厉害？我听说当年林家是不肯接受拍戏出身的作为大儿媳妇，可是你不是一样嫁了进来吗？"

　　蔡美妍的脸色沉了下来，这时候佣人过来询问是否可以开饭，子寒的母亲招呼大家入坐。

　　餐厅里已经摆了一张比普通桌子大一倍的圆桌，足足坐了二十人也不嫌挤，因我初来乍到，我和子寒被安排在主位的下首，其他人陆续就坐，光看座位的安排，我就感受到了豪门的规矩不是传说，而是确实存在，在我家吃饭，基本上没有这些讲究。

"子寒和灵灵的婚期还未确定，今天这顿饭就当自家人认识一下吧！"子寒的父亲说，"也当是给灵灵接风！"

我急忙站了起来："谢谢伯父！"

李静贤不置可否地笑笑："应该改口叫爸了！"

我脸上一红，子寒立刻接着说："婚后再改，爸这个改口红包可不能省。"

三叔家的二儿媳妇王青蔓说："看来自己选的就是不一样，心疼得紧。"

我和子寒对看一眼，不好意思地笑了，因她的家庭是中产阶级，所以我忍不住对她多看了几眼。

蔡美妍笑着说："灵灵的命比我们都好啊，子寒是独子，以后不用和妯娌相处，公公婆婆和老公的宠爱集于一身，真是让人羡慕。"

子寒微微一笑："灵灵生性谦和，和谁相处都没有问题。"

后来我才知道，蔡美妍口里的命好并非是随意说说，林家确实拿着我和他的生辰八字请玄学大师和易学大师算过，得到的答案是我和他的八字十分相配，我会旺夫，所以才使我嫁入豪门事半功倍，知道这些的时候，我有些惆怅，难道我以前的努力还抵不过我的生辰八字吗？如果我的八字不好呢？是不是就意味着我们的婚姻就会受阻？后来子寒告诉我即使真的如此，他都不会放弃我，这才稍稍安慰了我。

饭后，离去之前，几位长辈都陆续掏出红包，我惶恐地推辞着。

子寒轻轻一笑："灵灵，拿着吧，没关系的。"

我转头去看子寒的父母，他们对着我点点头，我这才道谢收下。

宾客散去，我随着他们回到里面，子寒的父母招呼了一天，有些倦意了："你们也去休息吧！"

回到房里，我长长地舒了口气："好累啊，生怕自己说错话。"

子寒宠溺地抱住我："说错话也没事，你今天表现得很好，其实你不用太在乎她们怎么看，你是我要娶的人，只要我喜欢你就可以了。"

我促狭的说："真的吗？你喜欢我搞得家里鸡犬不宁，婆媳不和吗？"

子寒无奈地看了我一眼，突然把我带入怀里，用吻来惩罚我。不等我抗议，他却放开了我："灵灵，你早点睡吧！"

我愣愣地看着他突然离去的身影，直到结婚后，他才告诉我为何会如此。

豪门生活（一）

我和子寒的婚期定在次年正月十八，相隔足有半年，这个日子是经过千挑万选的，子寒对这个日子有些不满，认为拖得太长了。

我在比弗利住了下来，开始学习适应这里的一切。在上海的时候，当我知道子寒身份时，我只是模糊地觉得这样的悬殊会造成我们之间有很多不同，至于具体会有哪些不同，我并没有细想，也想象不出来。在子寒陪我过平民生活的时候，我不太可能意识到我和他之间的差异，当他带着我回到比弗利的时候，我开始清晰地看到这种差异在哪里。我曾好奇地问过子寒他在美国的生活到底是怎么样的，是否会像《红楼梦》里描述的一样！可是在我真正见识豪门生活的时候，它的奢侈还是远远超过了我的想象！

刚到美国的几天，天气特别热，子寒陪我留在比弗利，让我慢慢感受他所过的生活。

早晨，我们坐在背阳的落地窗前，晒不到一丝太阳，却依然能从植物的投影中感受到阳光就在不远处。佣人送上两杯咖啡，并拿来一些杂志，子寒示意我尝尝。

"子寒，这是什么咖啡啊？"来到这里，我在他面前成了好奇宝宝。

他将杂志翻到其中一页，指给我看："这是印尼鲁瓦克咖啡豆磨制的咖啡。"

杂志上介绍这种咖啡豆是世界上最贵的咖啡豆，产于印尼苏门答腊、爪哇等地，年产仅 500 磅。这种咖啡豆的生产工艺很独特，在印尼的这些岛上有一种有袋类狸猫，这种狸猫喜欢吃咖啡树上的咖啡果，当地人从狸猫的排泄物中挑出比较完整而且还裹着果肉粘液的豆子，并将其加工成鲁瓦克咖啡豆。这种咖啡豆通过动物胃中酵素的发酵，具有一种独特的风味。

看到这里，我差点将口中的咖啡喷出来，又怕失态，不小心岔了气，剧烈地咳嗽起来。

"怎么了？呛到了？"子寒拍着我的背替我顺气，一边说："怎么这么不小心？"

好不容易，我才止住了咳嗽："子寒，原来这种咖啡豆是通过狸猫的粪便排泄出来的，居然说是世界上最贵的咖啡豆，我不知道豪门中人喜欢喝这样的咖啡，好恶心啊！"

子寒无奈地看着我："早就经过无数道工艺了！"

我转着眼珠说："那也改变不了事实啊，你们的喜好真独特！居然……居然……"我实在不好意思将接下来的话说出口。

子寒突然目不转睛地看着我，我狐疑地摸摸自己的脸："干吗这样看着我？"

他温柔地一笑："我好喜欢这样的你，活泼自然，不加掩饰，我一点也不想用豪门生活扼杀你的纯真，你不喜欢的，我们都可以不要！"

我心里感动，腻歪地蹭到他怀里："我知道你疼爱我，可是我不想别人知道的东西我却不知道，不想让你丢脸，所以我还是要好好了解我以前不知道的东西。"

子寒爱怜地抚摸着我的长发："我好想马上就跟你结婚！"

"我们天天在一起，和结婚也没有区别啊！"我从他怀里抬起头来。

"傻瓜，你不懂的，现在和结婚还是有区别的！"我轻笑起来，子寒把我当成幼儿园的小朋友了，虽然我生性保守，可是现在信息这么发达，我哪会真的一点都不知道？

下午，佣人送来披萨。子寒告诉我这是"路易十八"，又送来刚空运到的澳洲胡桃作为水果，我就如走进童话中的灰姑娘，不断处在惊奇当中。

我感慨地看着面前的东西："子寒，这么奢侈，你会不会觉得心里不安？"

子寒不解地看着我："为什么要心里不安？"

"生活过于奢靡，又是空运又是预定，你不觉得劳民伤财吗？"

子寒笑着揽住我："傻瓜，我就知道你会这么想，你应该换个角度想，财富应该流通，只要不是暴殄天物，劳民伤财没有什么不好，你想想看，劳民伤财可以制造多少就业机会？如果我们过着很简朴的生活，像葛朗台一样守着财富，那么才是罪过。现在这么做，可

以把一部分财富流通出去，很多事情都有正反两面，我们不能光看表面。"

子寒的言论很新奇，是我以前从来没有听过的，往深处一想，他的话的确有些道理，也减轻了我很多负罪感。

因我刚到美国，一切对我而言都是陌生的，子寒带我去罗迪欧大道闲逛。到了这里，我才知道那些时尚杂志上介绍的奢侈品只是其中的凤毛麟角，眼睛根本不够用，每一间店，都有其独特的建筑风格和装潢风格，用金碧辉煌、美仑美焕根本不足以形容此处。

子寒对我介绍道："灵灵，这里的名言是不要问价格，问了就代表买不起。"

我淘气地一笑："无所谓啊，我本来就买不起。"

子寒嗔怪地捏捏我的鼻子："你喜欢什么，我可以买给你啊，你是林家未来的长媳，你想要什么都可以。"

我四处看着，子寒继续介绍道："罗德尔街是近年才开张的，里面汇集了世界各地的奢侈品牌。"

我恍如置身于古代的皇宫，这里有手雕大理石配合的黄铜大门，气势不凡的擎天拱柱和喷泉，让人叹为观止。所有的珠宝和服饰都找到了最好的展示场所，在这里的时候，我才惊讶子寒的品位，更感叹多少钱在这里都不嫌多，只是半天时间，已经花去几百万，他连眉头都没有皱一下。

"灵灵，除了这里，还有威尔谢，有很多顶级大百货公司，附近还有比弗利购物中心，里面有近180家专卖店，我带你去看看？"

我和他去了比弗利购物中心，果然和传说的一致，外观非常别致，外围的透明手扶梯还有重摇滚餐厅构成了这里的两大特色。这一天下来，我时时处在震惊中，所见所闻都超过了我的想象。

司机已经先将东西送去林邸，我和子寒以步当车，悠闲地散步回去。纵使我从小就认为自己比一般人淡定，此时我也觉得自己恍如云端，感觉很不真实。

子寒牵着我，漫步在异国建筑中，我梦呓般地问："以后，我要过的日子就是这样的吗？"

他浅浅一笑："是，以后你所拥有的都会是最好的。"

我迷茫地看着他："反差太大，我怕自己会把握不住这种生活。子寒，不要一下子叫我见识完上层社会的生活，给我时间。"

子寒深情地握住我的双肩："我当然会给你时间，你慢慢适应，不要心急。"

我看着他，心里一个念头闪过："子寒，既然我要适应豪门，那么我就希望全面系统的了解，我不想以后出丑，我们半年后才结婚，那么在这之前，你能否请专门的人来教我？"

子寒定定地看着我，眼中是认真的询问："灵灵，如果是你心里想这么做，那么我支持你；如果你是委屈自己来适应这种生活，那么大可不必。"

我轻轻笑了起来："以后，我们有一辈子的路要走，我希望我们是彼此付出包容的走下去，我是心甘情愿希望尽快融入你的生活和家族。"

子寒感动地拥紧我，不顾尚在街头："灵灵，我一定不会辜负你。"

我很早明白，爱情可以是两个人的事，婚姻则包含了太多的责任和义务，婚姻的开始就意味着角色的转换，有的人错误地理解了婚姻，所以在婚姻中头破血流。在婚姻中抱着绝对的付出和索取都是不可取的，在我多年经营婚姻的过程中，我一直坚持三七原则：一味的付出和成全往往会事与愿违，一味的索取最终会推开身边爱自己的人，用七分爱惜自己的婚姻，用三分善待自己。当然，婚姻最最关键的一点是——不能选错人。

豪门生活（一）

豪门生活（二）

我开始正式、全面、系统地学习适应豪门生活，有点类似古代要进宫的女子先要学习宫中礼仪一般。子寒的母亲非常支持我的想法，她一直认为我极有教养，但是担心我对上层社会认识不够，以后闹出笑话，所以得知我有这一想法的时候，就动用自己的人脉关系，找来一个专门的老师来教导我。当然，这一切都是秘密进行的。

老师是美籍华人，姓韩，从香港移民过来，已有六十岁，接触上流社会已经三十多年，平时对上层社会的礼仪多有研习。

我要学的内容包括：尽可能多的了解世界各国的奢侈品及其历史，穿衣打扮和化装。事实上结婚后，林家有专门负责这些的人，化妆等事根本不需自己动手，但是如果只是等着那些知名造型师的成果，没有自己的想法在里面，再精致的服饰化妆都显得生硬，而不能和本人融为一体，也不能培养出自己的品味，所以一个真正有底蕴的豪门媳妇是一定具备鉴别能力的。

除了这些，对于谈吐、举止、礼仪、文学艺术修养等等都需要涉及。好在我对于文学和艺术等都是从小就已经学习，所以对我而言，我只需要了解上层社会的礼仪和生活即可，可是有些东西却不能以言语来传授，只能意会，考验的是悟性。

我学得很用心，我知道这些东西对我以后将会有很大影响，这种系统的学习仿佛替我打开了另一扇门，我对上层社会的奢侈叹为观止，心里对以后的生活渐渐有了底。

一段时间后，对于那些奢侈品牌我已经能够如数家珍并有所延伸，对于各国名流的动向也有所涉猎。除了学习上流社会的礼仪等，我对各国的经济及顶尖财团的历史和现状也作了很多了解，甚至觉得对这些经济更有兴趣。我不想做一个只会穿衣打扮的豪门媳妇，子寒是独子，以后必将接手家族生意，我希望以后他打理生意的时候，我不是一个只会问他珠宝首饰的妻子，嫁入豪门不意味着从此颓废地过寄生虫生活，只要自己懂得取舍，一样可以过得丰富多彩。

子寒说我几乎是脱胎换骨，现在的我不再忐忑，而是充满了自信，在品味上先天的悟性加上后天的努力，和刚来时已大不相同。

因为忙着学习和适应，子寒偶尔去其他国家打理生意时，我也不觉得寂寞。嫁入豪门的女孩通常都会犯一个错误，就是紧盯着自己的豪门老公，生怕自己的位置不稳，其实全在自己的心态上，很多时候害怕失去，往往失去得更快。我告诉自己：感情就如自己手中的沙子，握得越紧，流失得越快，我不需要草木皆兵的盯着子寒。属于我的必将属于我，不属于我的，即使我不眠不休地盯着，依然不会属于我。

洛杉机的夏天很热，让人几乎不敢出门，直到九月份才稍微好转，但是中午依然灼热。我到美国已经两个多月，也渐渐习惯了林家的生活。

九月末的一天，天气不错，我陪子寒的母亲坐在客厅里聊天。

"灵灵，美媛说你聪明悟性高，尤其是在文学和艺术上，远远超过了你现在这个年纪该有的程度，这段时间很辛苦吧？"

"韩老师过奖了，其实一点也不辛苦，我好象见识了另一个世界，我喜欢学习我所不知道的领域。"

"子寒后天就回来了，想不想他？"子寒的母亲笑着问。

我低下头羞涩一笑，子寒出去已经一个星期，说不想肯定不可能，但是要我当着他母亲的面承认，实在不好意思。

这时候佣人进来说："太太，该做 SPA 了。"

我站了起来，打算回房，她笑着叫住我："灵灵，有没有兴趣和我一起做个 SPA？"

我点点头，跟着她们走到三楼东面的一个房间。虽然来这里已经两个月，但是一直忙着学习，尤其是初来的拘束，我的活动地点基本就在自己的房间或者客厅，早晚也会去花园走走，只有在这个时间段才稍微凉快点。

房间很大，光线有点暗，布置得很有特色，以浅金色为主，极为豪华。里面放着一些我不认识的器具，我猜想那可能和美容有关。房间里面已经等着几个人，用带着外国腔的中文向我们问好。家里佣人及其他职能的人有几十个，平时吃饭都不在一起，除了几个在客厅司职的，基本上家里的人我认识的也没有几个。

被动地由她们替我换上真丝睡袍，我由衷地说："难怪伯母您这

么年轻。"

子寒的母亲笑着说："女人一定要注重保养，也可以让自己的身心得到放松。"

也许是女人天性中就有爱衣服化妆品的因子，我对旁边的瓶瓶罐罐产生了兴趣。我对自己的容貌甚为注重，即使在没有遇到子寒之前，我对美容也有一套自己的理念，我现在还年轻，所以很注意平时的清洁和保湿。

美疗师先给我的皮肤做了一个测试，笑着告诉我："小姐的皮肤很细腻，毛孔几乎看不见，而且很有弹性。"因我和子寒还未结婚，林家的其他人都称我为"小姐"。

子寒的母亲感叹地说："年轻就是好啊！不用怎么花精力保养依然美丽动人。"

"伯母，我觉得女人任何年纪都有其特定的美丽：二十岁的时候可以青春逼人，三十岁的时候可以成熟知性，再往上可以雍容华贵，每个年龄段都可以光彩夺目。"

子寒的母亲笑了起来："你这孩子真会说话，相信以后社交一定难不倒你。"

我轻轻笑了起来。一个在人际关系中游刃有余的人，一定懂得如何真诚地赞美别人，赞美人人都会，可是真诚与否取得的效果完全不一样。人一开口说话便形成了一种意识交流，别人能从语气和眼神中感知，所以真诚对待别人远比耍心计手段来得更高明，而且，一个真诚对待他人的人，必定是心胸宽广、热爱生活的人，而这样的人比勾心斗角的人更有吸引力。

美疗师继续说："小姐的皮肤现在只需要做最基础的清洁和保湿既可。"

美疗师的话印证了我原先的理念，我看着那些瓶瓶罐罐，非常好奇。美疗师见我如此，对我解释道："这些原材料都是取自各个国家，纯天然的，不会对皮肤产生任何刺激，像这个熏衣草精油，就是直接从法国普罗旺斯空运过来的。"

我笑着问："那又怎么保证是纯天然的呢？"

子寒母亲已经开始做 SPA，听我这样一问，笑着说："林家有化妆品公司，从原材料的提炼到最后的成品都有自己的设备，所以不必担心，家里用的东西都是最顶级的。"

我不好意思地笑笑，一个女孩过来扶我躺下，美疗师给我包上头发："其实美容不仅仅是脸，内在更重要，如果小姐喜欢的话，可以经常推拿按摩，疏通全身经络，这样可以放松心情，帮助睡眠，女孩子只要心情好了，睡眠质量上去了，皮肤想不好都难。经常做芳香SPA可以排除体内毒素，增强皮肤的抵抗力。"

助手给我泡了一杯排毒养颜的花草茶，我喝了几口，味道并不好，却也不难喝，至少带着一股清新自然的感觉，让人心旷神怡，即使不喝，闻着也让人觉得舒服。

我配合地趴到卧榻上，美疗师轻轻褪下我的睡袍，我扭捏了一下，随后闻到一股清新的味道，穿过大脑，让人瞬间就觉得神清气爽。美疗师的手开始在我背上移动，所到之处，我都觉得舒畅无比，似乎每一个毛孔都舒张开来，我满足地叹息一声，心里想：难怪那么多人喜欢嫁入豪门，这样的享受，的确令人向往。

室内慢慢响起轻松宁静的音乐，我渐渐沉入睡眠。

当夜，我睡得特别香甜，觉得浑身都轻松无比。

豪门生活（二）

婚　礼（一）

　　之后，我对 SPA 产生了浓厚的兴趣，经常和美疗师聊天，研究各种各样的护肤品。只是我多为研究，却从不轻易尝试，我担心年纪过轻尝试得太多，会适得其反。对于理论知识，倒是学了不少，只是对于 SPA 却钟爱得紧，每个星期至少保持一次。

　　日子过得很快，冬去春来，一直以为半年是多么漫长的时间，转眼已经临近婚期。我和子寒之间是跨国婚姻，手续比较烦琐，好在我和他只需要亲自出现即可，其他事宜自会有人安排。

　　最终，我和子寒的婚礼还是低调举行，我没有觉得委屈，

　　年末的时候，子寒派人将我父母接到洛杉矶。他们到来的时候，连我一直睿智从容的妈妈都惊讶至极，直到几天后才敢相信，我将要嫁入这样的家族。

　　对于他们的到来，我很开心，由衷地开心。子寒陪着我父母逛街，顺便替我再买些衣服首饰，从我到美国以来，买的衣服已经挂满几个衣柜，首饰也有满满几盒。子寒说这些是必须的，他这辈子只结一次婚，只会有一个妻子，所以不想委屈我。

　　我妈几乎没要任何东西，子寒很过意不去，执意要买些东西孝敬他们。我妈笑着说："我们平时住在小城市，又不出席重要场合，穿这些昂贵的衣服也没有必要，反而是种浪费。"

　　最后，我妈只收了两套衣服，因为出席我和子寒的婚礼时要穿。我知道她做这一切全部都是为了我，心里有些难受，以后不能陪在他们身边，却要他们时时记挂着我。想到这里，我忍不住红了眼睛，我妈笑着拍拍我："以后子寒代替我们照顾你，我们很放心。你也要好好对子寒，不可以随便任性了！"

　　我吸吸鼻子，把眼泪憋回去，嗡声嗡气地应了声。回到家里，子寒感慨地说："岳母是我最敬佩的女性之一，灵灵，其实你很幸福，有这样一个妈妈，比拥有任何财富都幸运。"

我偎到子寒怀里："就是因为从小到大，她为我付出的太多，而我却不知道能为她做什么，现在又要离她那么远，所以我心里难受。"

子寒爱怜地拍拍我："灵灵，那么就好好珍惜相处的每一天吧！"

我惊讶地看着他，这一刻，我对子寒的感情很强烈，他似乎越来越懂我的心，每一句话都能说到我的心坎里。我撒娇地搂住他的脖子："子寒，我很高兴能遇到你。"我这话发自肺腑。平心而论，即使我能够和林在一起，要面对要承受的事情太多，绝对不可能像现在和子寒这样轻松。而经历过感情挫折的我，只想要一个平静温馨的港湾，而子寒正好可以给我。

正说着，我妈推门进来，看见我和子寒腻歪的样子，下意识地想退出去，我叫道："妈妈！"

子寒见状，放开了我："岳母来一趟不容易，你们聊，我去书房处理点事。"

子寒走后，我妈把房门仔细地关好，坐在床边定定地看着我。

我爬到她身边："妈妈，怎么这样看着我啊？"

我妈抚着我的脸："化妆了吗？"

我疑惑地摸摸自己的脸："没有啊！"

我妈笑道："我看你白里透红的，以为你化妆了呢？"

我心想可能是那些香薰 SPA 起了作用，现在晚上的睡眠质量很高，面部清洁工作都做得很到位，所以气色看起来不错吧！

"化妆很伤皮肤，没事我才不会化妆呢！"

"灵灵，看到你现在这样，妈妈真的很高兴，子寒对你好吧？"

我毫不犹豫地点点头："他很疼我，虽然经常会去别的国家，但是电话都不会少的，在家的时候大多时间都用来陪我。"

我妈欣慰地拍拍我的手，小心地问："你……是不是真的放下林了？"

许久不再听到的名字突然被提起，我的心像被刺了一下，很多刻意遗忘的往事瞬间浮现出来。已经有一年多没有见过林了，并非真的完全遗忘了，而是刻意被埋到心底，只是，即使我再努力，即使我再小心避免，午夜梦回的时候突然浮现出前尘往事，心里依然是长长久久的叹息。恨，从来不曾有过，只是心底的遗憾依然能将我击溃。有时，仰望着星空，想着这个世界的另一头，林是否也曾这样想着我？我是否是他人生中的一个插曲，曲终人自散。只是，

婚礼（一）

·15·

这样想过之后便是深深的负罪感，子寒如此真心真意地对我，而我心里又怎么可以让其他男人驻足？

"妈妈，如果说我已经彻底遗忘，那根本不可能。可是子寒对我真的很好，我不想辜负他，如果我现在还想着林，对子寒是不公平的，既然我已经答应嫁给子寒，我一定会忘了林，专心做子寒的妻子。"

我妈感慨地说："灵灵，你能想明白，妈妈很开心，你嫁给子寒心里就应该放着他，等以后你有了他的孩子，相信这一切你会忘得更快，就将这份回忆埋在心里，等以后老了，想起来也是一种幸福。"

我被妈妈的语气感染了，真的会是那样吗？

想了很久，我终于问我妈："在林走后，我收到一封陌生邮件，并不是专门写给我的，而是剖析了中年男人的心理，你觉得是他发的吗？"

我妈的神色有些古怪，只是当时我并没有联想什么，她说："孩子，你和他是有缘无份的，妈妈希望你不要纠结这件事了，也许这就是命运的安排，林的离去才让你遇到了子寒，你应该抱着这样的心态看待：林只是你生命里的过客，子寒才是你携手一生的伴侣。"

我点点头，心里却惆怅起来。

我妈叹了口气："灵灵，妈妈这辈子没有经历过轰轰烈烈的感情，命运好象要把我的遗憾弥补到你身上似的，但是其实妈妈不希望你经历得太多。"

我垂下眼帘："是的，如果可以，我这辈子只想要一次爱情，守着一个爱人。"

妈妈笑着接口道："还要有一个孩子。"

我嗔怪地叫道："妈妈！"

我妈笑了："对妈妈还不好意思啊？妈妈多希望下次你和子寒回国的时候，能带着我的外孙。"

我撅起了嘴："我喜欢女儿，女儿贴心，还可以天天给她打扮。"

我妈忍不住笑了起来："刚才还不好意思，现在连生什么都想好了？"

"妈妈你取笑我！"

我跟妈妈笑着滚到一团，心里却有些伤感，这样的日子过去一天便少一天，多希望能多陪陪他们。

婚 礼 （二）

　　终于到了正月十八那一天，我和子寒的婚礼极其低调，并没有一般人嫁入豪门时的奢华婚礼。参加的人除了我父母外就是子寒家族的亲戚及极个别亲朋好友，这是我一直要求的，我并不觉得委屈。豪门婚礼也许是很多女孩子的向往，我也不例外，拥有无数鲜花和祝福是每个女孩心底的梦，可是权衡之后我便放弃了，与婚后的宁静和幸福相比，我宁愿放弃盛大的婚礼，而林家一向低调，也不喜欢昭告天下，出现在各大媒体杂志上，所以我这个要求很快就被答应了。

　　如果我和子寒家世相当，也许铺张奢华的婚礼势在必行，可是如今我和子寒的家世天差地远，大家对我的身份好奇猜测之心无需描述，也许对我和子寒的相识过往亦会有更多挖掘，这是我不愿意见到的，甚至，以后我和他的婚姻生活将展现在大庭广众之下，一举一动都备受瞩目，这将是婚姻的一大隐患。不论对错都会被无限扩大，这也是很多豪门婚姻最终解体的原因之一，而我不想步此后尘，即使婚后，我和子寒恩爱如初，可是活在闪光灯下的我们，到底有多少恩爱是发自我们的内心？

　　几年后，我才明白，有些事情上我过于谨慎了。东西方的文化有很大差异，比如在中国，婚礼过于奢侈，会引起很多人的反感，惹来很多非议，仇富心理严重，而在美国就不会。但是换一个角度想想，难道中国人天生就爱嫉妒，爱仇富吗？原因只有一个：美国富豪不像中国富豪这么喜欢炫富。一种不健康的价值观伴随了另外一种不健康的价值观，所以产生了畸形的社会现象。在物欲中，很多人失去了原来的平常心！

　　凌晨，我妈过来叫醒我。和我以前参加过的婚礼不同，第一件事便是子寒带着我祭祖，同去的还有他家族所有成员，而我父母则留在别墅里。

路上，因我起得太早，晚上又睡得忽梦忽醒，一直睡意沉沉，子寒干脆把我抱到怀里，让我继续睡觉。当我趴到他身上的时候，反而睡意消了。

"灵灵，婚礼这么简单，会不会觉得委屈？"对于没有给我奢华的婚礼，子寒一直心怀内疚。

我换了个姿势，仰头看着他："我是嫁给你，又不是嫁给婚礼，只要你对我好就行。"

子寒浅笑了声，轻轻抚着我的长发，我终于迷迷糊糊地睡去。

不知过了多久，我们所坐的十几辆车到达一处墓地，这处墓地依山傍水，风景优美，乍一看还以为是一处风景胜地，子寒告诉我他的先祖就葬在这里。佣人们将祭祀用的东西摆放整齐，在我们面前放上蒲团，子寒的父母带着我们所有人跪下，开始祷告，我跪在子寒身边一动都不敢动，生怕对先祖不敬。

正跪得腿发麻的时候，子寒的父亲叫我上前焚香，佣人搀起我，再度跪到前面，我收敛心神小心地接过已经点燃的香。子寒的父亲要我和子寒跟着他说一遍，内容大意是敬告祖先，我将成为林家长媳，希望祖先保佑全家安康，早生贵子，白头偕老等。

仪式于晌午时分结束，我撑起麻木的双腿，子寒扶住我，体贴地问："跪麻了吧？"

我笑着摇摇头。

"能成为林家的长媳，就算跪死，很多人还巴不得呢！"

我转过头去，说话的人是张生面孔，刚才一直没有注意，我脑中灵光一闪，这应该是子寒家族唯一的女儿，他二叔家的小女儿吧？

果然，子寒沉下脸来："子晴，说话不要这么刻薄。"

我忙拉住子寒，示意他别这么说。林子晴不高兴的瞪了我一眼，冲子寒委屈地说："以后你有她，就再也不会疼我了。"

林子晴说完就跑到前面找自己的父母去了。

子寒抱歉地说："她是家族里唯一的女儿，平时我们都让着她，娇纵惯了，你不要介意。"

"怎么会呢？下次不要因为我去呵斥她。"

子寒捏捏我的鼻子，带着我上了车。

路上，我忍不住问他："你上面还有还几个堂哥，为什么我是长媳？"

子寒笑了起来："林家排辈分很严格，我爸是长子，那我就是嫡孙，虽然二叔三叔家的儿子比我大，可是论资排辈，我是嫡孙，所以你才是长媳。"

我状似无心地问："为什么要严格地区分，有什么用意吗？"

子寒揽了揽我："以前的话，这些非常讲究，涉及到家族财产的继承，现在薄弱多了，虽然现在各家都有自己的产业，可是最大的财团还是从祖业演变而来，还是需要代代相传的，所以关于辈分依然讲究。"

我点点头，对林家的构成清晰起来。听多了豪门的家产之争，我不能不未雨绸缪，在子寒家的半年，我并未感受到这点，可是那么多人说豪门媳妇难为，我相信并非空穴来风。也许就是为了防止争夺家产的悲剧发生，林家才会这么重视资格辈分，我默默地向天祷告，希望我和子寒这一辈不需要面对这些。

"子寒，你觉得这样传长传嫡合理吗？如果嫡长子不孝不贤呢？为什么不让有能者居之？"

子寒嗔怪地看了我一眼："灵灵，我怎么觉得你这句话是在骂我呢？我哪里不孝不贤了？如果林家其他人的想法都是这样，那么会引起财产争夺大战。就好比以前的皇位吧，你说到底是立长还是立贤？其实永远都没有一个最佳的答案。按理说应该立贤，可是谁都认为自己是贤者，必将骨肉相残。所以立长立嫡也是出于保护其他子孙的想法。"

我挽住子寒的胳膊："我们不讨论这些了，说这些让人心里沉重。"

我心里却很明白，生活不同于小说，利益往往能使人心灵扭曲，这也是我妈经常叮嘱我，不能在豪门里迷失本性，我想她也是明白这个道理的。就如我当初面对林的几十亿一样，不可否认，我内心也曾一度动摇过，只是在我心里爱的比重更大，可是这是我二十几岁的理解，当我三十岁，四十岁，经过社会的洗礼之后呢？我一直认为人活在这个世界上必须学会聪明，只有足够聪明才能把握住手中的幸福，聪明不代表有心计或者戏弄别人，也不是是处处锋芒毕露的表现自己，而是在心似明镜的基础上宽容大度。这两点缺一不可，没有心似明镜，便不会做出正确的选择；没有原则的宽容大度也许会博得一个好名声，却未必能保护好自己身边的人，而我不想成为子寒的负担和累赘。

回到比弗利，化妆师已经等候。虽然婚礼极其低调，可是该有

的依然一样不缺，也许是林家过于传统，子寒才希望和我举行西式婚礼，但是他父母认为如果按照西式婚礼，那么就没有了宴请这一环节，最后的结果是中午先去教堂，晚上再举行中式婚礼。对于这个结果，子寒很抱歉，他认为过于折腾我了。

子寒端着一碗燕窝进来："灵灵，先吃点东西，等下忙了你就没时间吃了。"

化妆师替我擦掉唇彩，我喝了几口。

子寒一走，我妈就笑着说："子寒对你是真的疼爱。你嫁入豪门，我是喜忧掺半，生怕你受委屈，看见子寒时时刻刻都想着你，我也算是放心了。"

我脸一红，嘴硬道："现在就不对我好了，我还指望以后吗？"

我妈凝视着我："我是越来越满意子寒了，真应了那句老话：丈母娘看女婿，越看越满意。"

我撅着嘴叫道："妈妈！"

"好了好了，妈妈不说了，不影响你化妆。"

换上婚纱，我在我妈面前转了几圈："妈妈，好看吗？"

我妈目不转睛地看着我："即使你是我的女儿，我也不得不说实在太美了，宛如仙子下凡。"

正说着，子寒推门进来，定定地看着我没有说话，我也这样静静地看着他。不知道过了多久，他才呓语般地感叹："这才是我梦中的新娘。"说完，他在我颊上印下一吻，我窘迫地推开他，我妈还在旁边，我怎么好意思当着我妈的面跟一个男人亲热？即使这个男人是我未来的老公。

我妈笑了笑，起身离去。我不满地嘀咕道："我妈一定笑死了。"

子寒轻笑起来："岳母大人是过来人，她一定不会笑你的。"

"你讨厌！"

子寒抱住我，磨蹭着我的脖子："灵灵，你今天真的好美。"

我促狭地看着他："我平时都很难看吗？"

"你啊！"子寒刮了刮我的鼻子，厮磨了好一会才带我去教堂。

子寒只知道我想去普罗旺斯看熏衣草，却不知道我有一个梦中的婚礼，我希望在普罗旺斯那一片熏衣草里举行我的梦中婚礼。虽然我知道，他绝对有能力给我这样一个婚礼，可是人生有失才有得，遗憾也是一种美，很多时候随心所欲了，也许却埋下了很多隐患。

教堂里的婚礼很简单，只是举行了一个仪式。子寒告诉我，他坚持西式婚礼就是为了让我有机会穿上婚纱，因为他认为穿上婚纱是每一个女孩子的梦，我一直不解为什么要穿婚纱就非得西式婚礼，这个谜底在晚上就被解开了，也很出乎意料，我和子寒竟然要拜天地，在我印象中古代成亲才拜天地。

我换上中式礼服，子寒穿了一身长衫，我们看着对方忍不住哈哈大笑："子寒，你成熟了很多。"

子寒郁闷地看着我："我们彼此彼此。"

在司仪的指挥下，我和子寒拜了天地也拜了高堂，但是没被送入洞房，而是换了一身旗袍入了酒席。因为只有自家人参加，席开三桌还显得很空，我一一给大家敬了酒，算是正式成为一家人。

婚礼（二）

婚 礼 （三）

是夜，宾客散去，我坐在新房里任由化妆师将我身上的首饰褪去，洗尽脸上的妆容。门口传来了轻微的敲门声，我一惊，随即想到子寒进来不会如此敲门。

佣人走到我跟前，含笑注视着我："少奶奶，您晚上沐浴是玫瑰牛奶浴还是其他浴？"

"和以前一样，玫瑰牛奶浴吧！"

沐浴过后，我着一身月白色的睡袍靠在窗前的躺椅上，看着天际忽明忽灭的星辰，回忆着我这一路走来的历程，似乎冥冥中自有一股力量在牵引着我，回首来时路，竟是如此不偏不倚，是因为与子寒相遇吗？

门口有了轻微的响声，知道是子寒进来了。我没有回头，心里没来由地一阵紧张，下意识地绞着睡袍带子。子寒从身后搂住我，我蓦地一震，子寒感觉到了，蹲到我面前："灵灵，很紧张吗？"

"没有。"我嘴硬地说。

子寒没有揭穿我，只是就这么凝视着我，眼底是无边无际地深情。我动容了，定定地看着子寒，他的手轻轻抚到我脸上，扣住我，我知道接下来等待我的是什么，蓦地抓紧他的睡袍衣襟。

子寒温柔一笑，在我耳边呢喃："别怕，宝贝，我会很温柔的。"

我羞涩地转过头去。

子寒起身将我打横抱起，我抓紧他的手臂，不好意思看他的眼。

他将我轻轻放在床上，转身拉上窗帘……

新婚之夜，自是柔情万千，恩爱缠绵，在子寒的轻怜蜜爱中，我知道，我另一段生活真正开始了。

清晨，一丝光亮透过窗帘的缝隙投影到房间里。我向来浅眠，转过身定定地看着子寒的睡颜，他没有醒，睡得很沉，呼吸却很轻很均匀，这段时间忙的事情太多，想来他也累了。

我轻轻在他唇上印下一吻，他依然没有醒，只是抱着我的手无意识地紧了紧，人说豪门中真情难觅，所以我对子寒的爱备加珍惜，也希望能用自己的真情回报，这一刻，我对子寒感激和感情各参一半。

我轻轻掰开他箍着我的手，披了件外套，往花园走去。

我托着腮坐在花园里的太阳椅上，早上的空气很好，清新得让人想一直坐下去，晨光绚丽，花园里的树木恣意地舒展着，中国这个季节草木可能是枯黄的，可是这里的草木却依然葱翠，让人心里莫名的就生出一种喜悦。身子还有一些疼痛，我知道这是女孩成长为女人必经的历程，我想从今天开始，我的生活要正式进入另一个篇章了。

我拢了拢身子，早晨的天气有些清冷，寒气透过外衣沁入骨髓，我忍不住打了一个喷嚏。随即我却被揽入一个温暖的怀抱："早上醒来发现不见你，吓了我一跳。"

我转身投入子寒怀里："我在这里人生地不熟的，还能去哪啊？"

子寒抚着我的长发，无限怜爱，然后触摸到我的手，立刻拉起我："怎么手这么冰？快回房去。"

我依言随他回到房里，子寒拉着我在床边坐下，专注地看着我，我羞涩地低下了头："灵灵，昨天晚上……有没有吓到你？"

我闻言羞得满脸通红，伏到他怀里，摇摇头，子寒轻笑起来："害羞了？"

"不要问了，讨厌！"我的声音嗡声嗡气地传来。

子寒扶正我的头，让我不得不和他对视，然后说出一句让我很想打他的话："还疼吗？"

我趴到床上，将头埋到被子中，不去理他，他的笑声不可抑制地传进我的耳朵里："好了，好了，我不问你了，我是心疼你才会问你，快出来，不能透气了。"

子寒把我塞到被窝里，自己也躺下，轻轻搓着我的手，我抬起头问他："你一大清早就在笑？心情很好？"

子寒肯定地点点头。

"为什么？"

"因为你完完整整地属于我。"

我犹豫了一会，终于还是问他："你能不能告诉我，在男人眼中，处女和不是处女有什么区别？"

婚礼（三）

子寒想了一会说："前者是自己的女人，后者是别人的女人。"

我故意问他："人家说现在社会这么发展，男人都已经不在乎这些了。"

子寒不以为然地说："封建社会延续了两千年，怎么可能真的不在乎？现在社会的确是开放了不少，但是人的思想不会转变得这么快，何况感情都是排外的，不排除有极个别人很特殊，但是大体上依然在乎这些。"

我失笑地看着他："我以为在美国长大的人会很开放。"

"我骨子里受的是传统教育，灵灵，男人永远都会在乎这些，除非他不爱这个女人。给你打个不恰当的比喻，一件衣服，你喜欢新的还是别人穿过的？虽然这个比喻俗了点，但是基本上就是这个心态。所以作为男人，在不能给对方未来的时候，不能只图自己一时之快；作为女人，为了将来的幸福，应该好好爱惜自己。如果是没有结果的感情，到了这一步，只会换来伤害，而不能像对待纯纯的爱恋一般，只留下美好的回忆。"

我心里很认同子寒的话，他的话的确折射了当下的社会现象。很多人都感叹现在这个世界上再也找不到纯真的感情，可是很多男人在谴责女性的同时却依然做着不负责任的事，很多女性在轻率对待自己的同时还责怪男人庸俗。

见我不说话，子寒又说："在我认为，一个男人动了真情的时候，他肯定会在乎，即使嘴上不说，心里也会在乎，很多女孩可能不敢面对一个事实：只有将要娶她的人，才会在乎这些。"

我相信子寒的观点至少代表了绝大部分男人的心理，而我也赞同他的观点，女孩必须自爱，才会受到尊重。可是我却起了捉弄他之心："子寒，按照你的说法，那么你是喜欢一个新花瓶还是喜欢一个几易其手的古董花瓶？"

子寒一愣，随即说道："灵灵，你这个比喻本身就存在问题啊！如果你要以花瓶论，应该用一个完整的花瓶和一个打碎的花瓶做比较，新花瓶和古董花瓶可以代表两类女孩子，一类是没有文化底蕴的，一类是极具文化底蕴的，那当然都选择古董花瓶了。"

我惊讶地看着子寒，我以为他会被我问倒，想不到他的思维这么敏捷，原来他身上真的有很多东西等我慢慢发觉。

蜜 月 （一）

子寒知道我很想去法国普罗旺斯看熏衣草，婚后第三天，他便计划带我去度蜜月，而我实在不忍因此和父母分离，以后我长居美国，和他们的见面屈指可数。

"妈妈，不如你们不要回去了，留下来陪我好吗？子寒不会介意的。"

我妈笑着拍拍我："傻孩子，子寒当然不会介意，可是婚姻毕竟不是两个人的事，现在是你嫁给子寒，不是我们全家人都嫁给子寒，别说傻话了。"

"那我和子寒先不度蜜月了，我留下来陪你们。"

我妈叹了口气："灵灵，现在你是子寒的妻子，你必须以他为重，不能老是想着留在父母身边，不管我们能留在你身边多久，总会离你而去。"

我瘪瘪嘴巴，泫然欲泣，也许只有在她面前，我才丝毫不用隐藏自己的情绪。

子寒见我闷闷不乐，一眼就猜出原因："灵灵，不如我们邀请岳母他们一起去普罗旺斯看熏衣草？"

我惊喜地抬起头看他："可以吗？"

子寒笑着拍拍我说："当然可以，我来安排。"

我不知道子寒是怎么说服我妈的，总之我妈同意和我们去法国，但是言明只是转道去看看。我知道我妈是极担心影响到我，在这一点上，我们母女极其相似，都过于小心地处理一切关系，有的时候难免委屈了自己。

令我们意外的是，子寒竟动用了私人飞机。我简直难以置信，其实我应该想到的，以林家的财富，拥有私人飞机一点都不奇怪。国内一些明星大腕已经涉足私人飞机领域，甚至江浙一带有些富商也开始拥有私人飞机，何况林家这样的豪门巨富。

我妈叹息又担忧地看了我一眼，趁子寒不注意对我说："灵灵，妈妈现在有些担心了，你现在的生活过于奢华，你真的能把握好吗？如若你和子寒的感情发生变故，你已经习惯了这样的生活，你又怎么能继续过普通的生活？"

我惊讶地看着我妈，一直以来她都是希望我幸福，从来不会说这样煞风景的话，我有些尴尬地笑笑："妈妈，我和子寒新婚燕尔，你怎么说这样的话啊？"

"妈妈只是担心你。"

我笑着安慰她："我知道你在担心什么，没有任何一种感情是万无一失的，我会好好经营我手中的幸福，不让你们担心。"

我妈点点头，不再说什么。

我们乘坐的这架私人飞机并不小，里面类似于五星级酒店的设施，只是面积上稍小于酒店房间。因这半年来见识的奢华物品实在太多，我已经不如刚来美国时那么兴致盎然，我不知道子寒什么时候还会再给我意外，几乎天天都处在意外中，也便淡定了许多。

我爸喃喃地说："想不到我这辈子居然有机会坐私人飞机。"

因只有子寒一个，我妈也没有再叮嘱我爸注意仪态。子寒吩咐机上的服务员端来一些食物，我爸忍不住回忆起往事来："灵灵小的时候就有两个看相的说她这辈子一定会大富大贵，现在都应验了。"

"这些无稽之谈你也相信啊，正好给言中了而已！"

子寒笑着替我父母递了些食物："信则有，不信则无吧！"

我爸坚持道："我还是相信灵灵命好，你说有几个女孩可以嫁给子寒这样的男人？"

我爸对子寒极为满意，而我妈担心的是我爸过于表现这点，无形中降低了我们的档次。这点我和我妈的想法一样，也许我和子寒身处的家世不一样，但是我从来不认为人格上也有区别，在人格上我和他是平等的，子寒自己也如此认为，我坚信幸福的婚姻建立在平等的基础上，我并不会因为子寒的身份而将自己放低。

法国普罗旺斯的熏衣草世界有名，曾有一部电影就是描述那里，电影里有好多镜头是风起云涌的紫色波浪，也是因为这部电影我才爱上了那一片紫色的海洋，一直都希望能去看看真实的熏衣草海洋。我妈骨子里其实也向往浪漫，这也是她为什么会支持我的豪门之恋。

到了法国，子寒先带我们去了他家位于南部的庄园。我看着窗外广袤的葡萄园和苹果园，还有大片的向日葵和麦田，兴奋得几乎想立刻跑出去感受一下这样的自然风光。

子寒介绍道："这个季节不是熏衣草的花期，葡萄园和苹果园也没有成熟时那么壮观。"

我略带遗憾地说："好想看看熏衣草开花时风吹过的样子。"

子寒刮刮我的鼻子："又不是没机会了，下次有空的时候还可以带你来啊！我保证，一定会让你见到你心里的海洋。"

熏衣草的花形很小，单看并不出众，只有一大片一大片盛开的时候才会形成壮观的景象，一片一片伸展到远方，远远望去，此起彼伏，蔚为壮观。我多想换上波西米亚风格的棉麻长裙，奔跑在这样的田野上，可是二月份的气候，春寒料峭，这些想法只能停留在脑海里。

虽然没有欣赏到熏衣草盛开的景象，但是却享受到了最纯正的香疗。趴在临窗的藤制躺椅上，看着窗外广阔的植物园，任异国美疗师行云流水般的手法在背部游走，也算不虚此行。

傍晚时分，子寒吩咐佣人在庄园里点上壁灯，里面温暖如春，让人昏昏欲睡。子寒将一个装着琥珀色液体的酒杯递给我："灵灵，到了法国，不品尝一下这里酿造的葡萄酒，就太遗憾了。"

我轻轻抿了一口，有点甜，没有酒的辛辣，更像我平常喝的果汁。说实话，我并不具备鉴别葡萄酒的能力，平时也不喝酒："有点像饮料。"

子寒含笑看着我："没有觉得这酒的口感特别纯正？"

我摇摇头："这酒有什么特别之处吗？"

子寒拿过瓶子告诉我："波尔多有五大顶级酒庄：拉菲酒庄 Chateau Lafite Rothschild、奥比安酒庄 Chateau Haut – Brion、拉图酒庄 Chateau Latour、木桐酒庄 Chateau Mouton Rothschild、玛戈酒庄 Chateau Margaux。这瓶酒就是 Chateau Margaux、也就是玛戈酒庄酿制，已经超过 50 年历史。"

我惋惜地看着眼前的空酒杯："那你给我喝可真是浪费，我又不懂酒。"

"只要是喝到你口中的，就都不算浪费。"

我妈稍微喝了一点后，叫我爸起身回房，我知道她是想把私人空间留给我们，子寒吩咐佣人带我父母回房休息。

我父母一走，子寒坐到我身边："灵灵，我给你讲个关于红酒的故事吧？"

也许是我不胜酒力，一杯红酒入喉，加上这样的异国情调，温暖的氛围，我的思维混沌起来，我窝到子寒怀里，静静地听他讲述。

"1989年，纽约有一个酒商手里有一瓶1787年玛戈酒庄酿制的红酒，有一次他带着这瓶酒参加玛戈酒庄的品酒会，叫价50万美金，只是最终也没有人买。"

我迷迷糊糊地说："换我也不买。"

子寒笑了起来："买不买不是关键，最后这瓶酒不小心被一个服务生撞倒，碎了。"

我一下子清醒了："这么富有戏剧性？"

子寒点点头："是啊，红酒的故事还有很多，不过其实我对红酒并不热衷，只是有的时候应酬需要，还是要了解一些。"

我点点头，沉沉睡去，梦里又出现了那一片紫色的海洋。次年七月，子寒再次带我来普罗旺斯的时候，我终于看见那一片海洋，我穿着长裙，奔跑在田间，让子寒扑捉我的身影。

蜜 月（二）

　　三天后，我妈就执意要回国，我和子寒挽留不住，只好送他们到机场。我知道，从此以后，我真的要独自面对以后的生活了。

　　子寒陪着我在法国住了一个星期后，带我前往澳大利亚。此时的澳大利亚正是夏季，我们住在 Noosa 湾区。Noosa 湾区位于澳大利亚的布里斯班，这里的确是名副其实最舒适的顶级休闲胜地。晚上，听着海浪轻拍沙滩的声音，趴在子寒身上，由着他有一下没一下的抚着我的背，渐渐入睡。我觉得生活对于我真的过于厚待了，甚至在我享受的时候，我也怕折了自己的福。

　　这里的阳光海岸真的名不虚传，干净舒适得让人以为来到了天堂。沙滩上，随处可见一对对情侣，悠闲的气息无处不在。子寒换上泳裤，要我和他一起下水，我看着他裸露在阳光下的上身，羞涩地移开了视线。子寒终于会意过来，却忍不住逗我："灵灵，不准看其他男人，看我！"

　　我被迫转过头来，却低头看着沙滩，就是不去看他。子寒魅惑的声音从头顶传来："灵灵，我们之间还有什么不好意思的？"

　　我越是这样，子寒却越是执著地要我看他，我郁闷地看着他："你想要我看什么啊？我知道你身材好，可以了吧？"

　　子寒哈哈大笑起来："你越是这样，我越是喜欢逗你。"

　　我撅着嘴说："以前你那么温文儒雅，现在好坏！"

　　子寒笑着抱起我："这说明我们感情越来越好了。"

　　有的时候我看着子寒会觉得内疚，他全心全意对我，而我却还有他不知的感情经历，甚至，心底那个身影还没有完全抹去，有时候我越想彻底遗忘，却越是记得清楚。我终于明白一句话，有些事情不能努力，像是遗忘，也许时间到了自然就会忘记，刻意想去遗忘，只会记得越清楚。

　　"灵灵，在想什么呢？"子寒的话把我拉回现实中。

蜜
月
（二）

我定定地看着他："子寒，你有没有记忆特别深刻的事情？"

子寒肯定地点点头。

我顿时来了兴致："是什么啊？"

子寒眼里闪过一丝促狭的光芒："第一次吻你的时候。"

我大窘，不客气地拍打到他身上："讨厌，人家问你正经的！"

子寒叹了一口气，突然深情地凝视着我："说实话，我记忆深处似乎真的没有什么特别深刻的事，但是我希望以后有很多。"

我继续问："那你有没有不想记起的回忆，比如你小时候干了什么坏事？"

子寒挑挑眉毛道："我小时候不干坏事，只干好事，不过即使我真有这样的回忆，也没有印象了，时间久了，自然就忘记了。"

"时间久了，自然就忘记了。"我细细咂摸着这句话，心里慢慢澄明起来。

我看着子寒，笑意慢慢扩大："你真的很睿智！"

子寒莫名其妙地看着我，但是听到我赞美他，还是非常高兴，随即把一件浴袍披到我身上。

"干吗？"我不解地问。

"东方女孩太受欢迎，我不喜欢其他男人看你，赶紧把浴袍披上。"

我笑倒在他怀里："原来你占有欲这么强啊？"

子寒理所当然地点点头："你是我的夫人，怎么可以给别人看？"

也许是现在的生活奢华浪漫得不象话，我一直有种如梦似幻的感觉。很多时候都怀疑自己是不是在梦里，生怕醒来是一场空，徒留伤感。有时候我在想，我到底是更喜欢林还是更喜欢子寒，这段时间子寒给我太多的惊喜和浪漫，林的身影似乎正在逐渐淡去，也许这对我来说是件好事，只是有时想起，心里依然会有淡淡惆怅。我心里明白，我必须学会放下，珍惜眼前的幸福，有一句古诗写得好：满目河山空念远，不如怜取眼前人！

之后，子寒又带我去了巴厘岛、普吉岛、马尔代夫等等，似乎想让我见识到所有美景。渐渐地，我似乎明白子寒的用意了，他是希望我尽快融入豪门生活，所以才如此煞费苦心地带我到处开阔眼界，享受世界顶尖的物质生活。

豪门家规

美好的日子总是流逝得特别快，转眼一个多月过去了，子寒带着留恋不舍的我起程回比弗利。我们到达的那天，林家所有成员又聚在一起。后来子寒对我解释说，虽然林家目前分为三脉，但是每个月依然会有一天聚在一起吃饭。

这次餐桌上多了一个人——林子晴，女孩的直觉很奇怪，也许是上次墓地上她说的那句话，我直觉地感觉到她不喜欢我，甚至带着一种排斥。

"灵灵，这是特地给你炖的乌鸡汤，放了很多滋补品，多喝一点，这段时间肯定累了。"子寒怕我面对这样的场合拘束，殷勤地替我夹菜舀汤。

"子寒，人家自己有手有脚，用得着你又端又喂的吗？何况你们出去玩了那么久，看尽了旖旎景色，吃遍了各国美食，哪里需要再补？"

子寒脸上出现了怒色，我心里也有一丝不快，但是掩饰住了，我接过他手中的汤碗，笑着说："我自己来吧，你这样照顾我，反而让大家都不自在。"

子寒脸上闪过一丝不快，甚至带着一丝委屈。可是我现在不能跟他解释，毕竟现在不是只有我俩。

林子晴的父母淡淡地说道："子晴，好好吃你的饭，你管人家夫妻间的事干吗？"语气中却没有真正的责备，只是很平常的述说。

林子晴不满地说："我哪有管人家夫妻的事？我只是表达了我的感受而已，你看大嫂也没要大哥这么照顾啊！"

我拉拉子寒，示意他别说话，林子晴的话语里句句针对的是我，而我只要不作任何回应，便不会引发什么冲突。

子寒母亲的脸色也不太好看，但还是笑着说："他们新婚燕尔，当然比较恩爱了。"

　　我努力维持着笑容，安静地吃完这顿饭。

　　饭毕，子寒起身去书房，我跟了进去，撒娇地从身后搂住他的脖子："怎么了？不高兴了？"

　　"我不知道在你眼里，我对你的疼爱是让其他人不自在。"

　　我叹了口气，知道他极在意我的话，我绕到前面坐到他身上，他犹豫了一下，还是伸手接住我，我认真地说："子寒，说心里话，我很喜欢你为我做的这些，可是，毕竟那么多人，我们这么旁若无人的，其他人看了什么感觉呢？如果他们不像我们这么恩爱，看着多碍眼？还有，说句小人之心的话，你是爹地妈咪的独子，他们看见你这样照顾我，会不会心里觉得不舒服呢？可能你只是做了一件你自己想做的事情，可是毕竟不是我们单独的场合嘛，你那么疼爱我，也不希望为我带来难堪是吧？"

　　子寒终于抱住我，用下巴抵着我的头顶："灵灵，我只是见不得你受委屈而已。"

　　我笑笑："你以为我那么容易受委屈啊？只有你生我气了，我才会觉得委屈。"

　　子寒叹了口气："我哪里舍得跟你生气。"

　　见他已经释然，我乘机要求道："子寒，以后当众的时候，不要对我太好，只有我们两个人的时候，你就算嘴对嘴地喂我，我也不介意。"

　　子寒闻言轻笑起来："真的吗？那我现在就喂你。"

　　我笑着闪躲着，心里却忍不住感叹：要平衡各种关系真是不容易，要具备怎么样坚忍淡定的性格才能很好的处理这所有的关系？但是我已经作好准备。在比弗利的这段时间，子寒父母给我的感觉一直很好，远没有我以前听说的豪门家长百般刁难儿媳妇那么离谱，甚至我反而有一种意外的惊喜，也许是听了太多豪门生活阴暗的一面，心里的期望值一直很低，对于眼前的这种生活，已经感到非常满足。

　　早上，子寒陪我和他父母用过早餐后，被他母亲叫走了。我一个人忐忑不安地坐在房里，虽然在这里住了已经大半年了，但是之前是把自己当成客人，而现在结婚了，感觉自然和以前大不相同了。

　　不多时，子寒拿着一个书本大小的盒子回来了。

　　"灵灵，给你的。"

　　我有些感动地接过，嘴里客气道："子寒，我们结婚，爹地妈咪已经送了我很多珠宝了，首饰盒里都放不下了，你怎么不替我拒绝呢？"

子寒的脸色有点别扭："这个无法替你拒绝。"

我奇怪地看着他："为什么无法替我拒绝啊？"

子寒揽过我，仔细地凝视着我："灵灵，本来我想迟点给你，但是爹地妈咪说既然你已经是我妻子，应该结婚后马上给你。"

我听得一头雾水，忍不住对他撒娇道："到底是什么嘛，这么神秘？我现在可不可以打开来看看？"

子寒扳正我的身子，认真地看着我："其实我心里一点都不想束缚你，我只想好好宠你，爱你！"

我把玩着子寒的领带，感动地说："我知道你疼我，但是林家家大业大，无规矩不成方圆，有些行为必须约束自己也是应该的。我不会贪心地要求一边享受最好的生活，一边还要绝对的自由，你完全不必为难。"我已经猜到盒子里装的是什么。

子寒怜爱地抚掉我额前的碎发："我只是怕你心里不舒服。"

我打开盒子，里面是两本册子：一本是《林氏族谱》，一本是《林氏家规》。

我翻开扉页，认真地看了起来。《林氏家规》共有十八条，包括了修身养性、财富观、人生观、夫妻相处之道、家族成员行为规范等等，虽然字数不多，却囊括了方方面面，我想应该已经经过历代浓缩和修改了。

子寒抽掉我手中的家规："不用现在就看，以后有时间了再说！"

我把家规拿了回来，戏谑地问："这个要不要考试的？或者说要不要把它全部背下来？你背不背得出来？"

"爸说家规不是用来背诵的，而是应该转化为日常行为，只要都做到了，背不背得出来无所谓，我是从小就知道这些东西，所以，这个家规主要还是给嫁入林家的儿媳妇看的。"

我又翻了翻这本册子："我以为豪门家规会多么不公平呢！其实我觉得这本家规很有可操作性啊，也约束了林氏子孙的行为，虽然在细节上要求女人多一些，但是在大方向上还是公平的。你看第九条，如果因为林氏子孙的原因导致夫妻离婚，就会剥夺继承权的三分之一；如果因为妻子的原因导致离婚，将净身出户。"

子寒惊讶地看着我："我以为你会觉得不公平呢？男人错了只剥夺三分之一的继承权，女人错了就要净身出户。"

我将册子放回盒中，锁进床头柜里："那些财富本来就是林家的嘛，你不用这么担心我的感受，我倒觉得你有点过于宠我了。我觉得林家的人都很好相处，以前没嫁给你的时候，你猜你听到的豪门是怎么样的？"

子寒笑着问："说说看，我们灵灵心中的豪门是怎么样的？"

我爬到子寒怀里，开始将以前听说的豪门规矩一一归纳："我听说豪门里的儿媳妇每天早上要给公公婆婆请安，晚上要给婆婆洗脚，吃饭的时候要等公公婆婆吃完再吃，用钱一定要得到公公婆婆的批准……"

我还没说完，子寒已经笑得不行了："灵灵，我怎么觉得你描述的是封建社会里的丫鬟呢！或者是小说里的童养媳。就算你愿意这么做，妈她也不习惯，再说我也舍不得！我承认，有些豪门规矩是很多，有些婆婆是很厉害，但是每个豪门都不一样，而且只要是你听到的，都已经被渲染夸张了不少。"子寒突然戏谑地看着我，"既然豪门这么可怕，为什么你还肯嫁给我？"

我调整了一下睡姿："你也说了，每个豪门都不一样，还有，我相信你肯定舍不得这么对我！我妈说你一定会是一个好老公！"

子寒得意地笑了起来："岳母大人真是有眼光！"子寒笑完，突然充满感情地凝视着我，"灵灵，我不想用任何规矩束缚你，我只要你开开心心地！"

窗外的月色突然旖旎起来，若明若暗的星辰在天际闪烁，比星辰更明亮的是子寒的眼眸，如此温柔而深情。我有些陶醉了，这个场景，依稀仿佛是那么熟悉。我一个激灵，这到底是本能还是我尚未从过去走出？我妈的话在我耳际响起：林只是你生命中的过客，子寒才是你携手一生的伴侣！我闭上眼睛，去迎接子寒的一片深情……

豪门媳妇

　　婚后不久，子寒开始忙碌起来，要打理世界各地的生意，经常飞其他国家是不可避免的事，而我习惯了他的日夜陪伴，对于突然的离别，有些无所适从。子寒去日本前夕，我心里的依恋和不舍几乎让我泫然欲泣，我惊讶地问自己：我对子寒的感情已经这么深了吗？

　　我默默地替他整理衣服，子寒从身后搂住我："灵灵，笑一个给我看。"

　　我扯动了一下嘴角，没有笑出来。

　　子寒缠绵地亲了亲我的脸："以后我可能经常都要出国，你这样我怎么安心呢？"

　　我把头埋入他怀里："也许，以后我会习惯的。"

　　"我不在的时候，每天都会打电话给你。"

　　我点点头，疑惑地问："为什么以前你不需要出去呢？还在上海陪了我大半年。"

　　子寒笑了起来："本来我就是去上海投资的，只是恰巧遇见了你。我年纪又不小了，对他们来说，我的终身大事和事业王国同样重要。只是，你也看见了，以后这一切都会交到我手里，我又怎能懈怠呢？"

　　其实我心里很矛盾，我并不喜欢天天儿女情长的男人，专注事业的男人在我眼里更有魅力，可是真的面临离别，我心里又极度不舍。子寒走后，我心里空落落的，我知道自己骨子里很小女人，喜欢他疼，喜欢他爱，更喜欢他陪着。后来，我才明白，和子寒这样的时聚时离，对我而言，也许是利大于弊，就因为我们经常分别，所以彼此之间保持了一定的空间和新鲜感，而没有使婚姻快速疲倦。凡事都有两面，也许换个角度看，便能有不同的感受，幸福是心里的一种感受，完全可以取决于一念之间。我也终于感悟：婚姻中夫

妻双方永远是不同的个体，无法完全按照自己心里的预想去生活，人活在这个世上，没有完全的随心所欲，这点在豪门和在普通家庭没有任何不同。美好的婚姻除了天赐也需要双方呵护经营，要给婚姻保鲜，要给彼此空间，只有这样，幸福才会一直陪伴在身边。

我暗暗观察着子寒母亲的生活，子寒现在只是重复他父亲过去的生活，那么他母亲是如何适应的呢？

"妈咪，爹地不在吗？"

"妈咪"这个称呼是子寒母亲特别要求的，她说听到那些外国孩子叫自己的父母爹地妈咪很羡慕，子寒是断然不肯这样叫她，觉得过于娘娘腔了，而我是女孩，既然她喜欢，就这样叫她了。

"他去参加一个拍卖会。灵灵，过来看看这两款项链，你觉得哪款好看？"

"我喜欢这款。"我指着图片里其中一条说。

子寒母亲高兴地说："我也喜欢这一条，刚出的限量版，如果你喜欢，叫子寒给你买。"

我笑笑："结婚的时候他已经给我买了很多首饰了，平时都在家里，也没什么机会戴，买来了也浪费。"

子寒母亲却不认同："灵灵，只要你喜欢，就可以叫子寒都给你买回来，你不用管浪费不浪费，你会花钱，子寒才会更用心的去赚钱，男人的责任就是让心爱的女人过得更好，你爹地也很认同我的观点。"

我惊讶地看着她，一直以来都只听说豪门里面媳妇的花费会被严格控制，虽然这大半年来，我并没有这样的感觉，但是这么鼓励我花钱，还是出乎我的意料。以前子寒告诉我，豪门中过于节俭不利于财富流通，但是我以为那只是对他，毕竟他是独子，拥有的财富几辈子也花不完，奢侈一些也无可厚非，我从来没有认为我也拥有这样的权力，所以听到她这么一鼓励，才觉得吃惊。

见我惊讶地表情，子寒母亲笑着问："怎么了？很吃惊吗？"

我老实地点点头："嗯，一般豪门里都是教育下一代要勤俭节约的，您却鼓励我花钱。"

她的笑意更深了："豪门有很多种，不能一概而论，每个人的观念也不同，都是如人饮水，冷暖自知的事。我们只教育子寒不可糟蹋，却没有要求他节俭，当财富到达一定的饱和度时，就不会看得那么重了！"

我赞同地点点头，心里对她喜欢起来，只是，做不到像对待自己妈妈那么轻松自在，难怪子寒那样看待财富，原来从小就受了这样的熏陶。

"子寒不在，不习惯吧？"

我羞涩地笑笑，摇了摇头。

子寒母亲了然地笑着说："不用不好意思，你们新婚不久，子寒不在，你肯定不习惯，我也是这么走过来的。"

我忍不住问："妈咪，那您平时都做什么呢？"

她的眼神悠远起来："做什么都不要紧，关键在于自己的心态，灵灵，说说你怎么看待夫妻分别。"

我想了想说："子寒刚走的时候，我真的很舍不得他，但是换个角度想想，普通人家的夫妻就天天守着吗？为了生活和将来，不也会经常出差的吗？那别人可以忍受的事情，为什么我就做不到呢？我觉得女人要学会知足，很多人都觉得豪门应该和寂寞孤独联系起来，我觉得寂寞孤独不是老公给的，而是自己找的。"

她的眼中闪过一丝欣赏的神色："难怪子寒为你倾倒，以你现在的年纪，有这样的见地，确实不多，我觉得你似乎就是为豪门而生。"

佣人给我们端来两碗花草茶，我吹了吹上面的花瓣，羞涩地笑了笑。

她继续说："我一直觉得不是一家人，不进一家门。比如章子怡嫁到一个小山村，我相信她公公婆婆可能还嫌她太瘦不好生养，干活不勤快，但是要一个从来没有离开过小山村的女孩嫁进豪门，她一样会觉得拘束不自由。可是你的心态很好，嫁什么样的人都能幸福，只是你这么诗情画意的一个人，叫你操持日常琐事的话，太委屈你了。"

我想她的话归根到底也体现了适合这个思想吧，如果不适合的人勉强在一起，恐怕会注定一生的痛苦。

"妈咪您过奖了！"

子寒的母亲笑着看了看我："如果觉得生活无聊的话，可以考虑要一个孩子。"

我探究地抬起头来，她是想告诉我希望我早点为林家添孙吗？

不等我回答，她又笑道："我只是这样一说，具体怎么考虑，还是看你和子寒自己。"

豪门媳妇

　　我笑笑，笑得有些牵强，孩子的事，我似乎还没有考虑过。很多人认为，嫁入豪门后，第一件事就应该生一个儿子，母凭子贵来奠定自己的地位，可是我呢？我也要这么做吗？我很清楚，我心里是不愿意这么做的，我骨子里很清高，甚至有些理想主义，我不愿意用孩子来绑住子寒，我一直认为孩子是爱的结晶，不能是其他目的而产生的附属物品。

豪门家长

子寒的确信守了自己的承诺，每天都打电话回来，而我的心也慢慢沉淀下来。我没有忘记自己的初衷，我并不想做一个只会等待丈夫宠爱的豪门妻子，即使嫁入豪门，我也不想失去自我，即使在家里，我也希望自己的人生多姿多彩。

佣人告诉我，家里有一个很大的藏书室，只是钥匙在子寒父亲手里。我犹豫了几天，终于鼓起勇气敲响书房的门。

子寒的父亲正在欣赏一个将军肚的花瓶，见进来的是我，有些惊讶，随即笑着招呼我："是灵灵啊，找我有事吗？"

我把茶放到他面前，有些扭捏地说："爹地，我想请求您一件事。"

他慈祥地笑笑："都是一家人，有什么事尽管说，不用这么客气。"

我看着他，小声说："我听佣人说家里有间很大的藏书室，可是钥匙在您这里，我想看看里面的书，可以吗？"

他闻言，开心地笑道："就这事啊？当然可以，你爱看书是件好事，腹有诗书气自华，正好，我也想去找本书，你跟我一起过去吧！"

藏书室在三楼，我跟在他身后，有些小心地向往。门被打开了，里面很大，足足有三四百平方那么大。一排排书架整齐地排列在那里，透着一种历史厚重感，让我的心一下子悠远起来，似乎回到中学时代的手不释卷的情景。高中因为学习任务加重，看的书少了，大学里虽然经常泡图书馆，可惜看的专业书更多，我不知道上一次看"闲书"是哪一年了，如今终于可以没有任何负担的看这些书，我心里有种雀跃的欢喜，我拿起一本中国历代名人传记，信手翻着。

子寒父亲笑看着我："你跟子寒的喜好不同，他一般都看经济方面的书籍。"

我笑了起来："因为他要接管您的事业啊！而我更喜欢看历史，知兴替，明得失。"

他点点头道："男女有别，各司其职才会让一个家其乐融融，女人也可以做很多事，但是成为女强人后还能把各种关系处理得井井有条的，其实不多，个中冷暖只有自己才知道。"

我赞同地点点头："每一种生活都很美好，也都有缺陷，就看自己想要什么，无论选择什么生活，自己的内心一定要坦然要知足，所以，我能理解选择事业的女性，也能理解选择家庭的女性，没有谁比谁更努力，也没有谁比谁更伟大，有的只是自己的选择而已。"

子寒的父亲递给我一本书："你能这样想，我很高兴，我能预见，你会是个好妻子，好儿媳，我相信子寒的眼光。"

我心里生出一种奇怪的感觉，子寒父亲的睿智让我想起了我妈，而我父亲一直都是老实木讷的，我爱我的父亲，但是很少跟他撒娇，更别提沟通了，和他的感情也不如和我妈亲。我潜意识里一直希望有一个伟岸的父亲，可以教育我、陪伴我，而子寒的父亲恰恰给了我这种感觉，让我一下子就觉得亲近无比，也许每个女孩对父亲一角都作过这样的想象。

我心里对他更有一种感恩的心理，也许是以前听过太多豪门难进，豪门家长苛刻的事了。当我知道子寒身份的那一刻，我有些惧怕，我以为我会面对很多责难和排斥，我以为他们会对我进行多方考验，所以我对他们这么容易就接受我，一直抱着深深地感激，很希望能好好孝顺他们。

"灵灵，喜欢什么书，直接拿吧，回头我叫人再配一把钥匙给你，以后你喜欢什么书，可以自己过来拿。"

我眉开眼笑地抱起那几本书："谢谢爹地。"

"我比较欣赏喜欢书的女孩，一般这样的女孩比较博学，比较淡定。"

我调皮地一笑："我也比较欣赏喜欢书的男性，一般这样的人比较深沉，比较睿智。"

他爽朗地笑了起来："女孩子就该浑然天成，这样更好，如果你在我面前太拘束，我也不会轻松，你是子寒的妻子，也就是我半个女儿。"

那一刻，我在心里打定主意：我一定要把眼前的人当成自己的父亲那样好好孝顺。

他拿了一本古董鉴赏的书，我一眼看见，那书上有刚才我在书房看见的那只将军肚花瓶。

"爹地，你在找刚才那只百子闹春花瓶的资料吗?"

他惊讶地抬起头来看着我："你知道那只花瓶的名字?"

我点点头："嗯，中国人向来讲究多子多福，所以很多画卷瓷器上都会以小孩子作题材，另外孩子都是天真无邪、活泼可爱的，通过他们的神态举止很能反映那种过年时候的欢乐气氛，也能体现那一年的收成光景。"

他高兴地点点头："难得你对这个还有研究，上次你能闻出沉香，我就觉得你不简单。今天我和人约好了，下次有机会，我可要好好跟你研究研究古玩。"

我微微一笑："好的，我也想见见爹地的珍藏。"

我又挑了两本关于朝代的书，随他走出藏书室。

自从嫁给子寒后，我就喜欢看后宫方面的书。我喜欢研究这些后妃们的命运，当然，子寒不存在有很多女人的问题，但是看那些后妃们如何在皇室立足，能给我很多启发：她们是如何在那么复杂的情况下生存，她们是怎么得宠的，又是怎么失宠的，那些盛宠不衰的后妃们是如何做到的。不过这类书也有很多局限，那些后妃鲜有自我，生活的重心就是怎么得到皇帝的宠爱，怎么打击其他妃子，那些阴狠的手段不是我学习的目的，但是有些妃子或者皇后的贤良淑德和传统美德以及起起落落的命运，让我受益匪浅。

子寒的父亲很重承诺，第二天就叫佣人将一把钥匙送到我房中，以便我随时进去找书。

婚前婚后

　　一星期后，子寒回来，小别胜新婚，我缠住他的脖子撒娇，子寒虽然没有表现得很忘形，但是眉尖眼底都是笑意。我不知道别人的感情走向是什么样的，似乎我和子寒之间越来越黏糊，真应了那句"一日不见，如隔三秋。"

　　我把他的衣服一件件整理出来，子寒拉住我："灵灵，这些佣人会做，不用你亲自操心。"

　　我替他解下领带："我在家什么都不用做，你的事我就不想再叫别人代劳了，又不是洗衣服，只是整理衣服而已嘛！难道，你觉得佣人的品味比我好？"

　　他捏捏我的鼻子："怎么可能？我是怕你累着！"

　　我忍不住失笑起来："有那么夸张吗？收拾个衣服就会累着了？那一般人家的老婆要怎么过？洗衣做饭带孩子，还要上班呢！"

　　子寒挑挑眉道："别人怎么样我不管，你是我的妻子，其他人跟我又没关系。"

　　婚后，我一直很想对子寒好一点，再好一点，也许是为了弥补我内心深处的歉疚，因为我不如他那么专心专情，而子寒对我更是宠爱非常。后来我才明白，恋爱和婚姻不同，把婚姻当成恋爱是不理智的。恋爱的时候，相处的时间毕竟有限，所以感情自然甜腻；而婚姻则不同，甚至可以说恋爱的时候双方之间还隔着一层纱，走入婚姻后，很多性格上观念上甚至习惯上的差异都开始慢慢呈现出来，必然存在一个磨合过程，这个时候沟通就显得至关重要。从人性的角度上讲，一个人要始终如一对另一个人好很不容易，甚至我认为一开始不要过于宠爱，否则婚后的失落可想而知。

　　刚开始的时候，我并没有明白这个道理，只是沉醉在子寒的柔情中。但是一段时间后，我发现日复一日的日子，甚至连我自己都有点疲倦了，事实上感情过于热烈，冷却也快，也许会有特例，却适用绝大多数人。

我的婚姻是我毕生最大的期望，为了它，我从六岁开始就不断完善自己，修身养性，当然不能看着它落入俗套的结局。

所以我开始思考自己的婚姻，到底如何才能延长它的保鲜期，如何才能使婚姻爱情双丰收，如何才能让自己幸福一生。

周末，我想去园里剪几枝鲜花，放到书房让子寒闻着花香工作。客厅里传来一阵笑语，依稀听到林子晴和子寒母亲的声音，我不由也走了进去，子寒的母亲看见我笑着招呼道："灵灵，起这么早啊，子晴放假，你们年纪差不多，过来一起聊聊。"

林子晴瞟了我一眼，转身撒娇道："干妈，我跟你才有共同语言嘛，再说了，我是过来看你的。"

我一愣，她叫子寒的母亲"干妈"？按辈分算她应该是子寒的堂妹吧？我心里有了疑惑，打算回去问子寒。

"傻孩子，灵灵和你相差不了几岁，你一直嚷着整个林家都找不出第二个女孩，害得你逛街没人陪，吃饭没人陪，又嫌你几个嫂子像怨妇，现在不是有伴了？"

林子晴看着我，半边脸上的肌肉抽动了一下。

我笑笑，在旁边的沙发上坐了下来，林子晴道："干妈，如果林家有其他女孩，那么是和我一样长大的，我们受的教育差不多，衣食住行差不多，经历品位也相似，那么才会有共同语言啊。可是突然来的外人，就像我几个哥哥的老婆一样，我怎么可能跟她们有共同语言啊？"

"子晴，哪有你这样的歪理？子寒和灵灵有说不完的话，怎么到你这里就没共同语言了？"子寒的母亲没有因为她排斥自己的儿媳妇恼怒，言谈之中对她甚为宠爱。我心里升起一股失落感，毕竟她们已经相处了二十几年，又岂是我这几个月可比的？

林子晴撒娇道："干妈，那是因为子寒一向养尊处优，他心里对其他阶层好奇嘛！就像平民阶层对豪门很好奇一样。"

林子晴的话里对我诸多贬低，但是有些话却蕴涵着有几分道理，甚至是提醒了我。我没有反驳，心里清楚，很多时候最有力的反驳是行动，语言上的反驳即使赢了也只是逞了口舌之快，但是要忍住这个口舌之快却是很多人一生都学不会的定力，所以也便有了吵架。

我起身朝她们欠了欠，借口子寒可能找我，回到房里。子寒倚在床上看书，我脱掉大衣爬到他怀里："躺在床上看书对眼睛不好。"

婚前婚后

· 43 ·

子寒笑着搂住我："这不是你自己经常干的事吗?"

我转着眼珠说："就因为我自己经常干,我才知道不好啊!"

"怎么起得这么早?你不是最喜欢睡懒觉吗?"

"懒觉谁都喜欢睡啊,可是天天这样,我怕影响不好嘛!要是大家都说你娶了个懒人,怎么办?"

子寒抚着我的长发,叹了口气:"灵灵,你就是太自律了,就算你天天睡到日上三竿,只要我不说你,谁还能说你?家里佣人一大堆,你又不需要干什么,何必对自己诸多要求?"

子寒虽然比我大十岁,在处理和我父母的关系上很周到,但是在婚姻中其实并不成熟,他一直认为只要他爱我,那么我便可以想怎么样就怎么样。我能否把这所有关系处理好,子寒是关键,但是如何使子寒朝着我预期的方向转变,那就是我需要努力的事。

"子寒,为什么子晴叫妈咪'干妈'呢?"我漫不经心地问道。

"因为她是家族里唯一的女孩,平时又和我妈亲,所以很早就认了干亲,她总觉得干妈好歹带个妈字,所以一直都叫'干妈',对于原来的称呼,估计早忘了。"

原来如此!我想林子晴这么排斥我,就是惟恐我夺了她的宠爱吧。虽然她年长我几岁,可是长期娇生惯养,心智可能还远远不如我来得成熟。

"是妈咪提的吗?看来妈咪很喜欢女儿哦!"

子寒笑了起来:"是子晴要认的。"然后他把玩着我的长发,"怎么突然这么关心子晴?是不是她给你难堪了?"

我惊讶地抬起头来,子寒有这么敏锐吗?

"没有啦!我随口问问的,你可不能因为我对她甩脸色哦。"

"知道了。"

好在林子晴还在念研究生学位,回来的次数也有限,很多时候,我并不需要跟她接触。我跟子寒提出我也想继续深造,婚前子寒曾表示过如果我非要念研究生,那么可以选择国外的研究生。但是真当我提了后,子寒并没有我想象中的一口答应,而是给我列举了很多条我不适合继续深造的原因,比如我现在的身份入了学,会对我的生活造成影响;其次我们结婚不久,他不想我分心去做这么一件历时弥久的事;另外他觉得我学历才华上已经超越很多人了,根本没必要再去念这样一个学位。我没有争取,他说的有一定道理,至少我认为他坦白告诉我心里的想法远比违心地答应我好。

虽然子寒不赞成我去深造，但是对于请老师过来教我外语却很赞同。我知道和林家合作的各国商贾都有，虽然都有翻译，但是我想自己多学一点总是有好处的，事实证明，我这个决定非常明智。

可能受子寒影响，我慢慢地对经济发生了兴趣，甚至还可以提出自己的见解。我惊讶地发现，虽然学习外语等分散了我很多时间，但是我和子寒的感情有增无减。看来，人真的要有自己的爱好和追求，感情就像风筝一样，扯得越紧断的可能就越大。

婚前婚后

豪门里的女人

　　时间过得很快，转眼，我和子寒结婚已经半年，我也适应了这里的生活。这半年来，我用尽了世界顶尖的奢侈品，享尽了各国美食，可是没有了自己的交际圈，子寒不在的时候，说一点都不寂寞，那是骗人的，只是我妈打电话过来问我情况的时候，我依然会用充满愉悦的语气告诉她，我在美国很好，子寒很疼爱我等等。如果她在我面前，也许我会把心里的话都告诉她，可是她远在中国，我怕她担心，何况，我已经真正独立，不能再让她为我操心。

　　有的时候，我会呆呆地看着窗外问自己，这就是我毕生追求的生活吗？到底我今生想要的是一种怎么样的人生呢？有的时候，我也会莫名其妙地幻想，如果我嫁给了一个普通人，那么我现在过的生活是什么呢？是上班奋斗还是做全职太太？只是这样的假设只能停留在脑海里，我永远也没有机会知道。

　　林家其他成员相聚的时候，经常会问起我们什么时候要孩子？我的一生，我一直都清晰，可是现在却有些迷茫，是因为以前的愿望都实现了吗？我似乎失去了生活的方向。有的时候，我一边学习，一边问自己：人说学以致用，而我学了这么多，却鲜有机会致用，那么我学这些又是为了什么呢？

　　林家其他媳妇过的生活基本和我无异，可是她们似乎没有我这样的感觉。因为住得近，白天的时候也会经常聚在一起，打打麻将聊聊天什么的，而我对麻将这些兴趣不大，所以平时很少加入她们。可是在我迷茫的时候，我却突然想知道她们的生活是怎么样的，所以我主动约她们喝茶聊天。对于我的突然邀请，她们有些错愕，但因我第一次邀请，所以纷纷答应。

　　很快到了约定的那天，我在二楼东面的大阳台上招呼她们。天气不冷不热，最适合户外活动，这个阳台早上可以看初升的太阳，下午就是个喝茶看书的好处所。

我吩咐佣人泡好一壶玫瑰养颜茶，准备了几样工序复杂的点心，拿过一本古玩鉴赏安静地等她们到来。

　　"灵灵你果然爱看书。"蔡美妍笑着说。

　　我放下书，笑着招呼她们入座。

　　蔡美妍仔细打量了我一眼："灵灵，你是大伯家唯一的儿媳妇，太简朴了吧？"

　　我一愣，"简朴"？这似乎是很遥远的词了，我看了下自己的打扮，衣服是知名设计师的孤品，只是身上的首饰少了些，除了耳朵上戴了副半克拉的钻石耳钉，就只有手腕上林家的传家之宝。再看蔡美妍身上，衣服是香奈尔刚出的限量版新款，耳朵上的钻石闪闪发光，怎么看都有三四克拉，脖子上、手上都不甘落后。

　　不等我回答，李静贤笑着说："大伯母一家对灵灵好得很，真正富足的人，哪需要天天往身上披挂那么多钻石？明显露怯嘛！何况你应该知道灵灵手腕上这只祖母绿镯子吧，已经抵得上你身上所有首饰了。"

　　蔡美妍听到李静贤的嘲讽，脸色立刻变得非常难看。王青蔓笑着打哈哈道："难得今天灵灵约我们聚聚，又不是为了聊衣着的，是吧？"

　　我亲自给她们斟上茶，笑着说："我嫁过来不久，以前过的是普通日子，可能习惯上一时还转变不过来吧！"

　　见我不避讳过去的事，她们对看一眼，反而有些惊讶。我心想，每个人的出身是自己无法选择的事，越是藏着掖着，恐怕越是被人挖掘，索性大大方方主动提起。

　　李静贤笑着说："灵灵真是豁达，不像有些人，一朝飞上枝头，恨不得别人对自己的过去全部失忆。"

　　我叹了口气，有些无奈，看来妯娌间的争斗不是一天两天的事了。联想到我之前看过的那些后妃故事，我越来越相信，后宫之所以斗争激烈，除了争宠争权，还有一个重要原因：这些后妃深居后宫，长日无聊，不与人斗争，又怎么打发那些无聊的日子呢？更何况，斗争是人的天性，不是有一句改编的名言吗？与人斗，其乐无穷！

　　我看着李静贤手腕一只钻石镶嵌的镯子，笑着称赞道："这镯子好精致啊，我一直都想拥有一只群镶工艺的镯子，一直没有找到合意的。"

豪
门
里
的
女
人

李静贤听了后，很是高兴，抚摩着那只镯子笑着告诉我们："这是我老公送给我的结婚周年礼物，我也觉得很精致呢！"

蔡美妍听了也点点头，说的确精致，我松了口气，总算暂时化解了她们之间的唇枪舌战，哪知道她接着说了一句："就怕二弟送给别人的更精致哦！"

一句话说得李静贤脸色难看到了极点，我突然后悔起来，我应该一个个邀请她们过来，也好过这样集体邀请她们。想到这里，我吩咐佣人去房间里拿了子寒从澳洲带回来的美容圣品。

"妈咪平时对美容保养很有心得，所以子寒给我也带回来不少，这些东西都是手工制作，不含任何化学成分，我想你们一定也会喜欢，所以才邀请你们，我听子寒说很有效果的。"

也许爱美是女人的天性，一听我的介绍，她们饶有兴趣地拿起盒子仔细地看着。我知道虽然她们什么都不缺，但是对于容貌是极其讲究的，尤其，子寒的母亲看起来的确比她们的婆婆年轻不少，而我的皮肤几乎看不见毛孔，所以对于我们在用的东西，她们很感兴趣。

又随意聊了几句，我便借口要和子寒吃饭，送走了她们。

她们一走，我松了口气，心里忍不住庆幸，幸亏子寒是独子，不然，我的日子恐怕也会增加许多波折吧。

三天后，我去看蔡美妍，算是回访。她很热情，吩咐佣人又是砌茶又是上点心。

"你来看我，我真是太开心了。平日里要是不和她们打麻将，这日子真不知道怎么过了。"

我轻轻笑了笑："我也一样啦！"

她叹了口气："怎么会一样呢？至少子寒陪你的时间多啊！"

我小心地问："你们夫妻平时相处的时间不多吗？"

她掩饰地一笑："毕竟你们新婚不久，我们老夫老妻的，怎么和你们比啊？"

"子寒平时也很忙，陪我的时间其实也没那么多。"

她探究地看着我："其实我的日子可能稍微比你好点，至少我有两个孩子，如果你觉得寂寞的话，可以考虑生个孩子，我想大伯一家都会非常高兴。"

我尴尬地笑笑："孩子这种事不急，慢慢来吧！"

她见我这样，忍不住说："怎么可以慢慢来呢？你应该听过嫁入豪门后最重要的事是什么吧？就是生儿子，有了儿子，你的地位才会稳固。说句不中听的话，如果外面的女人先生了孩子，你很可能就会被取代，但是有了儿子就不同了，至少你林家大少奶奶的位置就跑不了了。就算外面的女人也给林家生了儿子，你的可是长子嫡孙。你知道李静贤为什么这么看不顺眼我吗？就是因为她出身名门，可是我却是大儿媳妇，所以她心里不服气。"

我心想，如果子寒有一天在外面真的有了女人，那么我会为了林家少奶奶的身份选择隐忍吗？如果夫妻间没有了感情，我要靠孩子来奠定我的地位吗？我替一个男人生育孩子，只因为我爱这个男人，绝对不会为了把他栓在婚姻里而怀上他的骨肉。

所以，我轻轻喝了口茶，淡淡地说："我不相信子寒会这么对我。"

她给我一个"你真天真"的眼神："你没有背景，子寒不顾一切地娶你，我相信他是很爱你，可是男人的爱太过飘渺，今天他很爱你，难保明天他就不爱你了。其实跟你说句实话，我听说当初子寒给你们家的聘礼，都被你妈退回了，很多人都觉得你们淡泊，但是我知道后觉得你们好傻，婚姻是种赌博，不到最后，谁都不知道输赢，万一有个不测，至少你还有很多钱不是？现在你什么都不要，一点都不为以后着想吗？"

也许这就是观念不同吧，我心里并不赞同她的话，甚至觉得她很短视。当我决定嫁给子寒的时候，我是希望和他携手一生的，并不是为了最终的婚姻解体，如果我事先已经在考虑离婚时应该争取多少财产，那我结这个婚还有必要吗？

"我相信子寒不是这么无情的人。"那个在冬日里会给我温暖，那个会静静陪伴我，那个疼我如命的男人有朝一日会抛弃我吗？我不相信！

见我这么固执，她继续说："其他不说，就说李静贤吧。你知道她老公在外面有多少女人吗？那些明星啊模特啊，哪个不想嫁入豪门？明星和模特不缺钱，但是社会地位并不高，嫁入豪门档次就不一样了，甚至说没有嫁入豪门才会被人看不起。最近我听说她老公在外面包了一个小明星，那小明星很有手段，她老公已经一个多月没回家了！"

我惊讶地看着她，她自己以前不也是影星吗？"也许是道听途说吧，子寒说林家很传统，家风也很正。"

她无奈地叹了口气："灵灵啊，不是我打击你，子寒会告诉你他的堂兄弟们在外面养女人吗？如果他这么告诉你，你还不胡思乱想？林家传统是没错，但是这两者没什么关系。比如说古代吧，大户人家的少爷不一样娶二房？只是现在实行一夫一妻了，明的不行，改玩暗的了而已。大伯要求子孙很严格，可是他总不会因为这个原因把这些子孙赶出家门吧？所以基本睁一只眼闭一只眼。"

我胸口闷闷地，有些难受，我在心里问自己：我和子寒能够一辈子忠于彼此吗？豪门的爱情真的有这么奢侈吗？

她留我吃午饭，我婉拒了，她送我到门口，笑着说："也许你的运气比较好，子寒说不定能例外，但是以前没有不代表以后没有，你还是留心一些比较好！"

我勉强地笑笑，我相信任何女人都不喜欢其他人告诉自己：你的老公以后会出轨，你留心一些。虽然心里不快，我还是向她道了谢。

坐在车里，我回想着自己的表现，我想我压抑情绪的修为又上了一成，不知道这是喜还是悲。

因为心里不快，午饭没吃多少。饭后照例是午休，可是我躺在床上怎么也睡不着，看来我的修为还停留在表面，几句话就影响到我了。想到只去看蔡美妍，要是李静贤得知恐怕会不高兴，于是决定去拜访她。

佣人并不认识我，我报上身份，不多会，李静贤迎了出来："是灵灵啊，怎么也不提前打个电话呢，还让佣人给拦住了，不好意思啊！"

"是我唐突。"我笑着说。

她热情地把我引到客厅，客厅外面都是郁郁葱葱的植物，视觉上非常舒服。

"上次用了你给我的保养品，效果真是不错，本来想找你再要一些呢，想不到你先过来了。"

我笑着说："你喜欢就好，需要的时候叫佣人打个电话过来，我叫人给你送过来就成。"

我仔细看了看她的脸，似乎比上次看到气色真的好了些。记得以前看见她，听她提起的那些保养品，我一直觉得太营养了，皮肤可能承受不了，如今用上纯天然的保养品皮肤可能更加清透。好在有子寒的母亲和我的脸在那摆着，不然，我想她也不会用我给的。

"你没去看那戏子先来看我，我真的很高兴。"

我知道她口中的戏子是指蔡美妍，尴尬地笑着："实不相瞒，我上午去看过她。"我想这种事想瞒也瞒不住，不如坦白一些更好。

她听我这样一说，脸色有些难看，明显不如刚才热情："她本来就找不到机会去说我是非，你这么一去，我想她是迫不及待地在你面前幸灾乐祸了吧?"

我尴尬地笑笑，虽然蔡美妍的确说了她的事，但我是怎么都不能承认的："也没有，就聊了一会。爹地不在，中午我陪妈咪吃饭，所以很早就回去了。"

她不相信地看着我，有些嫌恶地说："你不用替她遮掩，我不知道是不是娱乐圈里的人特别八卦，反正她就是这样，别人有点什么事，她就兴奋得跟打了鸡血一样。现在圈子里的人都知道我老公包了个小明星，还不是拜她所赐?我知道她是嫉妒我出身好，所以恨不得我发生婚变，然后再娶个出身比她还差的，那她就可以惟我独尊，我偏不让她如愿。"

"这些都是捕风捉影的事，你不用当真，气坏了自己，可划不来。女人心情一定要好，否则很容易衰老的哦!"我轻轻劝道。

她重重地叹了口气："老不老又有什么区别呢?当一个男人的心不在你身上了，就算你十八岁都没用。有的时候，我在想啊，如果我嫁一个普通男人，不知道能不能白头到老?后来再想想，这就是命啊，如果我嫁个普通男人，他还拿着我的钱去外面乱搞，可能我更会气得吐血。女人啊，一定要想开，男人嘛，不就是那么一回事?都是喜新厌旧的主，我真的想知道有没有从一而终的男人。"说最后一句话的时候，她的脸上出现了迷惑却向往地神色，我心里有些低落，因为我也在博，从我嫁入豪门的第一天起，我就在博子寒是否能对我一生一世，虽然他对我极其疼爱，可是一辈子很短，却也漫长，不到我闭上眼睛那一刻，我就不能下断言。

我看着她，突然觉得一阵心痛，虽然她的话比较悲观，可是句里句外，都在渴求着爱情。这一刻，我终于明白：光有物质是不行的，女人任何时候都需要爱情，失去了爱情，再优越的生活都失去了生命力。

"肯定有的。"

她定定地看了我一眼，虚弱地笑着："我在你这样的年纪时，我也这么认为，也许到现在，我也认为有，如果你看男人和我的眼光

豪门里的女人

一样，你就惨了，以后的日子怎么过啊？"

我突然伸出手握住她："开心一点，快乐的女人才有吸引力。"

她拍拍我的手："话是这么说，做得到的人又有几个？"

我建议道："平时可以多出去走走，散散心，对了，我听说你的小女儿特别可爱哦。"我四处张望着。

说起孩子，她脸上露出了一丝笑意："带到她爷爷奶奶那里去了。"

我忍不住问："我听子寒说，林家都是一起住的，你们怎么分开住呢？"

她脸上又浮起了一丝怨恨的表情："还不是因为那个戏子。可能她有演戏天分吧，最会演戏了，知道我出身比她高贵，就天天在公公婆婆那里表现温良贤德。我看着恶心，坚持要搬出来，为这以前还大闹过一场呢。最后孩子她爷爷奶奶被吵得头痛，就答应我们搬出来了，她就继续留在那里扮演她的贤惠媳妇。"

"一家人，何必置气呢？"

"谁跟她是一家人啊？可能她是戏子出身吧，整天挖空心思勾心斗角，生怕少了自己什么东西。天天把我当成眼中钉，尤其是这次，如果不是她透露给媒体，这次的事也不会闹得这么大。她有空说我的是非，也不自己照照镜子，她老公在外面女人少吗？只是她忍功好，就算老公在外面有再多女人，她都当不知道。唉，说到这点我还真比不上她，也许她就是凭着这种功力才能在豪门里立足，不然，以她的出身，甩她还不是小菜一碟？可不像我，还要牵扯很多娘家的势力。"

我静静地听着，不知道说些什么，豪门内幕以前听得多了，但是却没有真正见识过，我也不希望自己有机会经历。

她冷笑一声："豪门啊，外面看着光鲜，个中滋味，只有自己知道，嫁入豪门就意味着升级为诛三队长。"

"诛三队长？"这个说法倒新鲜，我忍不住笑了出来。

她有些自嘲地说："就算老公不去招惹别人吧，那些做梦嫁入豪门的人，爱慕虚荣的女人都一窝蜂地扑上来，可不就成为诛三队长了吗？"

回去的路上我一直在想，是我对豪门期望太高了吗？以后我也会变成她们这样吗？想到这里，我禁不住打了个寒战，随即我安慰自己，普通人家妯娌间也会不和，也许这和门第没有关系，有关系的只是人的性格不同而已，我相信，如果我有妯娌，我也不会和她们这么水火不容。两次拜访下来，我心里还是分了轻重，虽然蔡美妍说话动听，处世也更为老道，但是我似乎更喜欢李静贤，我觉得她更直率，而且言谈之中，似乎更纯粹，蔡美妍句句不离财产，而李静贤的言语和神态中，都暗暗隐藏着对感情的追求。我突然很想念子寒，很想抱抱他，切实感受到他的气息我才安心。

豪门里的女人

豪门聚会（一）

晚上，子寒有应酬，回来时已经将近十一点，我坐在房里弹琴，不敢上床，怕自己睡着。

"灵灵，这么晚了，怎么不早点睡呢？"子寒从身后搂住我，磨蹭着我的脖子。

我眷恋地抓住他的手，转过身抱住他的腰："我在等你。"

子寒轻笑起来："想我了？"

我闻言脸一红："我不想入睡的时候看不到你。"

子寒宠腻地刮刮我的鼻子："你啊，就是太感性了。"

我把他拉坐下："今天去看了美妍和静贤，所以特别想你。"

子寒拥住我："不开心了是吗？傻瓜，以后你少去她们那，子晴说得没错，她们俩怨气太重，自己把自己变成了怨妇。"

我不赞同地捏捏子寒的脸："你太偏袒自家人了吧？她们有怨气还不是因为老公对自己不够好？"

子寒不甚赞同地说："不是我偏袒自家人，有的时候老公的心不在自己身上，也要找找自己的原因。"

我惊讶地抬起头来看着子寒："你是不是借她们教育我啊？"

子寒嗔怪地看了我一眼："多心了不是？你和她们不同，你知足，她们却不知足。今天要老公送别墅，明天要老公送名车，天天比来比去，这样对男人又有什么吸引力呢？即使老公对她们再好，她们也觉得不够。"

"那女人都是这样的嘛！"

"你就不是啊，所以我才这么喜欢你。"

我偎入他怀中，幽幽地说："子寒，我看见她们，心里觉得很不快乐，你告诉我，豪门中一生一世的感情到底有没有？"

子寒爱怜地拍拍我的脸："就因为我知道豪门里真正的爱情太难得了，所以我很珍惜。不要胡思乱想了，你不觉得我们在美好的夜晚讨论这样的问题太浪费光阴了吗?"

我羞涩地看了他一眼,搂住他的脖子:"子寒,她们说嫁入豪门就意味着成为诛三队长,我不要!"

子寒一愣:"诛三队长?"随即明白过来。

"恩!形象吧?"

子寒笑得不可抑制,好一会才说:"好了,灵灵,难道你不相信我啊?以后真的要少跟她们接触,我怕这些阴暗的事情你听多了,会不快乐。我是那么没定力的人吗?不然我也不会等到快三十五了才娶你,我对女人要求很高,甚至高得有点理想主义,走不进我的内心,我根本不可能动心。你以为要找一个同时具备长相、气质、才华、智慧的女孩那么容易啊?我可是苦苦寻觅了你三十几年才找到,按这个概率算,我得七十岁才能遇到第二个,你说那时候我还能干吗?"

我被子寒逗乐了,心中的郁闷一扫而光,我甜腻地亲了他一口:"我知道你跟他们不一样,我也会好好努力,让你更爱我。"

子寒暧昧地凑近我:"你现在就可以好好努力,我一定会更爱你。"

……

我听了子寒的话,事实上我也怕这些阴暗的事情听多了,会让我的心理发生变化。

子寒告诉我,林家每年都会选一个时间,所有成员都出去旅游一次,增进彼此间的亲情,没有特殊原因,不能缺席。

我勾着他的脖子,笑得很玩味:"如果我没有记错的话,去年你肯定没有参加。"

子寒不好意思地摸摸鼻子:"那还不是因为你?去年的时候我在上海陪你呢!这也是大事。"

结婚到现在,除了子寒父亲这一脉,林家另外两脉的家长除了第一次见面和和月例饭局上,很少有过其他接触,偶尔她们的婆婆过来串门的时候,我才能见到,其实陌生得可以。

也许是嫁给子寒时间不久,在子寒面前还好,在其他人面前我非常注意自己的言行,生怕一个行差踏错,落下口舌,而子寒对此一直不以为然。

出行那天,风和日丽,晴空万里无云,我有些兴奋,不知道是不是在家时间太久了。

　　子寒亲自开着敞蓬车带我去汇合，我像放出笼子的小鸟一样，开心地东张西望，子寒笑着摇摇头："灵灵，看来我以后要多带你出来，虽然你平时也不闹，但是毕竟还是喜欢出来啊！"

　　我惬意地让风吹乱我的长发，邀宠地说："那当然了，毕竟我还年轻嘛！怎么会不喜欢出来呢？"

　　子寒腾出一只手来抖乱我本来就已经很乱的长发："其实事业永远都不嫌大，可是人的生命却有限，我不想等我老了之后，面对着一个庞大的事业帝国，却感慨我这一生属于自己属于你的时间太少。"

　　可能在外面，所以我不如在比弗利时循规蹈矩，亲昵地把头靠到他身上："这话如果是爹地说的，我会非常理解，可是你还年轻，怎么说话这么沧桑啊？"

　　子寒笑了起来："灵灵，你不了解男人，男人有两个时期会厌倦事业。"

　　我好奇地转过头去："哪两个？"

　　"刚刚和深爱的女人在一起，只想着朝朝暮暮，耳鬓厮磨；还有就是功成名就，却突然找不到生活方向的时候。"

　　我仔细想了想，发现确实如此，子寒痴迷我对我们的感情而言是好事，可是站高一点看，却完全相反。如果因为我，让他懈怠事业，我想这绝对是他父母不愿意看到的，我挽住他的胳膊："不要，我喜欢你意气风发的样子，我喜欢的男人必然是君临天下的。"

　　子寒抓住我的手，笑得很无奈："灵灵，我在开车，你这样我会分心的。"

　　我瞪大眼睛看着他，无辜地说："我怎么了？我什么都没做啊！"

　　子寒暧昧地笑笑："你什么都没做我照样会分心。"

　　"那是你自己的原因。"

　　一路笑笑闹闹到达目的地，子寒牵起我走向机场贵宾室，我看见林家其他成员都已经到了，赶紧催他走快点。

　　子寒拉住我："也不差这几步，慢点走，等下会累着。"

　　林子晴看到我，脸色阴沉："我都以为你不来了呢！"

　　我没有说话，不着痕迹地拉了拉子寒，惟恐他怕我委屈替我说话。

　　子寒父亲笑着说："子晴，你一有空就跑到各国去旅游，灵灵就没有你那么自由了，难得有机会全家出游，怎么可以不来呢？"

我惊讶地看了看子寒的父亲，想不到他会替我说话，但是他的神色一如平常，一点也看不出异样的地方。也许他只是这么一说，也许像他这样的身份，要看出他的情绪，绝对不是一件容易的事。

虽然林家的私人飞机不只一架，但是这次出行的林家成员及随行秘书有二十多人，所以选择包机前行。这次的地点定在巴厘岛，和子寒度蜜月的时候已经去过那里，巴厘岛的风景让我迷醉，能够再度重游，不失为一件乐事。

林子晴却有些不高兴："又是巴厘岛，能不能找一个没去过的地方？"

她母亲见状笑着说："你还有没去过的地方吗？一家人最重要的是聚在一起，去哪里玩并不重要。"

林子晴不再说话，开始睡觉。我兴奋过后也有些疲倦，不自觉地靠在子寒怀里睡着了。

"灵灵，到了，醒醒。"我迷迷糊糊地被子寒拍醒。

"灵灵这么嗜睡，不是有了吧？"林子晴的母亲笑道。

我脸一红，下意识地去看子寒的父母。

子寒握了握我的手，笑着说："孩子嘛，我们肯定会生不止一个。"

子寒的话逗得大家忍俊不禁，我微微抗议着。

巴厘岛气候常年炎热，只有五月到九月才比较凉爽，我们挑了这一季节去，尽享巴厘岛的迷人风光。

顶极的物质享受其中一项便是事事都有人仔细打点，我们住在一幢很大的庭院式海景别墅，园中种满了热带植物，放眼望去，满目苍翠，沁人心脾，那些阔绿叶植物让整个庭院都充满生机。

我们住在临海的房间，掀开窗帘，外面不远处就是巴厘岛的海滩，我迫不及待地换上睡袍，往床上一躺："果然是人间天堂，每一次来的感觉都不一样！"

子寒把窗帘放下，坐到床边："开心吗？"

我慵懒已极地伸手握住他："完了，子寒，我这一辈子必须跟你在一起，你现在要是不要我，我不知道还能不能过回以前的生活。古人说得好，由简入奢易，由奢入简难，真是至理名言啊！"

子寒欺上我，眼里是促狭地笑意："那你就得好好伺候你老公我，如果表现好，我怎么舍得不要你呢？"

我不客气地拍到他身上："想得美！"

子寒捉住我的手，放在唇边亲吻着："开个玩笑嘛！"他拉起我，"灵灵，这么美的风景，你躺在床上太浪费了，我带你去海边走走？"

我嘟囔两句，有些不情不愿地换上长裙，但是一到外面，我立刻忘记了之前的不情愿。

我赤脚站在海滩边，心情飞扬，任凉风徐徐吹过脸颊，陶醉地看着远处的碧海蓝天。比弗利也很美，可是时间长了，总会向往外面的世界。

我转过头看着坐在不远处的子寒，朝他喊："子寒，快过来嘛！"

他顺从地起身走过来，我看着远远走近的子寒，突然柔情泛滥，提起裙子朝他奔去，子寒笑着接住我："我好喜欢这样的你，你跟她们在一起太约束自己。"

这样的环境，这样的子寒，我恍惚回到蜜月的时候，心里软软的，子寒笑意盈盈地看着我，我踮起脚，伸手勾住他的脖子，送上自己的唇，子寒一愣，随即惊喜地抱紧我，空气渐渐稀薄起来……

"灵灵，你让我好惊喜！"子寒在我耳边低喃。

我羞涩地钻入他怀里，不明白自己为什么突然这么主动，是受环境影响吗？看着子寒如此满足的眼神，我动容了，既然能让他这么开心，主动一点又有何妨？

见我不说话，子寒又说："其实你偶尔主动一点，真的会让我很惊喜。"

我扭捏起来，正想说话，远处传来林子晴的声音："我就说他们肯定跑出来调情了！"

我不知道刚才那一幕有没有被她看到，脸颊立刻滚烫起来，不安地抓紧了子寒的手，子寒微微用力握了握，示意我不用紧张。

蔡美妍替我们解围道："难得换了个环境，不多出来看看就太可惜了。"

林子晴给了她一个白眼，转身走到另一边去了。蔡美妍不以为然地看着她的背影，回过头来笑着对我说："你们没带手机，我们出来叫你们回去用餐，然后好好休息一晚，明天出海！"

豪门聚会（二）

第二天，天刚蒙蒙亮我就醒了，可能换了环境，一时还没适应。子寒依然睡着，想来是他经常在各国飞，换环境对他来说是稀松平常的事。

我悄悄走到窗前，拨开帘子，外面泛着灰白色，沙滩上已经有隐隐绰绰的人影，不知是早起看日出的还是因为兴奋睡不着的人。

身后传来子寒迷迷糊糊的声音："灵灵，天亮了吗？"

我回到床上，摇晃着他："别睡了，陪我看日出好不好？"

子寒宠溺地刮刮我的鼻子："我浪漫至极的小东西，好，我们换衣服。"

我换上碎花吊带裙，朝外面跑去，巴厘岛的建筑不高，不会超过椰子树的高度，海边更没有遮挡物。一眼望去，水面辽阔，海天一色，身上吹到一阵阵沁人心脾的海风，似乎每一个毛孔都舒展开来，没有任何理由，心情就这么莫名地飞扬起来。那种博大和辽阔，让人震撼。

子寒含笑看着我，我突然想起以前恋爱的时候，他来找我，也喜欢这么含笑等我下课，这样的环境，让我想起恋爱的日子，心中的感觉瞬间活了过来。我热切地看着他："子寒，你猜猜我现在在想什么？"

子寒非常配合，促狭地问："在想我会不会亲你？"

"讨厌啦！才不是呢！"怕子寒继续捉弄我，我主动坦白道，"几乎所有人都告诉我，豪门中从一而终的感情是神话，就像朱玲玲，当年也是神话，可是维持了二十七年之后，这个神话终于结束，我在想……"

子寒接过我的话："灵灵，爱情没有门第之见，关键是相爱的双方，以前我就告诉过你，我向往执子之手，与子偕老的感情。"

我看着子寒认真的眼神，被他眼中的坚定感染了："可是子寒，

你心目中的感情和现实中的生活毕竟会有差距。如果有一天，你觉得厌倦了……"

"傻瓜，永远不要这么想，我相信我们之间会创造奇迹，相信我，也相信你自己！"子寒在我耳边轻轻地说。

我迎着子寒期盼的目光，情不自禁地点点头。

看完日出，觉得有些困了，就和他回去补眠。刚睡着没多久就被子寒叫醒："灵灵，今天带你出海。"

我们分别上了三艘豪华游艇，林子晴说她们一家人太多，提出要跟我们一起。我心里有些抗拒，怕她随时随地给我难堪，但是这些事不是我能做主的，即使我能做主也不好拒绝。我暗暗告诉自己，既然无法拒绝，那就笑着面对。

虽然蜜月的时候子寒带我来过巴厘岛，但是因为时间所限，我们并没有出海，这种体验于我而言是第一次。游艇里面像是酒店的豪华套间，但是感觉完全不一样，向外望去，四周都是碧蓝的海水和浮云。

虽然各艇里都安排了驾驶员，可是让我吃惊地是子寒亲自去了驾驶室，我惊讶地问："子寒会开游艇？"

不等他父母回答，林子晴轻蔑地说："这有什么希奇的？林家有的是游艇，就和轿车一样，有什么难的？这也不知道！"

后来我才知道，豪门少爷自己会开游艇的不在少数，难怪林子晴对我的反应这么不以为然。我终于明白子寒之前说豪门为何会抗拒普通阶层进入，即使他这么用心地让我见识世界顶尖的生活，依然无法让我在短时间里了解上层社会的方方面面。而从小生长在豪门里的人必定很小的时候已经见识过这些，不会有我这么惊讶的反应，这就是不同的生长环境造成的。

我淡淡地笑道："是我大惊小怪了！"

子寒的父亲笑着看了我一眼说："人有所长，必有所短，灵灵的见识已经远远超越年纪，尤其是修养，不是一般人能达到的。"

他的话像一缕春风拂过我的心头，我知道以他的身份阅历，不会像普通人夸奖别人那么外露，更不可能因为维护我去呵斥林子晴，能这么说，我已经非常开心。

"爹地，妈咪，我想去外面走走。"

得到他们的许可后，我起身走到甲板上。海风瞬间吹乱了我的长发，极目远望，天海一色，远处的景色若隐若现，虚无飘渺。

"你那么不喜欢和我呆在一起吗?"正想着,林子晴也跟了出来,正一脸不悦地看着我。

我微微笑道:"没有,我只是想出来感受一下。"

正说着,子寒和他父母也从舱里走了过来,子寒脱下外套披到我身上:"灵灵,海上风大,披件衣服。"

"不用了,我穿得不少,还是你自己穿吧!不要着凉!"我把衣服又还给子寒。

子寒坚持披到我身上:"你会心疼我着凉,这就够了。"

林子晴一副受不了我们的样子,忍不住开口讥讽道:"子寒,以你的身份,娶什么样的女人都会心疼你,个个都会温柔如水,谁叫你富可敌国呢!"

子寒沉下脸来:"子晴,灵灵和我真心相爱,和财富没有关系。"

林子晴啐了一声,忍不住翻了个白眼:"你真天真!你的心肝宝贝长得这么漂亮,如果你没有钱,她会爱上你?不信你问问她,到底是爱你的人还是爱你的钱!"

我拉了拉子寒的手,示意他别激动。子寒的父亲在一旁看海,虽然海浪很大声,但是我相信我们的对话一字不漏都进了他的耳朵。

我含笑看着子寒,认真地说:"我不会回答我到底是爱子寒还是爱他的财富,我从来不认为一定要把财富和人分开。在我看来,子寒的财富和他是一体的,就像谈吐、气质、举止本身就是人的一部分一样,非要割裂开来,本身就是片面地看问题。记得以前有一个故事,大意是一个太子宴请一位勇士,席间有一位美女弹琴,那位勇士说:弹得太好了,真是一双好手。太子一听就命人把美女的手砍下来送给这位勇士,勇士看后遗憾地说:这双手长在她身上才能弹出天籁之音,砍下来就什么都不是了。所以,爱一个人,必然爱他的一切,无论好的或是坏的。"

"说得好!"子寒的父亲鼓掌称赞,他转身对林子晴说,"如果你有灵灵的认知,这一辈子一定会幸福。"

林子晴撇着嘴说:"我没有她的认知,也一样会幸福。"说着,她挽过子寒的母亲,到另一边去看海景了。

子寒的父亲感慨地说:"子晴被我们宠坏了,对她其他几个嫂子也一样!"

我知道这句话是对我说的,我笑笑说:"能如此表现自己的真性情,也不失为一种直率。"

子寒心疼地拥紧我："如果子晴还有下次，我绝对不会坐视不理！"

想到子寒的父亲还在一旁，我轻轻推开他："你别冲动，相信我！我会处理好的。"

"子寒，你应该相信灵灵的聪明智慧。"子寒的父亲说。

子寒没有说话，却一脸不为所动的表情。待他父亲走后，我温柔地偎入他怀里，虽然我并不希望子寒为我去责备子晴，但是我喜欢他这样的态度，喜欢他以行动告诉我，他在乎我。

"灵灵，我很喜欢你的回答，很机智也很坦诚。"

我笑了笑："有一句话，我只告诉你一个人。"我掂起脚，在子寒耳边说，"无论将来是富贵还是贫穷，我都不会离开你，除非是你不要我。"

子寒轻抚着我的脸，梦呓一般地说："傻瓜，我怎么舍得不要你？我也跟你保证：这辈子，我永远只爱你一个！"

子寒眼里的柔情深不见底，我愣愣地看着他，他俯下身子，吻上我的唇……

智取人心

　　林子晴没有再找过我的麻烦，只是每次看见我，都将脸拉得很长。我们在巴厘岛只玩了两天，对于子寒的父亲而言，能出来几天已经是"偷得浮生半日闲"了。

　　回去之前，我独自走到海边，想再看一眼这里的景色，突然听到一个熟悉的声音："你这是什么意思？打个电话就算道歉了？我早就跟你约好了，什么事那么重要？你就不能推掉吗？我林子晴什么时候为人改过时间？"

　　我转头一看，原来是林子晴。她恨恨地挂上电话，也看见了我，我想回避已经来不及，她满脸恼怒地看着我："你在看我的笑话？"

　　我轻轻一笑："我从不喜欢看别人的笑话。"

　　她冷哼一声，似乎完全不相信。

　　我知道我应该走开，但是看见她眼中的水光，突然心里一动，忍不住走到她面前，温和地说："其实选择体谅远比斤斤计较来得开心，过于较真儿，会让自己很不快乐。如果你体谅了对方，他也会回以更多的温情。"

　　她白了我一眼："你叫我放弃尊严？你以为我会相信你的鬼话？"

　　我忍不住笑了起来："尊严不是以较真儿来体现的，并不是你体谅对方就没有了尊严，如果你不认同，可以不用理会我的话。但是我相信，没有任何一个男人可以长时间忍受大小姐脾气。"

　　她冷冷地看着我："如果你不是想来看我的笑话，那就是想讨好我？我不相信我这么讨厌你，你还会好心来提醒我。"

　　扪心自问，我并没有大度到别人经常找我麻烦，我还像对待家人一般对待对方。学生时代看琼瑶剧，见里面的女主角都逆来顺受，悲天悯人觉得非常不真实。并非怀疑这样的爱情存在，而是觉得这样的表现违背了人性，人都是喜欢和自己亲近、欣赏自己的人相处。而我只是凡人一个，做不到以德报怨，能做到的只是不睚眦必报

而已。

"你说得没错，我不可能因为喜欢你而来提醒你。我会提醒你是因为你是子寒的堂妹，我只是为了子寒而已；还有，我对为爱所苦的女孩都抱有一份特殊的心疼，我也不知道为什么。你一定要以为我是讨好你，我也没有办法改变你的想法。"

她怔怔地看着我，似乎在探究我话里的真实性。良久，什么话都没有说，默默地走开了。看着她远去的背影，我忍不住为她的感情担忧起来。按理说，她对我怀着很大的敌意和排斥，我应该讨厌她，而且之前我也确实不怎么喜欢她。可是看见她眼中的泪光，看见她不肯妥协却依然掩饰不住那种伤心的时候，我只觉得心里很难受，仿佛看见自己当初为情所苦的样子。

回到比弗利，我有一种归家的喜悦，我暗暗问自己：这一年来，我已经融入这个地方了吗？只是这种感觉真的很好，是一种很安心的归属感，仿佛飘忽不定的心突然找到一个温暖的港湾，塌实而满足！

我和子寒的父母之间也慢慢建立起一种亲情，虽然少了一层血缘关系，但是彼此开始熟悉了解起来，不再如初时那么客气而有距离感。

林家有管理大小事物的管家，除了和我跟子寒有关系的事会来询问我，平时也很少有事需要我操心。蔡美妍经常对我说要担负起"少奶奶"的责任，而我却觉得这样不操心的日子挺好，如果真的需要我操心的时候，子寒的母亲自然会流露出这个意向。事实上，我喜欢现在的生活，悠闲自在。我常常想，如果子寒还有兄弟的话，我会不会是另外一番心态，就因为知道没人跟我争，我才不争的吗？我想起子寒接我来美国前一夜，我妈对我说的一句话："豪门中，不争即是争！"

早上，我还在熟睡，朦朦胧胧中听见子寒对我说他有事要出去，我嘟囔一声，继续翻身睡觉。等我起来的时候，时针已经指向九点，佣人没有过来叫我下去用早餐，想来子寒已经交代过。我暗暗庆幸子寒的父母各有交际圈子，平时也不太注意我什么时候起床的。

走到楼下，惊讶地发现林子晴坐在客厅里，面容憔悴，想起几天前在巴厘岛听到的电话，能让一个女孩如此憔悴，多半是因为感情了。她面无表情地看了我一眼，见她心情不好，我也不想自讨没趣，朝她点了点头，打算去餐厅用餐。

"我有事想问你。"

我惊讶地回过头，有些不确定地看着她，她一向都不喜欢我，是在跟我说话吗？我指了指自己："你是对我说的吗？"

她神情阴郁地看着我，抿着嘴没有说话，在我怀疑自己会错意的时候，她终于开口了："我想跟你聊聊！"

我点点头，她看了看在客厅忙碌的佣人们，没有说话，我心中了然，邀请她去东边的小客厅坐坐。

佣人将我的早餐送到小客厅，她呆呆地看着花园里的植物，眼神迷茫，我轻声问道："你吃过了吗？"

她摇摇头，依然一声不吭。

我吩咐佣人再去拿些食物过来，她却一口都没动，我自己经历过感情，知道她现在的心情。

"是感情出了问题吗？"

她抬头看向远处，我知道她其实什么都没看进去，只是不想让人看出自己的脆弱而已。

"本来，我是来找干妈的！"

我哦了一声："她去俱乐部了！"

"我知道！"

我一愣，她这句话说明她一开始就知道子寒的母亲去俱乐部了，专门来找我的？

我默默地用着早餐，她不开口，我也不打算说话，以她现在的情况，劝说和安慰都不起作用，只有等到她自己愿意敞开心扉。

过了很久，她终于说："你是怎么抓住子寒的心的？"

我愣愣地看着她，斟酌着该怎么回答她这个问题："爱一个人，也希望对方爱自己的话，那么就以他喜欢的方式对待他！"

她沉思起来，想来在思考我的话。过了一会，她又问我："可是如果他喜欢的方式和自己喜欢的方式冲突呢？"

我笑了起来："这就要看你爱对方有几分了，没有两个人是生来契合的，看双方如何磨合。"

"那不是很委屈自己？"

"怎么会委屈自己呢？"

她有些生气地说："你可以这样对子寒，那是因为子寒本来对你就好，他对你的好，我看了都嫉妒，从来不会惹你生气，事事都迁就你。"

　　我柔声说："可是你有没有想过，我本来就不容易生气，子寒是很疼我，但是我也体谅他啊！他愿意迁就我是事实，可是我不会真的让他事事迁就我啊！你想想看，如果我天天生气，天天要他来迁就我、哄我，你觉得子寒可以坚持多久呢？"

　　她定定地看着我，有些不服气地说："总之，我觉得子寒对你很好，从来没有和你生气过。"

　　"对不起，子寒，你堂妹正为情所困，允许我稍微编点故事。"我在心里说。

　　"我们闹别扭的时候你没看见，两个人在一起，怎么可能永远都如胶似漆的？牙齿还会有打架的时候呢！"

　　"真的吗？"她喃喃地问。

　　我真诚地看着她："每个人的相处模式都不一样，如果你愿意的话，把具体事情告诉我，也许这样我的意见会比较全面和中肯。"

　　她别扭了一会，终于不再保留。她讲得很详细，详细到他们每一刻相处的细节，详细到对方所说的每一句话、每一个表情，我不禁奇怪起来：难道这是她的初恋？

　　我小心地看着她："这是不是你第一次喜欢上一个人？"

　　她惊讶地张大了嘴："你怎么知道的？"

　　"因为你对他说过的每一句话、每一个表情都记得那么清楚，所以我才这么猜的！"我笑着回答。

　　她好奇地看着我："那你对子寒说过的每一句话每一个表情都记得吗？"

　　我一愣，也在心里问自己：我对子寒的每一句话每一个表情都记得吗？我不敢去探询答案，怕自己心里内疚，岔开话题道："初恋的感觉是最深刻的，所以你的反应也最强烈！"

　　她苦恼地说："我以前从来没有对一个男人这样过，以前都是其他人追我、讨好我，我都不屑一顾，谁知道是不是冲着林家的财富来的？只有他，一开始对我也不错，可是从来不会讨好我，更不会没有原则地迁就我，可是我就是喜欢他！但是我们本来已经约好这周去旅行，他居然临时有事要改时间，他根本不重视我！"说到后来，她的情绪激动起来。

　　我理解地点点头，像她这样的生长环境，受尽了家人的宠爱，在物质上又有求必应，势必会对自己无法把握的人事产生兴趣，从人性的角度上一分析，就很简单了。只是这样的性格，喜欢的会是比自己更强势的男人，如果磨合不好，必然会吃尽感情的苦。

"我明白你的感受，但是你也应该换个角度想一想，如果他没有原则地迁就你，你喜欢这样的男人吗？如果哪天他突然失去了个性，估计你也觉得没有意思了！"

听了我的话后，她的情绪平复了些，但是犹自带着一股气说："可是他现在不重视我，如果他重视我，为什么要改时间？"

我叹了口气，她自小受宠惯了，要马上改变思维模式，恐怕不是那么容易的："子晴，我知道因为你在乎他，所以希望他也在乎你，但是我不觉得他更改时间就是不重视你。"

她冷哼一声："如果他重视我他就会很期待和我在一起。"

我认真地问她："那他有取消吗？"

"没有，他只说延迟一周！"

"如果他真的不重视你，直接就取消了，你现在是钻了牛角尖，你想想看，如果是你，你是不是会让最亲近的人体谅你？因为他觉得你是他最亲近的人，所以才会选择跟你说。"

她狐疑地看着我："真的是这样吗？"

我肯定地点点头："男人其实很简单，他们不像女人那么心思细腻，做不到时时刻刻观察女人的心思，并不是他们心里不在乎。"

她沉默了一会，良久，才说："那我现在应该怎么办？"

见她已经有所松动，我松了口气："我觉得现在最好的办法就是你选择体谅他，其实他在改时间的时候，心里肯定也会觉得内疚，如果你跟他对着干，那么他这份内疚马上就消失了，可是你体谅他的话，他会感激你，会加倍对你好！"

她脸部的表情变得柔和起来，露出小女人的情态："你确定？"

我毫不犹豫地点点头："人都是用心相处的，只要是一个值得交往的男人都会这么做，如果对方不值得，那么放弃也不会觉得可惜了！你相信我，我不会害你的！"

她扭捏起来："我不是担心你会害我，我只是觉得这样做好像很没面子！"

"体谅自己喜欢的人怎么会没有面子呢？你跟他吵架你觉得快乐吗？既然觉得难受，为什么不换一种相处方式呢？其实我不觉得这件事上他错了，谁都会有无法分身的时候，他能够预先通知你，我觉得他已经做得不错了。如果你揪住这一点不放，自己不会开心，他也不会因此觉得自己错了，到最后你换来的只是自己更多的不开

心，何苦呢？有的时候，稍微退一步，就会海阔天空！等你以后走进婚姻的时候，你会发现需要更多的体谅，一个男人就算再爱你，他也不可能知道你全部的想法。幸福的女人都是比别人想开一点，宽容一点，明白一点，知足一点。"

她看了我一会，似乎在衡量，过了一会："我照你说的试试看。"

我叮嘱道："一开始转变不要太大，免得他不习惯，也不要过于刻意。他是你喜欢的人，没有什么比让自己喜欢的人快乐更开心的事了，只要你经常这样想，我相信你一定会处理好的。"

她点点头，很久之后才小声说了一句："谢谢你，我现在好受多了！"

我笑着摇摇头："一家人，何必这么客气。"

她没有再说话，但是我从她眼神里看到真诚的感激，这是一个不太擅长表达自己感情的女孩啊，我在心里说。

成人之美

一个月后的一天早晨，我和子寒还在熟睡。门口响起敲门声，伴随着佣人的声音，子寒被吵醒，有些不高兴："越来越没规矩了，扰人清梦！"

我笑着拍拍他的脸："你有起床气啊？"

子寒突然凑近我，坏笑着说："昨天晚上你表现那么好，我怎么会有起床气？"

我大窘，推开他掀被下床，佣人告诉我子晴在楼下等我。我回到房间披了一件外衣。子寒拉住我，不解地看着我："子晴找你？她找你有什么事？"

我抽回自己的手，嬉笑地看着子寒："我得下去才知道她找我什么事呀！"

"我跟你一起去！"子寒也从床上坐了起来。

我想子晴找我应该是感情上的事，虽然她和子寒是堂兄妹，这样的事也不希望他知道，所以我把子寒按回床上："在自己家里你还要跟着我啊？"

子寒搂了搂我，一脸的不放心："子晴从小任性，我怕她给你难堪！"

我安抚着子寒："不会的，难道她大清早跑过来就为了给我难堪？哪有这么闲的人啊？肯定是有什么事，你就别管了！"我亲了亲子寒，像安慰小孩子一样拍拍他，"你要相信我！现在还早，你多睡一会！"

好不容易才让子寒躺回床上，我简单梳洗后就下了楼。子晴正望着窗外，我心中一凛：难道她的感情又有什么变故了？听到声音，她回过头来，脸上是难以掩饰地喜悦。我松了口气，笑着说："不好意思，让你等久了！"

她笑得很灿烂，这种笑是我以前没有见过的，原来她笑起来竟

是如此纯真甜美，仿佛一夜之间身上的棱角都不见了："是我来早了，可是我就是迫不及待想来找你！"

她上前几步，亲热地拉住我。对于她突然转变的态度，我一时竟有些不习惯："什么事这么高兴啊？"

她把手伸到我面前，上面有一只很精致的钻石镯子。镯子虽然很精致，可是以林家的财富而言，这样的镯子就显得寻常了，能让她这么开心，除了她口中的他之外，找不到第二人选。

"很漂亮，他送的吧？"我也感染了她的好心情，引她去东边客厅。阳光从树影里透射过来，斑驳流离，让这个清晨绚丽异常，许是人的心境所致。

她羞涩地点点头，爱不释手地抚摩着。我突然想起在复旦的时候，我也是她这种神情，那时候在我眼里，钻石再贵重都没有送的人那份心意贵重。事隔多年，我几乎已经遗忘这些往事，如今突然忆起，竟怔忡起来。

她看了看我，突然不好意思起来，将袖子拉下一些盖住镯子："这是他昨天送我的，说是赔罪的，不过我已经真的没有怪他了！"

我笑着问："这种感觉是不是很好？"

她毫不犹豫地点点头："一开始我还不是完全相信你的话，可是他现在对我真的比以前好，他说喜欢我这样，觉得我成熟了！"

看见她这样，我也真心为她高兴。其实我告诉她的那些道理很简单，只是因为林家是豪门，身份和地位相对较高，不自觉地就会流露出高人一等的感觉。这种感觉不只是林家人有，连其他人都觉得理所当然，所以人人都将她当成大小姐，不会有人去告诉她应该放低姿态，也许在其他场合无所谓，可是在感情上，这种高姿态会加速感情破裂。我想任何有骨气的男人会因为爱一个女人而迁就她，却绝对不会愿意匍匐在她脚下。如果因为林家的财富而愿意这么做，那么这样的男人也给不了子晴幸福。

我由衷地笑道："看见你这样，我也很高兴，如果我出错了主意，估计你都要恨死我了。"

子晴突然忸怩起来："我以前对你态度不好，你还这么帮我，我只想跟你说一句：对不起！"

听到她这么说，我心里很高兴，这是一种夹杂着助人后的快乐和被人完全接纳后的开心："还是那句话，都是一家人，何必那么客气呢！"

"灵灵！"子寒见我一直没再上去，也下楼来了，"子晴，你一大早的找灵灵什么事？"子寒不着痕迹地揽过我。

子晴心情愉悦地斜了子寒一眼："当然是有事了，我还能吃了你的心肝宝贝啊？我现在和灵灵关系不知道多好呢！"

子寒探询地看着我："是吗？你们在聊什么？"

我笑着挣开他的怀抱："这是女人间的秘密，男人不能听！"

子寒见子晴和我相处愉快，也放下心来，子晴把他推了出去："我就借你老婆一会儿，你别来打扰我们，我保证等下一根头发不少地还给你！"

子寒笑着摇摇头离去。

子晴又跟我聊了一会新的进展，直到子寒催我吃饭她才意犹未竟地结束了聊天。

从这以后，子晴把我当成爱情顾问，只要一回家，必然过来找我，无法找我的时候，也会天天打我电话。子寒问我为什么子晴对我态度会有一百八十度的大转弯，我没有告诉他原因，替她化解感情危机只是一个契机，我只希望一家人能够和睦共处。我以为对于这样的变化，子寒会高兴，可是事实上我却错了。一开始子寒见子晴不再针对我，的确很高兴，可是随着子晴找我的时间和次数增加，子寒的不高兴渐渐显现。

也许子晴身边太缺乏真心对她或者说是替她着想的人，也可能是她见子寒和我的感情如此亲昵，几乎把我的话当成教条，甚至对我的眼光也信奉起来。一次子寒正打算带我出去吃饭，子晴突然过来，让我陪她出去逛街；还有一次，子寒兴致勃勃希望和我有一个浪漫之夜，子晴却留到十一点才走。这样的例子一多，子寒就不高兴起来，我夹在中间，好生为难。终于有一天，子寒直接表达了他的不满！

"灵灵，你不觉得你本末倒置了吗？"

我笑着挽住他，撒娇道："不觉得啊，我哪里本末倒置了？"

他皱了皱眉道："你跟她们处得来最好，处不来也没关系，没必要强求自己。"

我辩解道："我没有！再说我们不是个体，和自己的亲人都处不好，你不觉得很失败吗？"我垂下眼帘，"何况，我这么做也是为了你！"

子寒扳正我的身子，眼里是前所未有的认真："可是灵灵，我并

成人之美

没有要你这样为我，你没必要去讨好子晴，你不觉得你在这上面花的心思太多了吗？"

子寒的话让我惊愕，一种受伤的情绪瞬间漫上心头："我没有讨好子晴，子晴其实是个很简单的人，她喜憎分明，她喜欢找我，我总不能不理她吧？"

子寒失望地摇摇头："我没让你不理她，我只希望你适度，你明白我的意思吗？"

我眼里潮湿起来，子寒竟如此不解我的心思，难道在他眼中，我是如此曲意逢迎之人吗？对他的父亲我都不曾如此做过，又怎会对子晴如此呢？当下，心中的委屈越发明显起来。

子寒见状叹了口气："好了，我们不说这个了！"

我却依然觉得委屈，认识子寒到现在，他从来没有对我沉下脸过，更没有说过一句重话。我告诉自己，两个人相处久了，必然会有摩擦，任何人都避免不了，可是心里还是郁郁得难受，一时找不到平和的心境了！

子寒没有再提过此事，可是我敏感的发现这事就像是我们感情的分水岭一样，让我们突然从痴缠的云端里跌回凡尘。对于这样的变化我有些无所适从，我努力使自己平静下来，告诉自己不要过于纠结，以免失去了平常心！

失之东榆

子寒去香港公干，我已经习惯了这样时聚时离的生活，安静地在比弗利看书弹琴。这种日子在外人眼里倒也逍遥自在，只有我自己明白，我和子寒之间已经不如以前那么甜蜜痴缠，他对我也不像以前那么推心置腹。虽然他对我依然很好，可是我发现，我们之间少了很多言语，甚至在夫妻生活中，他对我亦不如以前那么痴迷。

我站在窗前，凝视着园中的花花草草，看着它们一荣一枯，周而复始，那么感情也可以这样吗？子寒和我之间的降温是婚姻的必然阶段吗？是甜蜜过后必然回归的平淡吗？可是平淡和疏远能划上等号吗？我仔细地审视着自己，是我哪里做得不好吗？真的是因为子晴吗？我料得没错，子晴频繁地找我只维持了很短的时间，当她感情稳定下来时，她找我的次数锐减，有时间和喜欢的人相聚还来不及，又怎么可能天天和我粘在一块呢？我以为子寒会明白，我怎么也想不明白这么一件小事怎么就能影响我们之间的感情了！

佣人过来敲门，告诉我蔡美妍在楼下等我，我意兴阑珊地披了件衣服。

我还没走下楼梯，蔡美妍就从沙发上站了起来迎向我，手里拿着一份报纸："灵灵，你怎么还这么悠闲啊？出大事了！"

"怎么了？"我淡淡地问。

"子寒上报了！"蔡美妍激动地把报纸往我手上一塞，"和一个刚开始红的小明星。"

我心里一凛，脸上却维持着平静。报纸上的照片不是很清晰，但依然能看清是子寒，旁边是一个女人，依在他身侧，下面的文章里是众多猜测。若在平时，我绝不会当一回事，可是现在不同，我和子寒间若有若无似有隔阂，我控制不住自己不乱想，他和我之间的降温是因为别人出现吗？可能吗？这个说要照顾我一辈子的男人，这个等到三十多岁才娶妻的男人，会结婚刚一年就移情别恋吗？我

心里有些酸楚，却不能表现出来。

"这种捕风捉影的事，何必较真儿？"我随手把报纸放到茶几上。

蔡美妍探究地看着我："可是子寒一向谨慎，尤其很少和女性交往，你真的不担心？"

我淡淡一笑："百密总有一疏，何况这照片在公众场合，我又何需草木皆兵？"

蔡美妍嘴角牵动了一下："你也太平静了吧？"

我没有说话，她见我反应冷淡，坐了一会便起身告辞。待她一走，我才放任自己的情绪，我想打电话问子寒到底是怎么回事，可是又怕他觉得我不信任他，最终还是打消了这个念头。子寒作为当事人之一，我相信他不可能不知道，所以我选择等他打电话主动跟我解释，可是我等了一天一夜，子寒的电话来过，却没有提起此事。

放下电话，我默默走到阳台上，清冷的夜风吹到身上，遍体生寒，我第一次觉得这幢宅邸竟是如此空旷和寒冷。我哽咽地望着夜空，默默说：子寒，你还记得吗？你说过这辈子你希望我不要觉得寒冷，可是你知道吗？我现在好冷好冷……

斜倚在栏杆上，眼泪被风吹落，湿润冰凉一片，我在心里问自己：这就是我追求的生活吗？这就是豪门生活的代价吗？是不是豪门里的男人注定不会专一？是我太贪心了吗？

各种猜测的消息依然陆续登在报纸杂志上，即使我不想知道，也会有很多人过来告诉我，而我在这些人面前还要强装淡然，心里的苦楚只有我自己清楚。我依然等着子寒给我一个解释，可是我失望了，子寒不但没有给我解释，电话也越来越少，我的心一点一点冰冻。

也许是晚上吹了风，也许是心情郁结，我终于病倒了。半夜发起了高烧，我想叫人，却没有力气，意识渐渐游离。

当我醒来的时候，周围的环境依然熟悉，恍惚间，我看见子寒的脸，带着焦灼，我悲哀地想：是我的错觉吗？

"灵灵，怎么这么不小心？佣人们没有好好照顾你吗？"子寒轻轻地摸了摸我的额头。

我将脸转到一边："我没事了！"

子寒长长叹了一口气，替我掖了掖被子，起身离开房间。我几乎以为是自己的幻觉，眼泪却沾湿了枕巾。

可是子寒真的回来了，我的病起起伏伏，高烧退了三次又发了三次，子寒不眠不休地陪在我身边。可是这样的他让我更觉心痛，如果那么在乎我，为何不给我一个解释？如果不在乎我，何必对我这么好？

"灵灵，起来吃药了！"

我推开送到嘴边的药，闭上眼睛。

"灵灵，你不吃药怎么会好呢？"

"不想吃！"我生硬地说。

"乖，先把药吃了！"子寒哄我。

我翻了个身，不再说话。

"你到底想怎么样呢？"子寒的声音里带着深深地无奈。

我终于忍不住爆发了："是我想怎么样吗？你真的不知道我为什么会病吗？"

子寒没有生气，平静地说："那你告诉我你为什么会生病！"

见他一副不知情的样子，我更加来气，平时的修养和淡定全部被我抛到脑后："你自己知道。"

子寒看着我，眼里终于泛出笑意："你终于发脾气了！"

我怒视着他，想到报纸上的那些话，想到蔡美妍转述给我的话，气不打一处来，我想到电视剧里妻子和丈夫吵架摔东西骂人，多有气势！可是我却做不到，长久以来，我一直认为有问题应该心平气和地好好沟通，吵架解决不了问题，即使现在很生气，却也只是怒瞪着他。

子寒坐到床上，感叹地抱起我，我挣扎起来不让他抱，他坚持，我抗拒，他继续坚持。最后，我还是败下阵来，一脸委屈地看着他。

他叹了口气，将我搂进怀里："我知道你为什么生气，因为那个小明星对吗？其实我跟她什么都没有，报纸上捕风捉影瞎编乱造，我怎么会对不起你呢？"

听到子寒说他根本没有对不起我，我气消了一半，想了想，又不高兴起来："既然你和她没什么，为什么不跟我解释？"

子寒轻轻一笑，捏了捏我的鼻子："还不是因为你？"

我一脸不信地看着他："因为我？别告诉我你闹绯闻也是为了我！"

子寒有点伤感地说："灵灵，自从我们结婚后，你变得好乖，从来不会任性，从来都是面面俱到。你小心处理着各种人际关系，爸妈都说你懂事，可是我好怀念在复旦的日子，你会跟我撒娇，会捉

弄我，会吃醋！现在的你，是一个非常合格的豪门少奶奶，可是我要的不是一个优雅的少奶奶，我要的是一个活生生的灵灵，你把什么事都处理得那么好，我会以为你不需要我了。"

我惊讶地看着子寒，原来他竟是这样想的。子寒不说，我还没想到我们之间的问题出在哪里，听他这样一说，我突然想起前段时间在网上看到的一篇文章：女人过于懂事，过于贤惠，男人会觉得自己不受重视，子寒也属于这种吗？或者说男人和女人之间的想法真的这么迥异吗？

子寒继续说："灵灵，一上报纸我就想跟你解释了，可是我想知道你会有什么反应。我等着你来问我，等着你不高兴，可是你却什么反应都没有，我打电话给你，我以为你会提，可是你却什么都没说。你这样我觉得我对你一点都不重要，你心里根本不在乎我。"

我看着他伤心的表情，终于忍不住说："如果我不在乎你，我不会夜夜失眠，不会夜夜在外面站到天明，更不会因此生病。我一直都想问你，可是我怕你觉得我不相信你，怕你觉得我跟其他人一样俗。"

子寒笑了，带着一丝心痛抱紧我："傻瓜，你是我老婆，你当然可以问我，甚至可以跟我吵闹，你这样憋在心里，把自己搞得生病，你觉得值得吗？"

我撅了撅嘴："值得，我就是要你心痛。"

子寒叹了口气："是，你做到了，我一听到你病得高烧不退，马上就赶了回来，我想这下你总该问我了吧，可是你还是憋着不说。你还记不记得我们恋爱那时，人家跟我说几句话，你都不高兴？"

听到子寒说起前尘往事，我忍不住感慨起来。那些事情发生还不到两年，我却觉得遥远恍如隔世，心里竟是如此眷恋，此刻我终于明白子寒的心情了，子寒这辈子最大的愿望就是娶自己爱的人，可是如果我最后变成毫无灵性可言，他心里的失望可想而知。我一直努力适应豪门生活，希望得到所有人的接纳，却疏忽了子寒的感受，而他才是真正和我相伴一生的人；如果我得到了所有人的喜欢，却独独失去了子寒的心，那么我做这一切又有什么意义？

我叹了口气，心疼地看着子寒："对不起！"

子寒爱怜地看着我，柔声说："不要跟我说对不起，我只要我的灵灵回来。"

我看着子寒，笑意慢慢扩散："那你以后不要被我的醋劲吓到！"

子寒笑着搂住我："我不会让你有机会吃醋的。"

我趴在子寒怀里，幽幽地说："子寒，你知道吗？我不是圣人，我也有脾气，也有情绪，可是我怕任性了会给你带来麻烦，会让你为难。更怕你忙于事业，我还不体谅你，会让你后悔娶了我……"

子寒重重叹了口气："傻瓜，没有人活在这个世上会不犯错的。你宽容体谅是对外人，我是你老公，我喜欢宠着你，喜欢迁就你，喜欢你跟我撒娇使性子。"

我"扑哧"一声笑了出来："这是不是就是传说中的受虐狂？"

子寒无奈地看了我一眼，我撒娇地扯着他的衣服："好了，既然你喜欢我折腾你，我肯定如你所愿，要宽容大度很难，要由着自己的性子来还不简单吗？"

子寒刮刮我的鼻子："那你可要掌握火候！"

我嬉笑颜开地说："知道，过犹不及嘛！其实我也压抑得难受，现在你都御准了，那我还有什么可担心的？"

"你啊！"子寒感叹地亲吻着我的额头，"灵灵，你知道吗？我最喜欢这样的你，让我不爱也难！"

我推开子寒，定定地看着他："那以后不准跟娱乐圈里的人闹绯闻！"

子寒呵呵一笑，点点头："好，以后我跟娱乐圈外的人闹绯闻！"

"讨厌！"

子寒捉住我的手，认真地说："不过我们还是要彼此信任，你要相信我不会做对不起你的事！"

我偏着头看着子寒："一辈子很长的！"

子寒定定地看着我："难道你对我没有信心？"

"没有信心就不嫁给你了！"

阳光从窗外洒了进来，连日的阴雨天气终于结束了，所有阴霾全部散去，正如我此刻的心情。我偎在子寒怀里，聆听着他的心跳，心里觉得无比塌实，脑子却不肯停歇。我终于明白，人的喜好各不相同，并不是所有人都喜欢同一类人，我刻意压抑自己的天性，去迎合别人，却忽略了和子寒的沟通。我在潜移默化中渐渐失去自我的时候，子寒又怎么可能喜欢这样的我呢？好在我及时醒悟过来了，没有等到子寒真正离我远去的那一刻才后悔莫及。我忍不住在心里感叹：相处真是一门高深莫测的学问，只可意会，无法言传。

经历了这个小风波后，我和子寒的感情有增无减。我也终于明

失之东榆

白，子寒要的是最最真实的我，是浑然天成的我，而不是一个事事退让迁就的我。在追求感觉上，他远比我执著。所以他轻易不可能出轨，但是一旦出轨，便不会回头。

所有报道似乎一夜之间全部消失了，我知道以林家的财力，只要一施压，便能压下这些绯闻，想来是子寒不希望我再受这些事的影响。没有了这些消息，我觉得生活又变得如此美好。

适逢初春，天气乍暖还寒，却是晴朗的天气。初春的太阳弥足珍贵，我歪在躺椅上，懒懒地接受阳光的洗礼，仿佛儿时母亲的手抚过我的脸。这些天，子寒没有出国，只是时有应酬。但是我已经觉得非常满足，无论我学得再多，懂得再多，我依然只是一个小女人，一个希望爱人陪在身边的小女人。正在冥思间，佣人过来告诉我，子寒的父亲请我去花园。

我走到东边的落地窗前，撂开垂到地上的窗帘向外望去。子寒的父亲正坐在太阳伞下，他穿着一身浅色的休闲装，正悠闲地喝茶，我再一次感叹起来：这是一个六十多岁的老人吗？岁月不饶人，却偏偏饶了他！我想起林以前跟我说过的话，他说男人到了一定年纪，财富、阅历加上保养得当，对女性的吸引力是致命的。难怪直到现在，对子寒父亲仰慕的女性依然多不胜数，我想这其中不乏财富的作用，但是本身的魅力也不可忽视。我突然想到另一个问题：等子寒六十多岁的时候依然会有很多女性青睐他吗？

我回到房间，换掉睡袍，心情愉快地过去。虽然他比子寒更忙，在家的时间更少。可是我特别敬重这位睿智的长者，他对我而言就像一部人生宝典，每次和他聊天总觉得受益匪浅。也许正因为如此，他在事业上才能获得巨大的成功吧？我总觉得林家的历史对我而言像传奇，林家的先人像谜一般。他们极端富有，又极端低调，神秘中带着奢华，在世界经济中占着一席之地，经久不衰。

"灵灵，过来尝尝这个茶！"子寒父亲招呼我说。

佣人立刻给我斟上，我轻轻喝了一口，惊叹道："好香啊！这个泡的水不是露珠就是山泉！"

子寒父亲开心地笑了："还是你识货，之前让子寒喝过，他说没什么特别的。"

我笑了起来："这就和子寒让我品红酒，我永远喝不出味道来一样嘛！"

"原来是我找错了人，在这方面的鉴赏能力上，子寒远远不如你！他对古玩珍宝也没什么兴趣，倒是给你买珠宝首饰还挺在行的！"他半开玩笑地说。

"爹地！"我嗔怪地叫道。

"这段时间你们还好吧？"

我想他肯定也听说了前段时间的绯闻。当下，坦然地说："已经没事了，比以前还好！"

他爽朗地笑了起来："感情就是要经历些波折才会更加珍贵，看见你们这样我也放心了！"

我不好意思地笑笑："让您操心了！以后不会了！"

子寒父亲继续笑道："以后肯定还会，一辈子很长，怎么可能不磕磕碰碰呢？没有两个人的相处会永远和和睦睦。如果真的做到了，那就只能算相敬如宾了，偶尔闹别扭，只会增加生活情趣。掌握火候就好！"

我轻轻点了点头。

"子寒回来那天，见你高烧不退，很是着急，直怪我们没有把你照顾好！"

我一惊，忐忑地看着他，想从他脸上看出点什么。难怪这几天子寒的母亲看见我没有平时的亲近，原来竟是这个原因。我无法怪子寒给我带来麻烦，他也是关心则乱。但是我很清楚，子寒这样做会让我很被动，他母亲不会怪他，会怪我！

"对不起，爹地！"

他慈祥地笑笑："不用跟我说对不起，如果我会生气就不会告诉你了。不过子寒这样，伤了你妈咪的心了！"

我内疚地说："谢谢爹地告诉我，我知道该怎么做了！"

他赞赏地笑了："我知道你聪明，子寒虽然长你十岁，可是在处理这些事情上，还不够成熟。一个家庭是否和睦，很大程度上取决女主人如何处世，在这方面你有天赋，子寒需要你的引导。一家人最重要的是和睦和坦诚！"

我郑重地点点头，我想他约我喝茶大概就是这个用意吧。他是个阅历丰富的智者，说的话做的事都让人特别容易接受。

风雨过后

以前，子寒在书房处理公事的时候，我从来不去打扰他，怕影响了他。这天，我第一次没有让佣人去送咖啡，而是亲自煮好给他送去。

子寒见是我，眼里有一抹惊喜。我把咖啡端到他手里，子寒喝了一口，放到一旁，把我拉到怀里坐下。

"有没有觉得今天晚上的咖啡不一样？"

子寒认真地点点头："是的，好象不如平常的好喝！"

我垮着脸泄气地说："我煮的那么差啊？"

"傻瓜，逗你玩的，看你的眼神我就知道这个咖啡出自你之手，再难喝我也会全部喝下去，再说有佣人在一旁指导，你也差不到哪里去！"

我斟酌着应该怎么跟子寒说，想了想，觉得还是直白一点比较好："子寒，我病的那天你是不是关心则乱了？"

子寒也不隐瞒："你病了我当然着急了！"

"你是不是怪爹地妈咪了？"

子寒有些探究地看着我："怎么了？他们跟你说什么了？"

我搂着他的脖子真诚地说："你别乱想，爹地妈咪对我很好。我知道你对我好，可是你这样迁怒，会伤他们的心。何况我认为，我们都是独立的人，都应该自己照顾好自己。再说他们是长辈，应该是我们照顾他们，怎么能够让他们把我们照顾好呢？"

子寒叹了口气，面有愧色："我知道那天是我不好，看你躺在床上毫无生气。一着急……"

"你啊，明明是你自己让我病了，怎么可以怪别人嘛！如果我是妈咪，我也生气！"

子寒不好意思地笑笑："那你说应该怎么办呢？去给妈道个歉？"

"哪里够啊？如果是我，你现在来跟我道歉，我更加生气！"

子寒无奈地看着我："那到底要怎么做？"

我叹了口气，忍不住提醒他："如果我是妈咪我不会因为你态度不好而生气，我会觉得辛辛苦苦把儿子养那么大，有了老婆后，就不要妈了，会觉得心寒！"

子寒惊讶地说："有这么严重？我从来没有这种想法！"

我肯定地点点头："如果以后我有儿子的话，我肯定会这么想！"

子寒沉思起来，喃喃地说："难怪妈这几天好象不太高兴，原来是这样！"

见他明白过来了，我松了口气。

子寒郁闷地看着我："你们女人心思真多，而且还不说，我怎么猜得出来？"

我失笑地摸了他的脸："这就是男人和女人的区别嘛！如果什么都说出来了，人生就不精彩了，你说对不对？"

子寒也笑了起来："你永远都有理！我知道该怎么做了。"

　

这件事终于圆满落幕。子寒为了弥补我，带着我去度假，我们住在山腰别墅里，似乎回到了恋爱时代。经历过这件事，我对子寒更加珍惜，也许真的要失去过才懂得珍惜。

露台建在半山腰里，风景一览无余。这里的自然环境保护得特别好，除了别墅几乎看不见人工痕迹，我看着苍翠欲滴的参天大树，若隐若现的蜿蜒山路，心里涨满了喜悦。呆久了比弗利，偶尔出来欣赏其他风景，感觉整个人都焕然一新。

"子寒，如果日子永远这么浪漫，该有多好！"我伏在子寒怀里，天马行空地想着。

子寒轻笑起来："灵灵，你这么浪漫的性子，真的不能嫁给普通人。"

我斜了他一眼："你想说你不是普通人喽？有你这么自恋的吗？"

子寒不答反问道："那你觉得我很普通吗？"

我看着子寒，突然一笑："你是最特别的！"

子寒立刻喜形于色，我在心里暗叹：有人说男人也需要甜言蜜语，果然没错！不过只要他喜欢，我又何必吝啬我的赞美？

子寒摩挲着我的脖子，弄得我麻痒难耐："灵灵，你不觉得我们还缺少点什么吗？"

我慵懒地问："缺什么啊？你已经什么都有了，不可以再贪心！"

子寒神秘地笑着："爸很少夸人，但是他说你是他见过最有悟性的人，所以我不告诉你，等你自己猜到！"

我忍不住问："爹地真的这样说？他还说什么？"

"放心！"子寒捏捏我的鼻子，"他对你一直都很满意。不过爸是个很深沉的人，从来不会把对一个人的喜怒会放在脸上！他肯跟你交流就说明看重你，爸的时间比你想象的宝贵一万倍。除了我们这些家人，其他人想见他一面都不容易！"

我能够想象像这样在世界经济中占着一席之地的商界巨富，又岂是想见就能见上的？

"爹地还说我什么？"我暗暗好笑起来，原来事关己身，我一样喜欢打破沙锅问到底。

子寒眼里蕴涵着满满的笑意："难得看见你好奇的一面！"

我搂着子寒的脖子撒娇："快告诉我嘛，不准吊我胃口！"

"爸跟我说，我选老婆的眼光不错！"子寒终于不再逗我。

我转着眼珠想装得深沉一点，未了，犹自不确定地问："爹地真的这样说，不是你编出来哄我的？"

子寒怜爱地拍拍我："如果爸不喜欢你，他会同意我们的婚事？现在你也看到了，一般人嫁入豪门需要经历什么样的考验？"

我偏着脑袋想了一会，觉得子寒说得有道理。前不久报纸上就有大肆报道，某豪门对未来儿媳妇的多方考验。想到这里，我笑着对子寒说："是不是只要你坚持，我就不用受那么多考验？"

子寒搂过我，看着山下的树木，眼神有些悠远："不完全是，豪门婚姻很多身不由己，除非真的决定放下所有财富和亲情，可是这样的人小说中也许会有，现实中真正会这么做的人没有几个。我的情况比较特殊，因为我是独子。如果有好几个继承人，那么基本只能接受家里的安排。如果你不愿意，有的是其他人愿意继承，这个时候，只能牺牲感情！"

不知道是山风的缘故，还是子寒的话让我心生寒意，我忍不住朝他怀里偎了偎，子寒低头看了看我，轻笑道："是不是不喜欢听这些？"

我默默摇了摇头："不管喜不喜欢听，事实总是事实。以前念书的时候，有些同学对豪门也很有兴趣，经常会拿来讨论，尤其是那些男同学，恨不得自己是豪门少爷，那么就可以要风得风，要雨得雨。可是直到现在，我才知道豪门生活如人饮水，冷暖自知！"

子寒突然板过我的身子，认真地凝视着我："灵灵，就因为我出身豪门，所以我更珍惜感情。我知道以我这样的身份，拥有真爱的机会远比其他人少，可是我还是拥有了你，所以我很感激命运，没有让我在物质中极端富裕，而在感情中永远苍白。以后，我们永远只有彼此，好吗？"

　　我在子寒这么殷切的目光里不由自住地点点头。

　　子寒再度把我搂回怀里，轻轻地说道："很早以前我就渴望一种生活：每天晚上都能拥着心爱的人入睡，每天清晨第一眼就能看见她的睡颜。我向往一生一世的感情，这辈子我只想谈一次恋爱，只爱一个人，只娶一个人！"

　　我听着子寒的话，有些动容，是什么样纯粹的性格才能让一个男人在感情中如此专注？可是这样的梦听起来像神话，那么我和子寒能够成就这个神话吗？我定定地看着远方，忍不住出神起来。我的眼前依稀闪过 KING 和林的身影，他们向往的是否也是这样的生活？我看着子寒清朗的侧影，告诉自己，他才是我在对的时间里遇到对的人，其他人过去就便过去了！

风雨过后

复旦旧识

　　闲来无聊，我开始关注起其他嫁入豪门或者王室的女人，尤其关注那些成功的典范，她们是如何在豪门里把握住自己的幸福。当然，我也关注其他失败的例子，一来打发时间，二来作为自己的借鉴。

　　诚如我以前认为的，大陆并没有豪门，并不是歧视内陆地区，而是改革开放才区区二三十年，上一代的权力棒依然有很多仍然握在创业者手中。在嫁入豪门之后，我特别认同"三代才能出贵族"这句话，子寒曾告诉过我，从小出身豪门的人行为习惯和突然富裕的人绝对有着本质区别，这一点在我婚后，感受特别深刻。长期生活在豪门中的人，一举一动都恰倒好处，没有一丝累赘。以前在复旦念书的时候，晚上熄了灯，我们会在寝室里开卧谈会，每个女孩子心中都会有一个充满玫瑰色的爱情梦，豪门也必然是大家津津乐道的话题。没有嫁入豪门之前，我也曾想过，豪门里那么多规矩，吃饭需要怎样，穿衣需要怎样，说话需要怎样，该有多么拘束。直到自己真正嫁入豪门，我才知道，真正从小生活在豪门里的人，并不会觉得这是一种拘束，就像我在家的时候，从来没有觉得家里拘束过我，可是换一个人住到我家，肯定会感到万分别扭，换言之，这就是习惯的差异。

　　当然，豪门里的规矩和讲究的确要比普通家庭多得多，但是如果已经适应了，便不会觉得。

　　在豪门里生活得越久，我便越相信付出和回报之间的等量关系。谁都知道，豪门之所以称为豪门，最显著的一个特点就是拥有一般人几辈子都无法拥有的巨额财富，所以豪门里的人在物质享受上，有着无法比拟的优势，只要这个世界上存在的，都不是难题。但是在享受顶尖物质的同时，同样也要付出很多。豪门里的男人担负的不只是养家糊口，而是整个家族的盛衰荣辱，很多人都以为豪门男人最不缺钱，可以随心所欲，事实上却正好相反，这些身处金字塔尖端的男人，身上都有着印记，这些社会地位会在有形无形中约束他们的行为，他们的一言一行必须符合自己的身份。而豪门中的女人，要比一般女人更加谨守本分，更加隐忍退让，甚至过着聚少离多的生活，支持丈夫的事业。

别人的生活看得久了，就会慢慢发现规律：大凡嫁入豪门能幸福的，都是心态极好的女人，甘愿为了丈夫默默的付出。我从不认为这样的女人是寄生虫，而是一种可贵的奉献精神。为了金钱可以舍弃尊严人格的人，并不在此列。

豪门夫妻大多体现了"男主外，女主内"的传统，我从不认为主内的女人便失去了自我，成为男人的附属。一个和谐的家庭中，必然有所分工，如果夫妻双方同时对外，那么家里必然乱成一团；反之，如果夫妻双方同时主内，那么便会失去活力，家不成家。豪门里的男人也需要娶妻生子，所以必然会有符合这些要求的女人与他们结合。如果一个女人的追求是在事业上有所成就，却违心选择了另一种生活，那么才是失去自我，而判断是否失去自我的关键是看有否违心，如果和心里的想法一致，只是选择了自己想过的生活而已。

更多的却是失败的例子，我归结了一下，都有一个共性：心态没有及时调整，受不了规矩颇多的豪门生活。即使如以前的"豪门神话"朱玲玲，在维系了二十七年后，依然解体。

我给自己的婚姻做了一个清醒的认识：林家是豪门中的豪门，财富数以千百亿计，而我追求的是浪漫的生活，并非是自己名下有多少财产，所以不会要求子寒今天送我豪宅，明天送我游艇；其次，我生性好静，并不觉得在豪门里备受拘束，我要自己时时谨记，人不可以太贪心，不能在享受富裕浪漫生活的同时，还希望享受绝对的自由，那样既不现实也会破坏自己的心态；再次，子寒和我的结合是基于感情，我们之间并非交易。有了这样的认识，我对我们的婚姻充满信心。也许，这也是所有婚姻中都需要明白的道理：人要学会满足，知足常乐！

有了这样的认识后，我和子寒的感情日渐和谐，我更加关心体谅他，他也回我更多的疼爱，我沐浴在爱的春光里，几乎忘了今昔何昔。

一日在杂志上看见某一奢侈品牌出的新款衬衫，觉得子寒穿了一定好看，于是吩咐佣人备车，打算去罗德尔街买来送给子寒。

"灵灵，是你吗？"刚下车不久，一个熟悉又陌生的声音在我背

后响起。异国他乡，突然听到如此熟悉的国语，我惊喜又狐疑地转过身去，竟是几年没见的晴晴。

我迟疑地站在原地，不敢相认，能在这里相逢，实在太巧了。

晴晴拍了我一下："怎么了？不认识我了吗？"

我这才回过神来，几年时间会让一个女孩发生很多变化，不知道这样的变化是不是也同样存在我身上。现在的晴晴和以前的复旦学生相比，成熟了不少。想起几年前在复旦校园里发生的事，仿佛就发生在昨天，不知道这些事是否还停留在她的记忆中。

"怎么会呢？你走后我听其他同学说你出国了，是来美国了吗？"我不知道刚才司机开着宾利送我过来的那一幕她有没有看见。

她看了看周围，提议道："不如找个地方坐坐？难得在异国他乡看见同学，感觉真是太亲切了。"

我笑着点点头，心里也有同感。不见到以前的人还好，一见到才发现竟是如此留恋，也许留恋的是曾经的岁月，那些飞扬而青春洋溢的日子。

虽然我在美国生活了两年，对于美国的一切却依然感觉陌生。平时大多数时间都留在比弗利，唯一的活动范围也只有几个顶级购物场所。

"灵灵，我们有几年没见了？"晴晴感慨地说。

我心里默算了一下："有三年了吧！"

"是啊，时间过得真快，想不到这次来美国玩还能遇到你。"

"你不是来了美国吗？"

晴晴笑着摇摇头："我去了法国，这次是来玩的。"顿了一下，她又说，"我听其他同学说你毕业就嫁到了美国？"

我点点头，她关心地问："你老公对你怎么样？条件好吗？"

我避重就轻地说："还可以吧！"

她惋惜地看了我一眼："上个月回国我碰到了洁，她现在是大作家，还提起了你呢，觉得你嫁委屈了。"

听她提起洁，我想起一起在复旦念书时同住的那四年。洁的犀利，洁的爱憎分明，洁的洞悉人性，突然好想念她。嫁入豪门之后我几乎断绝了以前所有的联系，是否我真的太干脆了？虽然很少联系甚至没有联系，可是她们经常出现在我的梦里，每逢午夜梦醒的时候，回想起曾经的岁月，心中感慨万千。虽然现在身处豪门，只要自己愿意，很容易就能拥有很多朋友，可是再也不会有以前的情怀。渗入了背景和门第，再也不会有学生时代的纯粹，一个年代有一个年代的特色，过去了便永远都过去了。我忍不住伤感起来。

"灵灵，在想什么呢？"晴晴的话把我拉回现实。

我喝了一口冰橙，眼神看向窗外，窗外是一片辽阔的天空："没什么，突然想起了以前的日子，不知道大家怎么样了。"

"念书的时候觉得那些同学有的喜欢嫉妒，有的不好相处，现在回头想想，除了留恋竟然找不到其他感觉。"

晴晴的话我深有同感，以前在学校里的时候听回校的学长学姐说起对母校的留念对校园生活的怀念，总是体会不深。直到自己离开学校后，才深刻地理解了她们那时的心情，不知道我此生还有没有机会回到复旦，去重温那时的岁月，想到这里我情不自禁向往起来。

"好想找个机会回去看看。"

晴晴不解地看着我："现在美国到中国不是很方便吗？你叫你老公带你回去就是了，再说你家在中国啊，你总要去看那边的亲戚吧？"

我尴尬地笑笑，晴晴不知道我的现状，所以才会有此疑问。子寒平时很忙，我也不好意思叫他卸下生意，陪我去寻找过去的岁月，而我单独回去那更不可能，子寒的父母不会答应，子寒更不可能答应。对于别人而言非常简单的事，放在我身上便是一种奢望。

见我不说话，晴晴又说："你老公对你好吗？这次回去洁聊起你还觉得很遗憾，总觉得你应该嫁入豪门当少奶奶。"

"这些事情强求不来，他对我很好，我也知足了！"怕她多问，我不着痕迹地转移话题，"你呢？过得好吗？"

晴晴除了打扮上的变化很大之外，整个人和以前相比也有很大差别。以前的晴晴给人的感觉是高傲和难以接近，现在那种感觉淡了很多，也许这就是成熟吧！想起复旦的那些事，不知道她是否后悔过。我知道那些不光彩的事，对一个女孩来说可能是不愿回首的往事，所以也避免提晴晴的往事。

倒是晴晴落落大方地说："那件事发生后，我爸把我送到法国，因我姑姑在法国，我在法国学了时装设计。"晴晴陷入了回忆当中，"刚到法国的时候，我很不习惯，尤其是离开了他。"

我知道晴晴口中的他指的是谁，也就没有插话，静静地听她诉说。

晴晴叹了口气，继续说道："我知道大家都觉得我是为了钱，我不否认这是其中一个因素。但是我对他是真正动心的，一个四十岁

复旦旧识

的男人，要想房获一个二十几岁女孩子的心，其实很容易，他们比同龄男人更懂得女孩子微妙的心理。"

我不禁想起了林，当时我不也是因为这个原因对林产生情愫的吗？和林之间的这段过去，我从未思考过究竟是因为什么对他动了心，从来没有试过用理智去分析这段感情。

晴晴的目光一片澄明，不带一丝感情，似乎在诉说别人的故事，绵长悠远："我是真的爱过他，可是当他老婆知道我们的一切时，他急切地撇清和我的关系，我也真正醒悟过来，我不恨他！也许经历过这些事后，我才开始成熟，才懂得认真地审视这个世界，不再目空一切。从这点来讲，我还应该感激他！我不后悔，无论什么样的经历都应该当作人生的一种财富。如果不是这件事，可能我现在还陷在这样的感情里出不来。"

见我一言不发地看着她，晴晴突然笑了起来："你看我，难得在美国遇见你，尽说这些事。"

我由衷地看着她："看见你现在这样，真好！"

晴晴满足地笑道："是啊！明年我打算结婚，虽然他不是很有钱，但是完全属于我，别人的总是别人的，迟早要还，拥有自己的幸福比什么都强！"

我惊喜地看着她："真的啊？祝福你！"

晴晴伸手握住我，笑得灿烂无比："谢谢你，能收到大学同学的祝福，真的好开心！"

"如果你下次碰到洁她们的话，替我问候她们，告诉她们我好想念她们。"

晴晴点点头，仔细打量了我一眼，我不自觉低下了头，我不确定现在生活在法国的晴晴能不能认出我身上的衣服首饰，好在她也没有多问。见日光渐渐西沉，我借口住得远，就不邀请她过去玩了。

和晴晴分别后，我坐进自家的车子。夕阳已经西沉，留下满天彩霞，甚为绚丽。我在这样的美景里，思绪渐渐飘远，曾经年少气盛的我们终于渐渐成熟，看见晴晴已经走出曾经的阴影，真的很替她高兴，当时在我们眼里这件可能会影响她一辈子的事，却成为她人生的契机。命运真的很神奇，我们不知道下一步将会走向何处，只要我们抱着美好的期望，好好把握我们的人生，命运一定不会辜负我们。当我们放弃心中的执念，好好珍惜眼前的幸福时，一定会得到命运的眷顾，彼岸花开。

怀　孕（一）

这天，子晴又过来找我。自从我替她解决了感情问题后，她便把我引为知己，有什么事都喜欢来跟我商量。其实她只是一个被宠坏的女孩，虽然年纪已经不小，但是心理年龄一直很小。有的时候大小姐脾气时常发作，人却很单纯，与心计城府甚深的人相比较，我宁愿和这样的人相处，至少不用防备，偶尔的小脾气，我愿意迁就。

"灵灵，我发觉你简直可以做我的爱情军师，现在他不再跟我吵架，对我比以前好多了。难怪子寒那么喜欢你，以前我一直以为你不知道用了什么手段才让子寒对你神魂颠倒。现在我才明白，真正要一个人爱自己，不是靠压住对方或者耍手段，一定要先付出爱心。"

我递给她一杯花茶："你能明白这个道理，以后在感情上会少走很多弯路，生气是最要不得的。你看看，现在的你是不是比前段时间漂亮多了？"

子晴兴奋地说："他也这么说呢！他还问我最近怎么转变这么大？一开始他还怕我是暴风雨来临的前奏，对我防备得更厉害，现在才相信我是真的改变了。"

我喝了一口茶，轻笑道："你也要给他时间适应嘛，换了我，我也会这么想哦！"

"讨厌，连你也取笑我？有空我带他来见见你哦。我觉得你眼光很好，其实林家这么多子孙里，子寒最优秀，所以我也最喜欢和他亲近，最重要的是他不像其他堂哥有那么多乱七八糟的情史，他一直很洁身自爱。"

我故意说道："是吗？那他前段时间还跟人家闹出绯闻？"

子晴忍不住着急起来："那是小明星借他炒作，子寒不是这种人！灵灵，子寒是你老公，他是什么样的人，你应该清楚啊！我可

以很负责任地告诉你，我认识子寒三十多年了，他在男女感情上很保守，不会乱来的。"

我失笑道："子晴，你才二十几岁，怎么能够认识子寒三十多年？"

子晴一愣，也不理会，坚持道："我保证子寒绝对不会做对不起你的事。再说了，那小明星长得远不如你，子寒怎么可能看得上她？你别看照片上还行，卸了妆后根本不能看，你要是去拍戏，肯定比她红。当然，我开玩笑的，子寒怎么可能答应你去拍戏！"

看着子晴着急的样子，我在心里感慨她真是一个性情中人，喜怒都那么分明："好了，不逗你了，我和子寒早就没事了。子寒告诉我，他跟那人什么都没有，只是吃饭的时候，被人拍了照而已。照片嘛，不一样的角度就能产生不同的效果。"

子晴如释重负："我就说嘛，子寒不可能这么没眼光的。对了，他跟你说没有，你就相信他没有啊？"

我一愣，对于子晴突然改变的思维有些错愕，刚才她不还在这里劝我来着？

"我相信他。就像你说的，子寒是我老公，他是什么样的人，我比谁都清楚。这件事早就过去了，我们已经没事了，谢谢你！"

"没事就好！"过了一会，子晴认真地说，"灵灵，我其他几个堂嫂嫁过来后，最晚半年里也怀孕了，有的结婚第二个月就有了，你和子寒结婚都快一年了，怎么还没有消息？是没打算要，还是一直没怀上？我不是吓你，在我们这样的家族里，没有孩子是很致命的错误，这么大的家产总要有人继承吧？你有没有去检查过？"

虽然和子寒婚前都做过检查，可是被子晴这样一说，我心里还是有了不好的预感，生怕她一语成谶。

我回避道："孩子的事，看缘分吧！"

子晴见我没有她预期的反应，有些着急起来："灵灵，我干妈一家人都不错，不难相处，而且他们很有修养，可是他们很想抱孙子！干妈还跟我提过几次呢，说她看见别人的孩子，真是可爱。你想想看，如果干妈出去，其他太太问起这个问题，你说她怎么回答？她心里能开心吗？时间长了，肯定会对你有意见的。要不这样，我二嫂怀孕最晚，婚后半年才怀上，我听说她还弄了什么生子秘方呢，虽然她后来生的是女儿，但是有总比没有好啊，我帮你去找她要啊！"

我急忙阻止子晴，要被她这么一搞的话，我绝对相信，最后会演变成我不能生孩子，所以才求助这些旁门左道，到时候对自己和子寒的伤害会很大，子晴单纯，不明白这个道理。

　　"你一个未婚女孩子去找她要生子秘方，你好意思的啊？她不了解的话还以为你要呢，被外人听到会影响你的声誉，尤其是被你那位心上人知道的话……"

　　子晴被我几句话一吓，立刻打消了这个念头。未了，关心地说："但是这个事情你要上心啊，换作其他嫁入豪门的女人，结婚一年还没怀孕，早就急得跟热锅上的蚂蚁一样了。嫁入豪门的女人必须要生孩子，必须要有儿子，免得其他女人趁虚而入。我从小就出身豪门，这些事情我见多了，你一定要相信我！"

　　送走子晴，我意识到我应该为子寒生个孩子了，我也确实想要孩子了。有的时候看见别人怀里粉雕玉琢的小宝贝，我经常幻想我和子寒的孩子会不会也有这么可爱？子晴说得没错，子寒的父母虽然没有明着催，但是言语中流露出来的抱孙愿望已经越来越强烈。

　　子寒没有不良生活习惯，除了应酬时偶尔喝点酒，而他父母其实一直希望我能怀孕，从结婚那天起，饮食上就已经在给我调理，生怕我突然怀孕了，可是这个他们期盼的"生怕"却一直没有发生。

　　我把这个决定告诉子寒，子寒认真地看着我："灵灵，你是自己想要还是因为其他人给了你压力？"

　　我嫣然一笑："我现在突然很喜欢孩子，你不在的时候，孩子可以和我做伴；而且如果我们有个孩子，爹地妈咪肯定会特别高兴，他们年纪大了，别让他们为我们操心了，反正孩子出生以后，不用我亲自带，我们照样可以过二人世界！"

　　子寒高兴地搂住我："灵灵你真懂事，我们应该要两个孩子，一个儿子，一个女儿。"

　　我使坏地扯着他的脸，看着他的脸在我手下变形："你想得倒美！"

　　"我一向都想得很美的啊！而且永远都心想事成，现在我们先要第一个孩子！"

　　……

　　三月的时候，一向很准的月事没来，我心里蕴藏着淡淡的喜悦。我抚摸着平坦的小腹，这里面已经有我和子寒的宝贝了吗？

　　子寒还在沉睡，刚从欧洲回来，我轻轻地抚着他的脸，他醒了

怀孕（一）

过来。

"把你吵醒了?"我含笑问。

子寒笑着摇摇头,把我揽入怀里:"本来就睡够了,怎么起得这么早?你说过睡眠是女人最好的美容师哦!"

我凑近子寒,在他耳边小声说:"子寒,这几天我老想吐,晚上很早就困了,那个也没有来,我想,我很有可能怀孕了!"

子寒呆呆地看着我,却不说话。

我不高兴地拍了他一下:"你怎么了?发什么呆啊?"

子寒突然反应过来:"你的意思是说,我要当爸爸了?"

我不确定地说:"我也不敢确定,可能百分之八十吧!"

子寒立刻从床上坐了起来:"我打电话给医生,让他们过来给你看看。"

我笑着拦住子寒:"我又不是重病,你把他们都叫来,难道给我会诊啊?"

子寒无奈地瞪了我一眼:"灵灵,不可以诅咒自己,要知道忌讳!"子寒虽然生长在国外,对这些还是很忌讳。

最后,子寒让 pol 和王医生过来,一位西医,一位中医。最后,他们两个的结论一样,我怀孕了!

但子寒似乎还不放心,又去医院用仪器检查了,才相信我是真的怀孕了。

晚饭的时候,子寒特别开心,不停地给我夹菜,连他母亲都忍不住说:"子寒,你今天有什么高兴事吗?"

子寒眉开眼笑地说: "有啊,我要是说出来,你们会比我还高兴!"

子寒的父亲难得在家,见状笑着说:"很少见你这么外露过,什么事这么高兴?说出来听听!"

"你们很快就要当爷爷奶奶了!"

子寒的父母不敢相信地看着我。这个消息是他们盼望已久的,此刻突然被告知将要实现,反而接受不过来。还是他母亲先反应过来:"灵灵,这是真的?"

我羞涩地点点头。

得到肯定答案后,他们饭也不吃了。子寒的母亲立刻唤来管家:"现在少奶奶怀孕了,饮食作息上一定要注意!你尽快多请几个人,要有照顾孕妇经验的营养师,一个不够,至少请两个;另外再请一两个懂得照顾孕妇日常起居的人，不，你多找些人带过来，到时候我亲自挑选。另外，以后少奶奶吃的任何东西，原材料你亲自去挑选，绝对要纯天然，不能有任何化学成分。林家在澳大利亚、新西兰的那些农牧场，你叫他们精心培育，空运过来，至少要保证少奶奶的供给。这是林家第一个孙子，马虎不得！"

嫁给子寒已有一年，我已经习惯了豪门生活的奢侈，但是现在还是吃了一惊。怀孕要这么大阵势，简直无法想象。

子寒笑着说："妈，孩子才一个月，你怎么知道是孙子？"

妈咪一愣，旋即笑道："口误，口误！"

这个"口误"其实已经泄露了她内心的真实想法，她希望我这次怀的是孙子。

"还有，家里不准有烟味，不管什么人来拜访，都要提醒他们家里有孕妇，不准抽烟。还有子寒你，以后你要多陪陪灵灵，尤其是不能惹她生气！"

"妈，我怎么可能让灵灵生气？我最疼的就是她了！是不是，灵灵？"子寒笑着搂搂我。

子寒的母亲瞪了他一眼："我是说你以后要洁身自爱，类似于上次小明星的事不准再发生。"

子寒郁闷无比，现在这件事在他心里是一根刺："妈，这不是一个误会嘛！我又没真做什么！"

"以后误会也不准产生，女人心眼小，尤其是孕妇，所以你自己要检点。"

我幸灾乐祸地看着子寒，子寒瞪了我一眼。

"灵灵，还有你！"

"啊？还有我？"突然被点名，我愣了一下。

子寒给我一个得意的眼神，子寒的母亲开始说："你是主角，当然有你了。以后你不能再看电视，更不能上网，这些都有辐射；如果要出去，一定要子寒陪着才可以出去。哦，对了，还有手机，子寒，你帮灵灵收起来吧！"

我跨着脸问："那我不是回到了原始社会？那我还可以做什么啊？"

她亲切地拍着我的手，笑着说："你还可以做很多事呢！回头我找很多适合孕妇看的书给你，反正你兴趣广泛，不愁没事情做，你要练书法也行，弹琴也可以，这些还可以当成胎教呢！"

　　我求救地看着子寒，子寒笑着说："我觉得妈说得很有道理！"子寒的话换来我一瞪。

　　"妈咪，那子寒使用手机不对我照样有影响吗？"

　　她想了一会说："那子寒回到家里，尽量不要使用这些有辐射的东西，如果实在需要，最好避开灵灵。"

　　我郁闷已极："那不是给他名正言顺背着我的理由？"

　　子寒揽了揽我："我从来没有做过对不起你的事！以前没有，以后也不会有。"

　　"好了，我先叮嘱这么多，以后想起来了再告诉你们。"

　　我和子寒回到房里："妈咪不是太夸张了？"

　　子寒在我身边坐下："没办法，这是我们第一个孩子，他们都快盼出毛病来了，能不隆重其事吗？你要这么想啊，你现在可是家里的宝贝！"

　　"是啊，我怀的是你的龙种嘛！"我撅着嘴说。

　　子寒宠溺地刮刮我的鼻子，我坐正身子，担忧地看着他："他们喜欢孙子，如果我生的不是儿子，怎么办？"

　　子寒抱紧我："傻瓜，那也是我们的孩子，他们还能不疼？不要有心理负担，再过几个月就知道了。"

　　"其实我自己还是喜欢女儿，我连名字都想好了。"

　　"哦？叫什么？"子寒惊奇地看着我。

　　我搂住他的脖子："叫灵儿，灵灵的女儿，简称灵儿！"

　　子寒笑得不可抑制："灵灵，你太有才了，其实我也希望是女儿，和你一样漂亮，我想我一定会宠她宠到极点。"

　　"那你还宠我吗？"也许是因为怀孕，我特别喜欢跟子寒撒娇。

　　"宠，两个一起宠！"子寒满足地拥紧我。

　　我看着外面夜幕渐渐降临，这个宅邸里因为我的怀孕充满了欢声笑语，但愿这个幸福能一直一直地持续。

怀孕（二）

我怀孕的消息很快被林家其他人知道，轮番过来恭贺我。自从怀孕后，我就特别嗜睡，这天，我朦朦胧胧地躺在床上，佣人敲门告诉我蔡美妍过来看我，我披了件外衣，随便梳洗了一下就下楼了。

"灵灵，你这衣服穿得太少了，你是孕妇，一定要注意保暖。"又回头呵斥立在旁边的佣人，"你还站在这里干什么？赶紧去给你们少奶奶拿件衣服过来啊！"

"没事儿，里面也不冷。"

"灵灵，你这是第一次怀孕，很多事情你不懂，这孕妇要是着了凉，会影响胎儿的！"看见佣人还站着，忍不住沉下脸来，"你还愣着干什么？快去啊！"

"你也别怪她们，我不喊冷，她们也不知道！"

"所以伺候孕妇要细心周到，什么都要等你开口说，还要她们干什么？你现在怀着子寒的骨肉，谁都得听你的，这时候你不摆摆架子，什么时候再摆？"

我笑笑，心里不甚赞同。

她继续说："你公公婆婆开心坏了吧？"

我点点头："他们年纪大了，又只有子寒一个儿子，不像你们，子孙多，热闹！"

她长长叹了口气："子孙是多，子孙多了是非也多，像你多好？万千宠爱集一身，也不用担心有人跟你争家产，你这次一怀孕，你婆婆立刻给你请了四个人照顾你，还不算刚才那些佣人，连厨子都加了，生怕你想吃什么的时候吃不到，恐怕古代皇宫里那些妃子怀孕，待遇都没有你好！"

她说的倒也有几分道理，这次怀孕，动静的确很大，用受宠若惊来形容一点也不为过。可是也让我压力很大，虽然子寒一再说不管生男生女，都是他的孩子，可是我心里明白，老人还是希望第一

个能生孙子，所以对我抱了很大的期望，如果到时候没有让他们如愿，即使他们不说什么，我心里也不会好过。

"灵灵，你这次怀孕喜欢吃酸的还是吃辣的？"

我知道她想问什么，但是以此判断怀的是男是女，真的灵吗？"我以前就不吃辣，但也不是很喜欢吃酸，偶尔才吃一点点。"

"如果你这次生个儿子，那你以后什么都不用愁了，母凭子贵呀！"

我疑惑地看着她，她上辈子是不是在皇宫里做过妃子？还是以前演过宫廷戏？怎么腔调那么像那些后宫妃子？

"生男生女都是注定的，也许期望越大，失望会更大。"

她点点头，过了一会，小心翼翼地说："上次那小明星的事情虽然是虚惊一场，可是你要留个心眼啊，尤其是你现在怀着身孕，人家说女人怀孕的时候，男人最容易出轨，你可要当回事啊！今天我还特地给你带了些书来，你有空的时候不妨看看。"

说着，她热情地把一堆书往我怀里一塞，还往四处看看："可别让佣人们看见了。"

我随手一翻，立刻脸红心跳起来，刚想还给她，她已经站起身："那我走了，你好好调养，我告诉你，这段时间你可要留心子寒。"

我看着她消失的背影，心里很郁闷，这是来看望我的，还是来郁闷我的？我看了看沙发上的书，无奈地捧起它们，要是被其他人看见，我可没脸见人了。

刚回到房间，佣人过来告诉我王青蔓来看望我。

"灵灵，气色不错嘛，最近食欲怎么样？我怀孕那阵啊，吃什么吐什么，人家说反应大的是儿子，可是最后还是生了个丫头，唉！"王青蔓重重地叹了口气，她已经生了两个女儿，听子晴说还打算继续生，直到生出儿子为止。我有些抗拒，如果我生的也是女儿，我也要像她一样，一直生，直到生出儿子为止吗？

"女儿不是挺好的嘛，女儿贴心呢！"我宽慰着她。

"是，女儿也不错，如果在普通人家女儿是不错。可是我们不同，身为豪门媳妇，没有儿子，总是一个不安定的因素，如果外面的女人先生了儿子呢？"

我惊讶地看着她，虽然以前她们也经常跟我提生孩子的事，可是因为我没有怀孕，大多点到即止，可是自从我怀孕后，几乎人人都跟我说：要生儿子，一定要生儿子！我能理解她们在想什么，在她们眼里儿子可以巩固地位，可是有些想法我真的无法接受，在我眼里，老公有婚外的女人是绝对不能忍受的事，还管她是不是比自己先生了儿子？难道就因为自己的老公出身豪门，就允许他有很多女人吗？还是因为女人的宽容造就了男人这样的想法？如果子寒有这种想法，那么我想我无法和他继续。

"其实，我倒喜欢女儿。"我老实说。

"是，我也不讨厌女儿啊，但是第一胎还是生儿子好，之后你想要什么都可以慢慢生。"

我"扑哧"一声笑了出来："又不是母猪，生那么多干吗啊？"

她惊讶地看着我，似乎我的想法很不可思议："子寒是独子，家大业大，你不想给他多生几个孩子吗？"

我也惊讶地看着她，她的想法和我也有所冲击，似乎我们是完全不同的两种人："那也得生得出来啊，不过就算能生，我也不想多生，最多要两个孩子。"

正说着，子晴从外面进来："灵灵，我从学校回来，听我妈说你怀孕了？"

我笑着点点头。

她兴奋地坐到我身边，把手贴在我肚子上："你真够速度的啊，才提醒过你，你就怀孕了，子寒很高兴吧？"

王青蔓看着我们，微微带了嫉妒："子晴，你现在跟灵灵关系不错嘛！"

子晴毫不留情地挑挑眉道："你管得着嘛！"

"子晴！"我拍了拍她的手。

王青蔓脸色变了变，很快恢复正常："那你们慢慢聊，我先回去了。"

"走好不送！"子晴头也不回地说。

王青蔓一走，我忍不住说："她好歹是你堂嫂，你当着我的面这么不给她留面子，她下不来台的。"

子晴郁闷地看了我一眼："我是为了你好，她们来看你，那是走走过场，你可别以为她们真的关心你，肯定是告诉你一定要生儿子是吧？心里都巴不得你生女儿呢。豪门里的女人，平时没事干，嫉妒心特别强，比来比去，见不得别人好！"

我失笑地看着她："你这不是在骂我嘛？"

子晴不好意思地笑笑："你不一样，子寒是独子，你又没有妯

娌，而且你心态好，不记仇，不然我也不会喜欢你；你别以为是我刻薄，我不喜欢两面三刀的人，你是没看见，她们人前可以装的多姐妹情深似的，一转身就恨不得诅咒对方。你没跟她们一个婆婆，不然什么争宠陷害的戏码都会上演，反正以前我亲眼看见过王青蔓把大嫂送给她婆婆的东西弄坏，她绝对不是表面上那么贤良淑德，反倒李静贤还直来直往一点，这也是我为什么对嫁入豪门的平民女子有敌意，我总觉得出身好的女人简单一些。"

我淡淡地笑笑，不打算跟子晴深入讨论这个阶层问题，对子晴而言，不需要跟她说道理，不然只会引起她的反感，她心眼不坏，以行动慢慢改变她的看法即可。

送走子晴，我觉得有点累。回到房中，看见那些尚未收起来的书，忍不住好奇地翻了起来，只看了一会，睡意沉沉袭来。

睡得正香，感觉身边有些动静，我努力了好几次，才把眼睛睁开，看见子寒正拿着那些书："灵灵，你还研究这些？这可会教坏我们的小宝贝哦！"

子寒眼中是浓浓的笑意，我忽然想起那些我来不及收起的书里面是什么内容，羞得满脸通红。"你讨厌，是美妍送过来的，我好奇翻了一下，然后就睡着了，才不是我主动去看的。"

子寒刮刮我的鼻子："我们是夫妻，你还忌讳这个啊？我听佣人说你睡了一下午了。"

我圈住他的脖子："是啊，今天她们像约好了似的来看我，所以有点累。"

子寒心疼地拍拍我的脸："你要是觉得累，就别见她们，叫她们改日再来好了。"

"哪那么大的排场呀，就因为怀孕，这么摆架子啊？"

子寒不再跟我继续这个问题："我有礼物送你，猜猜是什么？"

我意兴阑珊地问："是什么啊？"

"这次不是首饰也不是衣服，是以你的名字命名的度假山庄——灵逸度假山庄，怎么样？"

"在哪里啊？"

"在中国，其实从岳母退回聘礼之后就开始了。"

"爹地妈咪知道吗？"

"知道！还是他们说要加快进度，最好在孩子出生前竣工。"

我开玩笑地说："哦，我明白了，生孩子有奖赏的是不是？"

"这是我本来就打算送给你的，生孩子是有奖赏，到时候你就等着收到手软吧！"

　　我却沉重起来，我一直向往有个女儿，可是如果我真的生女儿，我不知道等待我的局面是什么样的。我抚摩着肚子里的孩子，默默说：如果到时候你是女孩，不管其他人喜不喜欢你，妈妈一定给你所有的爱。

怀孕（二）

豪门的代价

　　怀孕三个月的时候，肚子微微凸了起来。子寒从来没有表露过他喜欢儿子还是女儿，可是我感觉他似乎认定这是个儿子。事实上他也清楚，只有我生儿子，才能皆大欢喜，除了我自己。

　　我站在窗前，仰望着远处的蓝天白云。这里的空气的确要比中国干净，只有生活过才知道两者的差别。可是无论怎样，我都怀念着中国。离开那里已经快两年了，因为嫁入豪门，和以前的同学朋友都很少再联系，偶尔联系时，对自己的切身情况都作了隐瞒，再也找不到以前的感觉了，更不敢邀请她们过来玩。前段时间在校园录里看见文静终于和他男朋友在上海买了房子，很替她高兴，她最大的心愿就是能在上海有个小窝；偶尔也能听到同学提起我，都只知道我嫁到了美国。洁出现的频率很少，我想她应该忙着写作吧，美国买不到她的书，好在子寒可以帮我解决这个问题。也许我的物质生活比她们富足，可是我相信：论幸福，文静和洁不比我差，只要内心富足，选择什么样的生活都能感到幸福；反之，无论选择什么样的生活都不会幸福，即使成为世界首富，幸福依然很遥远。

　　怀孕四个多月的时候，我突然感觉到孩子在肚子里动了一下，我不敢确定，直到再次动的时候，我才相信这就是胎动，那种新生命的喜悦突然让我热泪盈眶！以后，这个孩子的命运将和我紧紧地联系在一起，无论怎么样，我们都会不离不弃。

　　孩子五个月大的时候，可以知道性别了。我却有些抗拒，我希望能够等到最后一刻，让我慢慢期待着，而不是还在我的肚子里，我却已经知道他是儿子还是女儿，可是子寒的父母，包括子寒都很希望早些知道孩子的性别。事实上，我不想那么快知道也是一种逃避心理。有时候我天马行空的想，如果是龙凤胎就好了，只是很早之前就确定，我肚子里只怀了一个孩子。

　　不管我愿不愿意，孩子的性别还是确定了，是男孩。当知道这个消息的时候，子寒的母亲差点喜极而泣，在我眼里，她一直是个开明淡定的婆婆，我从来没有见过她这么情绪化的一面。爹地也很开心，只是比较内敛，但是依然带着全家去给祖先上坟。当他们行跪的时候，只让我象征性地跪了一下。回来后，子寒抱着我直说完成历史使命了，他很开心地告诉我，以后我的生活将幸福无比，我已经将豪门媳妇的职责履行到位了，他说以后任何人都不会给我压力了，我可以按照自己的喜好生活。他一直认为我过于迁就别人，而事实上我却不觉得累，也许已经习惯了，便什么都不觉得了。

所有的人都很高兴，我心里却有种淡淡地失落，甚至没有了怀孕初期时的喜悦。这个孩子一出生就背负了太多的使命，以后他会快乐吗？也许这就是我想生女儿的原因之一，女儿我可以宠着她长大，像我妈教育我那样把她教成一个真正仪态万千的千金小姐，以后嫁一个疼她爱她的夫君，幸福快乐地过一辈子。可是生在豪门里的儿子，如果以后他不喜欢过这种生活，他还有得选择吗？

虽然我心里有这种想法，但是却不能告诉别人。她们不会理解我的想法，甚至会觉得矫情，别人盼都盼不来的儿子，我却说想要女儿，我想我的想法也只有我妈能够理解。

"妈妈，我怀的是儿子。"

我妈非常敏锐："怎么了？听你的语气好象不是很高兴。"

"其实，我喜欢女儿！"

我妈听后笑了起来："傻孩子，不管儿子还是女儿不都是你的孩子吗？"

"妈妈，你不了解，人活在这个世上最大的痛苦就是无法选择自己想要的生活，我怕他背负了太多的东西，以后不会快乐。"

"灵灵，你杞人忧天了，其实这个问题根本不存在，你担心他以后不能选择自己想要的生活，这只能相对而言，比如他命中注定要生在豪门，他无法选择普通生活。你换一个角度想，一个出身普通的孩子，他想过豪门生活，一样无法选择，你说哪个更痛苦？答案是没有谁比谁更痛苦！孩子，没有一种生活是十全十美的，就比如你嫁入豪门，多少人羡慕？觉得你命好，又有多少人觉得你在里面一定饱尝辛酸，认为一入豪门深似海，事实上怎么样呢？只有你自己知道！选择任何一种生活都要去适应，并且学会珍惜。孩子出生的时候是一张白纸，他以后是怎么样的，很大程度上取决你和子寒的教育。"

豪门的代价

　　我妈的话像迷雾中的一缕阳光，将我的心照得亮亮堂堂。我想我是贪心了，我既要自己的孩子享受最好的物质生活，同时又不希望他有任何压力。这显然不可能，也许站在母亲这个角度，我这么去想很正常，却是违背了事物的本质。

　　"妈妈，我越来越爱你了！"

　　"这孩子，越来越肉麻了！"我妈笑着说，"既然知道孩子的性别了，我很多东西都可以准备起来了。"

　　"这里什么都有，你不用那么麻烦了。"

　　我妈嗔怪道："我知道你那里什么都有，但是作为外婆的心意可不能省，这是对孩子的祝福！"

　　"那你不要太破费哦！"我忍不住叮嘱道。

　　和我妈闲话了一会家常，心情好了很多。我想我虽然过着锦衣玉食的生活，却缺少可以说心里话的人，这时候，我更加想念以前的朋友了。也许人都有这样一种心理，总是怀念已失去或者得不到的东西，对于眼前所拥有的，能做到珍惜的人，真的不多。如果能做到珍惜眼前了，那么幸福其实已经在身边了。

　　知道我怀的是男孩后，她们又照例过来恭喜我一遍，这次最先来的是王青蔓。

　　"灵灵，你真是命好啊，一索得男，我得沾沾你的运气，希望也能生个儿子出来！"

　　我微微笑道："会的，心诚则灵！"

　　可能我无法体会她的心情，也没有感受过她所说的压力，毕竟所处的境况不同，我做不到感同身受。

　　她看着我的肚子，叹了口气："唉，我觉得嫁入豪门的女人，真的需要命很好才能过一辈子，像这种生儿生女的事，怎么努力也没用，命中早就注定了。"

　　"人生嘛就是这样，三分天注定，七分靠努力，你还年轻，不要太心急了！"我轻声劝慰道。

　　之后蔡美妍和李静贤相继过来，说的话大同小异。等她们走后，我活动了一下酸疼的身子，心里想：原来这听好话，也是一件累人的事！

　　我起身走到花园中，园中开了很多花，有些认识，有些叫不出名字，一片欣欣向荣的景象。她们把我现在所拥有的都归结为我的命，而我却不这样认为，很多时候，所谓的命运并非真的完全由上天注定，更多是由思想、性格所决定，毕竟连想都不去想的事情，又怎么会付出努力去做呢？有一句话说得好：有机会的人未必会成功，但是不去努力的人，连机会都不会有。

我看着这满园的花草，不禁想起了复旦校园中的桂花，那时候偷偷采几朵，攥在手心跑回寝室的情景仿佛发生在昨天。我曾说那是我爱情的一部分，子寒知道后，特意从中国移植了几棵桂花树过来，竟然也生长得很好，现在已经隐隐长出花蕊，再过一段时间，可能会桂花飘香了。我看见有一种玫红色的花开得特别好，突然起了孩子心性，想去采上几朵，我刚伸出手去，佣人就出现了。

"少奶奶，您现在怀着身孕，不要碰这些植物，如果过敏了就不好了。"

"不会的，我皮肤很少过敏。"

"少奶奶！"佣人为难地看着我。

我看了佣人一眼，终于还是放弃了，她并非有心干涉我的自由，只是职责所在，我也不想让她为难。

豪门的代价

什么样的女人可以嫁入豪门

怀孕后的生活和以前相比，最大的区别就是受的照顾更多，随之而来的束缚也更多，除了睡觉，任何时候，我身边永远都跟着至少两个人。

除了身体上的变化，我明显能感受到我心理上也有很大变化。我似乎更喜欢子寒陪着，更喜欢跟他撒娇，但是所谓的孕妇脾气会变坏，并没有出现在我身上。

虽然束缚更多，我并没有觉得难以接受，我想这和我的性格大有关系：我不喜欢折腾，绝对不会去挑战豪门家规抛头露面，所以不会和公公婆婆有冲突；也不喜欢炫富攀比，所以不会招惹是非。我就这么安静地生活着，有的时候我也曾迷茫，豪门最吸引人的就是光芒万丈，引领颠峰，可是我却舍弃了这个光环，没有让别人来羡慕我，也没有去追求相应的社会地位。那么我嫁入豪门只是因为小时候的心愿吗？虽然我依然享受着顶尖的物质，可是当这些成为日常生活的时候，它们还具有吸引力吗？

我看着窗外叹了口气，也许生活就是生活，并非学问，不需要思考太多。想得太多，纠结于为什么的人，注定会活得比别人更累。如果幸福了，那么就努力幸福，不用问自己我为什么要寻找幸福。即使找到了，也未必是自己想要的答案。

还有一个变化则比较微妙：在我刚嫁给子寒的时候，我感受到的是他们的接纳，而现在我感受到的是重视，这种重视是毫不掩饰的，尤其是得知孩子的性别时。

午后，陪子寒的母亲在花园里喝茶聊天。

"灵灵，最近感觉怎么样？你这是第一胎，会比较辛苦！"

我笑着摇摇头："还好！"刚说完，忍不住叫了一声。

她紧张地看着我："怎么了？怎么了？哪里不舒服？"

我满足地笑道："不是的，妈咪，小家伙儿踢了我一下，好象要引起我们的注意一样！"

她听后，立刻喜形于色："我们的小宝贝听到奶奶和妈妈在聊天，生怕我们不理他呢！"

佣人送来新的杂志，我无意中瞥了一眼，正好看见上面一个标题，大意是：某某女星辛苦经营三年，被豪门拒之门外。

子寒的母亲看了一眼放到一边："人人都希望嫁入豪门，可是豪门又岂是说嫁就嫁的？"她突然意识到什么，有些尴尬地说，"灵灵，你别多心！"

我知道因为我怀着孩子，他们都很担心影响我的心情，我看着她，心里一动："我不会的，可是妈咪，其实我也很好奇。"

她不解地看着我："你好奇什么？"

我腼腆地笑笑："其实这个问题我一直都很想知道，但是不知道该怎么问，正好今天您说起，我想问问：当初您和爹地为什么那么容易就答应我和子寒的婚事呢？我知道豪门选儿媳妇要求很高，本来我以为会经历很多考验的。"

她见我这么一问，笑了起来："其实当初答应你们的婚事，的确有很多原因，既然你这么想知道，那我就告诉你吧！"她似乎斟酌了一下，"豪门选媳妇的标准确实很多，林家虽然从来没有摆到桌面上来说，但是潜在的标准还是不少。"

我点点头："我明白，如果今天我是以世家千金的身份嫁给子寒，不会有这个疑问，就因为我是一个出身普通的女孩子，对别人而言，我能嫁给子寒简直可以称为传奇，所以我才会这么问。"

她笑了起来："这样的例子是比较少，但是也不能说是没有，当初没有反对你们的婚事，有很多原因：第一、你很漂亮，而这种漂亮不是俗艳，而是有很深的文化内涵支撑，不会使你的漂亮空洞无物，子寒带你出去不会丢脸；第二、你才华横溢，这点子寒的爸爸很欣赏，子寒是我们的独子，我们绝对不喜欢他娶一个花瓶；第三、你性格好、识大体，这点可以说是最重要的，嫁入豪门其实牺牲也很大，你顾全大局，就以不会使子寒顾此失彼；第四、你的命相好，会旺夫，你顺利嫁入豪门，第一胎就是儿子，本身就说明你是个有福气的人；第五、亲家都是通情达理的人，尤其是亲家母，我们不用担心惹出其他麻烦；第六、子寒一直不肯结婚，可是对你却很痴情，你是个优秀的女孩子，他又那么喜欢你，如果我们反对，他很可能就不娶来对抗，我们是他父母，当然也希望他幸福，所以你嫁

入豪门就没有悬念了。"

听到她这么一说，我才恍然大悟，虽然一开始已经猜到几分，但是没有她说的这么全面，直到现在，我才知道要嫁入豪门需要怎样的际遇和自身条件。我突然冒出一个奇怪的念头，如果我没有嫁入豪门，那我现在会在哪里，会做什么呢？只是，人生没有假设！

桂花飘香的时候，我已经大腹便便了。走路还好，但是睡觉的时候就很累，感觉肚子上压着什么东西似的，孩子很活泼，动静不小，但是如果他很长一段时间不动，我又会不安。子寒特别想感受胎动，但是孩子就跟他捉迷藏似的，只要他的手贴在我肚子上，孩子一定不动，让子寒备觉挫折。

桂花凋零的时候，我开始觉得行动不便起来，走两步路就觉得气喘吁吁，晚上只能侧睡，一直觉得睡得很累，连带着食欲也变得很差，几乎不愿意吃东西。子寒的母亲忧心重重，担心胎儿受到影响。

"灵灵，最近你胃口很差，这样下去不行啊，多少吃一点。"子寒的母亲柔声说。

"妈咪，我真的不想吃。"我抱歉地说。

饭后，子寒陪我去散步，我本不愿动，子寒好说歹说我才答应散一会步。

"灵灵，最近是不是很辛苦？"子寒半扶着我，我也不客气地将身子的大半重量交给他。

我点点头，有些撒娇道："我希望孩子快点出来，现在好累！"

子寒心疼地拍拍我："再忍一些日子，你最近食欲不振，全家都很担心你，妈又请了两个厨子，给你做不同口味的菜。"

可是我的情况依然没有好转，甚至看见饭菜就觉得厌恶。这天，我刚吃了一口，又想放下筷子。

子寒的母亲说："灵灵，你想想看，从小到大，你有没有觉得特别好吃的东西，有没有现在特别想吃的东西？"

经她一提醒，我突然想了起来："我特别喜欢喝我妈做的雪菜黄鱼汤，好久没喝了。"这样一说之后，我突然想念起我妈来了，心里的渴望突然变得非常强烈。

子寒的母亲当机立断地说："子寒，明天你派人去把你岳母接过来。"

我忐忑不安道："妈咪，这样会不会太夸张了？"

"那你一直没胃口，这样怎么行？怀孕的时候，特别想念自己的母亲，这也是人之常情。"

虽然我觉得这样过于娇气了，心里却很是欢喜。一年多没见我妈了，实在很想念她，本来我想提议我爸也一起过来，但是既然子寒的母亲没说，我也不好意思进一步要求，女儿怀孕，妈妈过来照顾很正常，但是带着父亲一起住到婆家的似乎很少见，何况这次过来住的时候不会短，想到这些，我终是没有这样要求。

我妈一个星期后才到，带来了很多小孩子用的东西，有金锁，金铃铛，整套都是黄金的。

"你可别觉得黄金俗，小孩子戴黄金是保平安的。我还带了很多羊绒线来，给我的外孙织些小衣服，外面买的不如自己织的。"我妈一样样掏出来给我看，我终于知道为什么我妈会晚那么几天才过来，原来是准备这些东西去了。我翻着这些东西，没有告诉她子寒的母亲已经请人设计了很多婴儿的小衣服，都是纯手工缝制。这是外婆的心意，只要她高兴就好。

晚上，我妈端上来一盆新鲜的雪菜黄鱼汤，我喝了一口，鲜美爽滑，完全是以前的味道，加上心情舒畅，一碗汤很快见了底。子寒见我终于开了胃口，高兴地说："灵灵这段时间一直食欲不振，今天吃得最多了。"

妈咪笑着说："这亲情果然不一样，特级厨师做出来的菜，灵灵都不爱吃，但是这妈妈的汤，一喝就上瘾了！"

"说出来真的不好意思，我对家务做菜不太擅长。灵灵小时根本不爱吃我做的菜，只有这个汤，她倒百喝不厌，其实除了这个汤，我也做不出其他象样的菜来。"

"总之现在灵灵开胃了就好，这段时间她一直说没胃口，担心死我们了。"

我妈笑道："不能太宠着她，以前的人生孩子哪有她这么娇气的？"

子寒的母亲客气地说："灵灵是个懂事的孩子，很有分寸，绝对不会恃宠而骄。这两年来，应对得体，一些场合也不怯场，落落大方，比那些本来就出身豪门的千金更有大家风范，都是您家教好啊！"

我不好意思地唤道："妈咪，您再夸我，我会脸红的哦！"

我妈和子寒都笑了起来，一家人其乐融融。我伸手握住子寒的

手，无言传达着我的感激之情。

我妈住了下来，她答应等孩子满月后再走，子寒不在的时候，我妈就陪我坐在阳台上看看风景，一边织小衣服，一边和我聊天，我觉得日子前所未有的塌实，先前烦躁的情绪也消失殆尽了。

生辰八字

　　连续下了几场雨，天气骤然冷了起来，而我一直呆在比弗利，感觉不到气温的变化。我看着远处灰蒙蒙的天空，依然影响不了我淡淡的喜悦。我轻轻抚摩着肚子，再过一个多月，孩子就要降生了，不知道他长得像子寒还是像我。既然已经确定是儿子，我还是希望他长得像子寒。这个让所有人期待的孩子，还没出生已经吸引了所有人的注意，我只希望他这一生能够健康幸福，永得所爱！

　　半个月后子寒开始休假，在家专心致志地陪我，时时守着我。这样的日子让我安心，也许是害怕生产，我对子寒有着前所未有的依恋，尤其在他休假陪我之后，即使什么都不说，我也喜欢他陪在我身边，只要他在就好！

　　不知何故，我突然感冒了，这可急坏了所有人，尤其是子寒，很是自责。

　　"灵灵，你觉得怎么样？哪里不舒服？"

　　我昏昏沉沉地躺在床上："身子很沉，我想睡觉！"

　　我妈和子寒的母亲轮番来看我，我知道她们是关心我，可是这样非常消耗我的精力，子寒看出我的疲惫。

　　"妈，你跟岳母说一声，灵灵我来照顾就行，你们两位可以聊聊天，可以去购物，也可以多休息。"

　　子寒的母亲一听就笑了："是嫌我们影响灵灵休息了吧？"

　　虽然我病得昏昏沉沉，听到这句话还是忍不住想坐起来："妈咪，子寒不是这个意思。"

　　她把我按回床上："灵灵，你好好休息，子寒是我儿子，他怎么说话我都不会介意；倒是你，下个月孩子就要出生了，什么都不要想，好好休息，等孩子出生后，你会觉得前所未有的幸福。妈咪是过来人，绝对不会骗你！"

　　我虚弱地点点头。

子寒送走他母亲，回到床边："灵灵，你现在是不是很不好受？"

我委屈地点点头，生病后特别情绪化，就如小时候病了，跟父母撒娇一般。

子寒歉疚地看着我："是我没把你照顾好，让你受这么多苦！"

虽然我病着，听到子寒这么一说，还是笑了出来："人活着怎么可能不生病呢？这样就算受了很多苦吗？"

这次病来得突然，去得也快，检查了很多次，在医生多次宣告已经恢复，大家才松了口气。

下午，我照例是午睡，子寒在房间里处理公事，这是他休假以来我们的相处方式。

睡得迷迷糊糊的时候，听见有人敲门。

"少爷，太太让我过来请您和少奶奶下去，客人已经来了！"

子寒走到床前，轻轻抚着我的脸："灵灵，睡饱了没有？"

我慵懒地叹了口气："睡饱了，可是想赖床。"

子寒宠腻地笑了起来："刚才你也听到了，我扶你起来好不好？"

我看着他，点点头，不知道是什么客人这么重要。

到了楼下，我看见子寒的父母和我妈都在，客厅里坐着的竟是一位出家人，我疑惑地看着他们。

"灵灵，过来坐！"子寒的母亲小心地让我坐到旁边。

子寒的父亲双手合十道："大师，这就是我的儿媳妇灵灵。"

我学着子寒父亲的样子，双手合十，与大师见了礼。

"令媳果然命格很贵！"

我起了好奇之心，对于命格，一直是我不解却好奇的东西："哪里可以看出呢？"

大师笑了起来："你的婚姻不是已经说明了吗？"

"可是婚姻是一辈子的事，而我现在只是结婚几年而已，现在就能看出未来几十年的事了吗？"

我妈出声阻止我："灵灵，别乱说话！"

自从我嫁入豪门以后，小时候的预言都应验了。我妈对于这些突然相信起来，而我觉得她是因为年纪越来越大了，开始对命运产生了畏惧感，所以才需要信仰支撑。就怕我问出什么不吉利的问题，所以出声阻止。

子寒见状，忍不住维护我："灵灵只是好奇，大师别见怪！"

大师笑了起来："不怪不怪！"

"今天请大师过来，就是希望替我未来的孙子选一个好时辰。"

我惊讶地看着他们，难道连孩子出生的时辰都可以操控吗？

"既然是林老请托，一定尽力而为！也请林老全家这三天沐浴斋戒！"

我和子寒一直在旁边听着，我小声问他："子寒，你之前知不知道？"

子寒点点头："知道，怕你知道了想得太多，所以没有告诉你。"

子寒的父亲说："这个没有问题。"他转过头慈祥地看着我，"灵灵，你很有悟性，可以和大师聊聊！"

我本来就有很多问题想问，见子寒父亲开口鼓励我，正合我意，我妈见状，也不再说什么。

我恭敬地双手合十："大师，对于选时辰我是第一次听说，如果问得唐突，请大师莫怪！"

大师点点头。

我说："对于算命、时辰这些和命理相关的事物，在几千年前就已经有所记载，最博大精深的当属《易经》，很多学者甚至提出是否人类所写，《易经》囊括了很多东西，包括推算、中医等等。我想问的是以前的出生时辰是我们无法选择的，所以也可以说是命中注定，可是像现在这样替孩子算一个最好的时辰来出生，这样真的会有用吗？"

大师肯定地告诉我："有用！"

我继续问："如果有用，那么人人都这么干，每个人都选择在这个时辰出生，那么又如何判断谁的命好呢？或者说都在这个时辰出生了，还替他算一个最好的时辰已经没有任何优势可言，是否还要这么做呢？"

大师笑笑说："虽然这个时辰是算出来的，但是真的要能在这个时辰出生还有很多未知因素，而这些未知因素也是决定命运的因素之一，比如说选择在这个时辰生孩子，医生是否有空？是否配合得很好？生产过程中是否还有其他事情发生，这些就是未知因素。"

我忍不住说："可是这些未知因素并不难解决，大师您也知道，以林家的财力和势力，这些事情都是轻而易举的事。"

"对，可是并不是人人都有能力这么做！"

我的问题犀利起来了："我知道不是人人都有能力这么做的，可是这些事其实有钱就能办到。这样一来，一个人能否在最好的时辰

生辰八字

出生，不是取决于他要出生在什么样的家庭里吗？"

大师温和地说："没错，施主你想一下，他出生在什么样的家庭里是否已经注定了？这个家庭对他的成长是否起着最重要的作用？所以这个家庭也就决定着是否有能力替他选择最好的时辰，这是相辅相成的。"

"那么如此一来，普通人没有办法或者说没有能力去如此操作，而豪门甚至连下一代继承人的出生时辰都能操纵，那么以后岂不是富的越来越富，贫的越来越贫吗？"

大师笑了起来："是这样没错，可是这不就是目前社会的现状吗？说白一点，就是为富人服务，事实上，各行各业都在为富人服务。"

我也笑了："大师，您很入世！"

"你很有悟性，只是聪明之人迷茫也多，也许你会觉得出家人应该像电视里演的四大皆空，与世隔绝，潜心修佛。而我认为万事万物都讲究一个和谐，社会和谐、家庭和谐，只要是为这个目的在做，都是修行。"

又聊了一会，觉得坐得很累，毕竟已经有九个月的身孕了，子寒的母亲吩咐佣人安排大师休息。

三天后，大师留下时辰继续布道离去。虽然我心中对这些事并非全信，我还是接受了子寒父亲的安排，无论他做什么，总是为了我们好！

为了这个孩子，全家人都开始严阵以待。我见外面太阳很好，想出去走走。

"子寒，你陪灵灵去走走，当心点！"子寒的母亲嘱咐道。

子寒笑着打趣道："妈，我现在觉得我像你的女婿！"

子寒的母亲嗔怪道："灵灵怀的可是你的孩子，你难道不该多用点心吗？"

子寒求饶道："应该应该！我这不是随口一说嘛，我不知道多心疼灵灵和孩子！"

我们走在花园的小道上，这个季节开花的植物已经很少，但是寒冬还未来临，虽然少了鲜花的点缀，绿意依然昂然，我贪婪地呼吸了一口带着自然气息的空气。

子寒见状笑了起来："不知道的人还以为你生活在多污浊的地方呢！"

我撒娇道："我知道大家都很关心我，可是我的确是被半禁足了嘛！就连到花园走走还得看天气看温度看你在不在才会获得批准。"

子寒刮刮我的鼻子："再忍几个月，你就恢复自由了！"他低头思索了一下，"至少出了月子以后，最多还有三个月，为了我们的宝贝，只好辛苦你了，等孩子出生以后，我一定好好补偿你！"

我发自内心地笑了，满怀欢喜地听着子寒的承诺。孩子出生以后，我才知道，即使子寒愿意兑现承诺，我也会无限期地延期。

正说笑着，佣人过来告诉我们子寒的父亲请我们过去。

一抬头才发现天色渐晚，我凝视着天边的夕阳，好美好绚丽。

子寒的父亲正坐在花园中，不知何故，我对他有一种莫名其妙的亲近感。虽然平时接触不多，我却觉得他仿佛就似我的父亲，对他怀着很深的崇拜，我想这也许源于他这辈子巨大的成就吧！

佣人拿来垫子放到椅子上，子寒扶我坐下："爸，你找我们什么事？"

子寒的父亲笑着说："一个是我儿子，一个是我儿媳妇，我年纪大了，找你们聊聊天不可以吗？"

我笑着拍了子寒一下："就是，你真不孝！"

子寒捏捏我的脸，以示惩罚，想到他父亲正含笑看着我们，我笑着躲开了。

"爸，要不了多久，你就可以抱孙子了，我跟灵灵的孩子一定聪明可爱而且漂亮！"

"那有人这么自恋的？"我抚着肚子，忍不住想象起孩子的可爱模样，突然想起一件事来，"爹地，您觉得时辰真的能决定人的一生吗？"

他笑着喝了一口茶，对我说："灵灵，任何事情都不能不信，也不能太信！否则便会成为迷信！"

这个答案出乎我的意料，我惊讶地看着他："我以为您笃信这个呢！"

他轻轻摇了摇头："这些更多的是给自己一个心理上的安慰，等这种安慰转化为信念的时候，它便会起作用。我这么做，也是这个用意，你别太当真。"

我点点头，突然发现，我对这个睿智的老人的理解远远不够。每次当我以为了解他的想法时，却总能发现，我的理解离他还有一步之遥，难道这就是阅历的魅力吗？他的话总能让我深思并且回味无穷。

生辰八字

初为人母（一）

两个星期后的某一天某一时，我剖腹生下一个七磅重的男孩。当我醒来第一眼，看见子寒正坐在床边凝视着我，眼里是无尽的喜悦和心疼。我露出一个虚弱的笑容，心里非常轻松，非常塌实，我和他终于也有自己的孩子了，一个延续我们血脉和梦想的孩子，以后他会管子寒叫爸爸，管我叫妈妈，我和子寒终于有属于我们彼此的孩子了。这种感觉好奇怪，也好美妙，好象两个本来属于各自的人，突然有了真正的交融。这一刻，我心里除了子寒和孩子，再无其他。

麻药退去的时候，我疼得死去活来，睡也不是，醒也不是。为了身体着想，不敢随便止痛，怕得不偿失，生生忍受了几天折磨。子寒陪在我旁边，看我疼得大汗淋漓，却无能为力，更不敢随意抱我，只怕让我更痛，唯有不断地哄着我。几天之后，痛楚才渐渐退去，我和子寒都已经憔悴不少。子寒握着我的手，心痛地凝视着我："灵灵，我不知道生孩子会这么辛苦，以后，我一定会更加爱你和孩子。"

"以后，我不想再生了。"

子寒心疼地抚着我的脸颊："好，以后不生了。以后，我只想好好疼你照顾你。"

我虚弱地笑着："好，你可不准变卦哦。"

子寒以手梳理着我的长发："如果不是亲眼看见，我都不会有这么大的感受。灵灵，只要我是一个有良心的男人，我就不会舍得对你不好！"

我温柔地握紧他的手，有他这番话，无论我受怎么样的痛，我都觉得值得了，也许就是因为这个原因，几年后，我才会再次怀孕。我早已忘记当初的痛楚，只记得子寒的柔情，那时候我才明白，为什么很多人会选择生第二个。

半个月后，子寒将我接回比弗利静养。我一直不敢去碰那个红红的、柔软的小身体，惟恐将他弄伤了。他就这么静静地躺着，偶尔咂摸一下小嘴，偶尔睁开眼睛，很黑很亮，无论他做什么样的动作，都能引得我们惊奇连连，他似乎对这个世界充满好奇，但是看一会儿，他会眨巴几下眼睛，然后越眨越慢，直到沉沉睡去。更多的时候他都扯着嗓子在哭，可是没有一个人恼他的哭声，一个个忙不迭地哄着，只恨为什么不能让他展露笑颜，连子寒的父亲都成了一个寻常的爷爷，一有空闲就逗着宝贝孙子，即使两人根本无法作交流，都不会厌烦。每个人像走马灯一样出现在孩子面前，惟恐自己出现的次数少了，以后孩子和自己不亲。

　　子寒的父母已经将注意力完全集中在新生的婴儿身上，并给孩子取名为思宸。

　　我有些失落，这个孩子夺去了所有人大半的注意力，当我意识到这点时，我突然笑了起来，我怎么跟自己的孩子争风吃醋起来？想来是这段时间习惯了众星捧月，一时还适应不过来。我妈告诉我，我睡觉的时候，子寒总是静静地陪我，眼里溢满柔情，她告诫我：这辈子必须专心对待子寒，否则她都不会原谅我。我心里暗暗好笑，如今我和子寒孩子都有了，子寒对我又是如此娇宠，我几乎以为自己是世界上最幸福的女人，又怎么可能对子寒不专一呢？林虽然还在我的记忆深处，毕竟我们有缘无份。

　　在其他人把注意力都集中在孩子身上的时候，我妈则专心致志陪我坐月子，不厌其烦地一遍遍提醒我要注意的事情，事实上这些要注意的事，即使我想做，也会有一大堆人出来阻拦我。我一直觉得如果她是个男人，如果她野心大一点，也许她会成为一个女强人。在我眼里，她一向不擅长家务，总是丢三落四，可是现在她显得比任何人都细心、周到，难道她在这方面此刻才开窍？

　　在我坐月子期间，我很少看见孩子，我妈开解我说："这是你和子寒第一个孩子，你公公婆婆刚刚抱孙，新鲜劲还没过去呢！过些时候就会好了！"

　　我失笑道："妈妈，在你眼里我这么小心眼吗？他们喜欢宸宸、疼爱宸宸是我和孩子的福气，我高兴还来不及，怎么会有微词呢？孩子总归是我的孩子，这是无法改变的事实，生在豪门里的孩子，如果得不到长辈的喜爱，以后的生活不会快乐。以前你告诉过我，我刚出生的时候得不到爷爷奶奶的喜欢，那么，我希望我的孩子从

初为人母（一）

· 115 ·

一出生就得到大家的喜欢。如果我觉得他们喜欢孩子就是把我当成生育机器，那根本就是自寻烦恼，烦恼都是自找的，如果我这样想，那是自己给自己找罪受，生怕自己心情不郁闷。把别人想坏的人，永远得不到快乐，所以你放心，我不会的。"

我妈见我如此，忍不住笑道："是我小看你了，看你现在如此通达，我也算彻底放心了，你能拥有这么乐观的心态，豪门的日子相信你也会游刃有余的。"

时间过得很快，转眼宸宸就满月了。子寒的父母一反以前低调的作风，决定为宸宸举行隆重的满月酒，其实这个是非常中国的风俗，在美国对这些并不讲究。而我偏偏在这个时候突然感冒了，子寒既忧心又不解："这么多人照顾，怎么还会感冒呢？"

我把他推离了些："是我自己没盖好被子，和其他人无关。"

"那明天的满月酒怎么办？"

"你就跟大家解释一下，何况我喜欢平静的生活，这样不是两全其美吗？"

子寒立刻拒绝道："不行，别人还以为我们只认孩子，不重视你呢！"

我笑着拍拍子寒的脸："别人怎么以为又影响不了我什么，我并不在乎！"

子寒握住我的手："可是我在乎啊，我要让其他人知道，你是孩子的妈妈，林家的女主人，我可不希望爸妈抱着孩子出去的时候，人家以为这是我的私生子。"

我被子寒逗乐了："反正你这样的身份有私生子也不奇怪，你就委屈一下嘛！"

"如果你觉得身体不舒服，明天就只出现一下，然后就回房休息，至少见见爸几个至交好友，这样好不好？"

我点头答应。

第二天一早，宸宸被换上一身鲜红的小唐装，手上戴上姥姥送的金铃铛，他比一个月前漂亮多了，我看着这个粉雕玉琢的小家伙，一种欢喜之情油然而生，这就是母子亲情吗？

妈咪一边逗着孩子一边对我说："灵灵，你感冒了，这段时间就别靠近宸宸了，小孩子抵抗力差，要是传染了就麻烦了。"

我点点头，子寒担心我难过，立刻安慰地握了握我的手。不想妈咪继续说："还有子寒，你要天天陪着灵灵，最近这段时间也别碰孩子。"

子寒跨着脸说："连我也要被隔离？"

妈咪理所当然地说："那当然了，灵灵，妈咪没有其他意思，就是希望宸宸能够健健康康。"

我笑道："我明白的，宸宸是您的孙子，您所做的一切都是为了他好。"

子寒携着我上了楼，随即搂住我："灵灵，妈不让你碰孩子，你真的没有不高兴？"

我环住他的脖子："如果妈咪好端端的不让我碰孩子，我肯定会不高兴；现在我感冒了，她担心传染给孩子，我有什么不高兴的？别把我想得这么敏感小气。"

子寒叹息地说："灵灵，我很高兴能娶到你，谢谢你把这些关系处理得这么融洽。我知道你都是本着希望他们开心，不让我为难的原则，所以一直很大度，凡事都不计较，虽然我没说，但是我都看在眼里。"子寒在我耳边轻声说，"谢谢你！但是，别太苛求了自己，我更希望你能快乐。"

我心里好感动，也真正明白了几年前一个上了年纪的人曾告诉过我的话：真正要留住一个男人的心，不是用心计手段，而是付出真情，男人心里最放不下的，始终是那个真心真意对自己好的人。但是我对这个话有了新的感悟，付出真情并非毫无原则、事无巨细，而是进退得宜、恰到好处，任何事过犹不及，我想这也是我最近研究国学中为人处世的心得吧！也只有这门知识，即使花上一辈子，永远都会觉得只领略了皮毛而已，但是即使只是皮毛，都能让人一生受益无穷。

"在想什么呢？"见我不语，子寒询问道。

我微微一笑，撒娇地圈住子寒的脖子："在想你到底会不会爱我一辈子！"

子寒抵住我的额头，含笑问："对我这么没有信心？"

"不是，我是怕自己做不到让你爱我一辈子。"

"傻瓜，我上哪再去找像你这么完美的老婆？在我心里，你永远都是最好！"

我忍不住矫情起来："我有那么好吗？"

子寒把我搂入怀中："当然了，不然我怎么会娶你嘛！"

"之前怀宸宸的时候，她们都跟我说女人怀孕的时候，男人最容

易出轨，应该防着；可是我觉得夫妻之间防来防去很没意思，如果一个男人要出轨，再防他还是要出轨，甚至越防越出轨，还不如选择相信他，夫妻间应该相互信任，你说是吗？"

"是！我的灵灵有着二十岁的容颜，三十岁的心志，我夫复何求呢？一般情况下，男人会娶一个女人，肯定是因为爱她，可是结婚后却觉得这个女人不再可爱，意趣全无！所以，很多男人开始有了其他女人，责任一半一半，但是我所拥有的，已经是最好的，我当然不会舍珠玉而顽石了。"

佣人过来请我们下去，我换了身高腰的连衣裙，宸宸满月后，我的体型基本已经恢复，只有腰腹部仍比以前胖些。

楼下已经热闹非凡，宸宸被人从一个怀抱换到另一个怀抱，却依然甜甜睡着，丝毫没有要醒的迹象，子寒的母亲则含笑陪在旁边，只有我清楚，她是紧张孩子。以前我一直觉得她是个比较年轻化的婆婆，在打扮上、观念上跟我们没有太大的差异，直到宸宸出世后，我才感觉她身上有着她们那个年纪的特色，似乎有了宸宸之后，她突然变成了奶奶。

家里从来没有这么热闹过，虽说只席开五桌，请的都是关系很近的亲朋好友，但是和平常相比，已经热闹多了。

子寒的母亲把孩子小心地抱到子寒怀里，我再一次感受到她真的极重视这个孙子。子寒的父亲先向所有人敬了一杯酒，然后是我和子寒，子寒喝完说："我夫人产后身体比较虚弱，今天不太舒服，我先送她回房，大家尽兴！"

我抱歉地笑笑，和子寒上了楼。回到房间，子寒拿给我一个文件袋，打开一看，是写着我名字的两处豪宅，其中有灵逸度假山庄，还有一辆名车。

"灵灵，灵逸度假山庄是我送给你的，其他是爸妈让我送你的。"

"原来豪门奖励生子有功的儿媳妇不是传说。"我开玩笑说。

子寒捏捏我的脸颊："不管是什么原因，爸妈总是喜欢才送你的。"

"我知道，聪明如我，怎么会看不清呢？只有心胸狭窄的人才会觉得这是交易，我会把它当成礼物。"

"你真是让我爱入心坎里。"

"都老夫老妻了，还这么肉麻！"

"我们哪里老了？"

"下面很多客人呢，你快下去吧！你不老，一点都不老，而且，我越来越喜欢你了。"

　　"我喜欢听你说甜言蜜语！"子寒亲了我一口，终于恋恋不舍地下去招呼客人了，而我一个人坐在阳台上看着夜色笼罩下的比弗利，渐渐失神。

初为人母（一）

初为人母（二）

摆过宸宸的满月酒后，日子归于平淡，可是有了这个小家伙后，生活突然变得忙碌起来，我妈经我和子寒再三挽留，还是回去了。

我来不及感受失落，因为宸宸已经占据了我的心，不知道有了孩子的人是不是都有这样的感觉。看着那张小小的脸，柔软无骨的身子，即使是看着他睡觉，也能看上半天；闻着那股乳香味，便爱到了心坎里。之前我还不明白，为什么子寒的母亲那么喜欢他，原来只要带上一天，就无法不爱了。

说是带孩子，其实一切事物都是奶妈和佣人在做，我和子寒的母亲只是看着他，逗他笑，可是只是这样，我们已经非常满足。

"灵灵，你看看，这眼睛和子寒小时候一模一样。"

"子寒小时候这么丑啊？"

她嗔怪地拍了我一下："可不能胡说，哪里丑了？小孩子还没长开都这样，你看子寒现在，不是风度翩翩吗？"

"妈咪，哪有这样夸自己儿子的？"我笑着打趣道。

子寒母亲嗔怪地一笑："你这孩子，我这不是当着你的面说说嘛！我们小声一点，别吵了宸宸。"

"他比刚出生的时候好看多了，我第一眼看见他都想哭，怎么又红又皱的，好难看啊！虽然很多新生的婴儿都是这样的，但是我十几岁的时候，曾经看见过一个刚出生的婴儿，白白净净，好可爱！"

"以后他会越长越可爱，你会爱死他，而且你会觉得哪个小孩都没有自己的孩子好。"

我笑了起来："我现在就已经觉得了。"

宸宸醒了过来，开始哇哇大哭，我束手无策地看着他，子寒的母亲娴熟地把他抱到怀里抖着。我向往地看着他，因为是剖腹产，我还没有好好抱过他。她看着我期待的眼神，笑着说："你是他妈妈，抱抱他吧！现在他刚满月，不能竖着抱，要这样一手托着他的头，一手托住他的身子，他的骨头还很嫩，一定要小心。”

也许是骨肉亲情吧，小家伙竟然止住了哭声，就这么睁大眼睛看着我。我突然觉得，其实现在他就很可爱了！我小心翼翼地抱着这个柔软的小身子，生怕伤着了他分毫。这就是我和子寒的骨肉吗？我仔细地在他脸上寻找着我和子寒的痕迹，却发现他长得一点都不像我们！正想说什么，突然觉得身上一热，这就是小家伙送给我的第一份礼物。

我素有洁癖，但是对于他的礼物，我还只能笑纳。我把他抱给子寒的母亲：“我上去换件衣服。”

她笑得很开怀：“宸宸这小坏蛋啊，妈妈抱你，你还尿到妈妈身上。”语气中却饱含宠溺。

自从有了宸宸，子寒似乎更愿意留在家里，有人说孩子可以绑住老公的心，以前我很不以为然，现在才明白说这话的人一定有过这样的经历。孩子的出生，让子寒变得更为沉稳，也更加顾家。男人的一生要经历两次变化：一次是结婚，一次是做父亲。也许我也在悄悄变化着，我们都因这个孩子学习着为人父、为人母，懂得自己的责任，学会付出。子寒的母亲告诉我，在我生下宸宸后的一个月，子寒告诉她，直到他亲眼看见我生下他的孩子，他才明白每一个母亲付出了什么样的爱才造就了一个新生命，才明白生为人子应该怎样孝顺自己的父母。听完这些话后，我热泪盈眶，我希望若干年后，我的宸宸也会对我说出这番话。这时候，我突然想给我妈打个电话，谢谢她给了我生命。

“妈妈！”

“宸宸乖不乖？你伤口都长好了吧？”

我笑了起来：“伤口已经完全长好了，又做了美容，连痕迹都看不出来。妈妈，我现在是彻底平衡了，你是我亲妈，你开口先问宸宸才问我，那宸宸的爷爷奶奶这么宠爱他，我也能理解了！”

“这孩子，还跟自己的儿子争宠！”

我把打这个电话的原由说了，末了，我充满感情地对我妈说：“妈妈，谢谢你给了我生命。”

我妈在电话那头哽咽了：“你存心想让我哭啊，为你付出再多，为你操心再多，听到你这么说，什么都不求了。”

我想当子寒这么说的时候，他母亲也是这样的感受吧！过了好一会，我妈才说：“子寒能这么说，说明以后他一定会好好爱你跟孩

初为人母（二）

子的，一个懂得感恩，懂得孝顺父母的男人，绝对会对家庭负责，灵灵，你这个老公没有选错。"

"妈妈，我知道，但是不管子寒多么爱我，我都不会理所当然地认为他就该为我付出，我会好好珍惜他的感情。"

"你已经明白婚姻的真谛，那么就已经把握住幸福了。"

时间过得很快，转眼宸宸已经半岁了，他爷爷奶奶极疼爱他，可是他却依然更喜欢我和子寒。有的时候，我不得不惊叹血缘关系的神奇。

现在的宸宸真是可爱之极，白白胖胖的小脸，让人看见就忍不住想去捏一把；牙齿开始冒出头来，看来我给他起的"无齿小人"这个称呼用不了几天了；他不会说话也不会走路，可是嘴里天天咿咿呀呀地说个不停，我们没有人能听懂他在说什么，但是他依然说得很欢；当我抱他的时候，他会特别高兴，搂着我的脖子绝不松手，还喜欢抓我的头发，为了他，我一惯披发的习惯也改变了，开始把头发挽起来。他成了我们全家的开心果，无论饭前还是饭后，只要他没睡着，全家人一定围着他逗他玩，他最喜欢热闹，只要我们都在，他就显得特别兴奋，甚至应该用亢奋来形容。我曾经问子寒，小家伙这样是不是很像打了鸡血？子寒笑得前附后仰，直说太形象了。

宸宸九个月的时候，那天，我们正吃晚饭，他坐在婴儿椅上，虽然还不会说话，但是我们吃饭不让他上桌，他一定会哭闹不休。爹地说让他早些上桌，锻炼胆量也好，并认为宸宸如此不甘寂寞，将来必然王者天下。

"嘛……嘛……"

子寒放下餐具，惊喜地看着我："灵灵，他在叫你呢！"

"这是他吃东西无意识地发出的声音吧？"我不相信地说。

宸宸又嘛了好几次，子寒的母亲也无心吃饭了："灵灵，他真的在叫你呢！都九个多月了，开口早的孩子，差不多该开始叫人了。"

然后她又放下餐具，移到宸宸身边："宝贝，来，叫奶奶！"

宸宸见我们都围着他，折腾得更来劲了，却不肯再开金口，任我们费了半天力气，都不再理会我们，到了后来，甚至好整以暇地看我们轮番上阵。折腾了一小时后，我们终于放弃，累得坐在沙发上，他却突然清晰地叫了一声："妈妈！"

子寒的母亲欢喜地抱住他："你这小淘气鬼，叫你开口你不肯，把我们折腾累了才叫，比你爸爸小时候淘气多了，乖，叫奶奶！"

于是，子寒的父母又开始了新一轮"爷爷奶奶"的教程，乐此不疲。

一个月后，宸宸终于能清晰的叫出爷爷奶奶爸爸妈妈来。

初为人母（二）

婆媳矛盾

我一直认为我将各种关系处理得不错，尤其是婆媳关系。一度认为，我和子寒的母亲之间虽然不是亲母女，但是却相互尊重，关系极为融洽。我不知道在宸宸将满周岁的时候，我也会遭遇婆媳问题。

周末，子寒有应酬，我和他母亲留在家里。她叫奶妈把宸宸抱到客厅里，小家伙睡饱后，精神百倍，任由奶奶把他抱在怀里逗他。

"宸宸，乖，叫奶奶！"

可惜小家伙不肯合作，她也不着急，耐心地重复着。可是宸宸的注意力根本不在这上面，他奶奶不厌其烦地重复着，宸宸却恼了，突然伸手往他奶奶脸上抓了一把，子寒母亲的脸上立刻出现一条细小的血痕。我吓了一跳，平时他奶奶对脸的爱护程度绝对可以称得上登峰造极，现在居然被宸宸抓出血痕，而且，我认为小孩子抓人脸的坏毛病一定不能养成。我抱过宸宸，沉下脸来："宸宸，你怎么可以抓奶奶的脸？抓人是不对的。"

宸宸看了看我，然后"哇"地一声哭开了。这一哭，简直惊天动地，子寒的母亲一见，心疼不已，立刻责怪地从我怀里抱过宸宸："他还那么小，你对他这么严厉干什么？"

"可是他抓您脸！"我解释道。

"他抓的是我的脸，又不是你的脸，小孩子知道什么，你把他弄哭干什么？"她一边哄着宸宸一边责怪道。

"我……"我有些委屈，"抓人是个不好的习惯，不能让他养成。"

宸宸的哭声还在继续，子寒的母亲心疼地拍着他，语气中更加不舍："抓人的确是不好的习惯，但是你也得看看他才多大，他可是你亲生儿子，你可真舍得！"

"就因为他是我亲生儿子，我才想教育好他啊！"我希望她能明白，宸宸是我的亲生儿子，我怎么样都不可能不疼他，之所以严格，只是因为我爱他。

"那你等他再大一点教育他，现在他知道什么啊！"子寒的母亲一脸的不以为然。

我却不是很认同："小孩子就应该从小教育嘛，不然长大了想教也教不好了！"

"我不觉得我们宸宸抓两下会多么了不得，灵灵，我知道你对自己要求很高，但是宸宸的出身和你不一样，以后，他是主宰别人命运的那个人。"

她说完，没再看我一眼，抱着宸宸出去了。留下我一个人在客厅，委屈的眼泪，终于还是没有忍住，原来，他们心里还是在乎出身的。

晚上，子寒回来的时候，我已经收拾好心情。我不想让他看出来，一来怕他担心，二来与婆婆不和，我认为很丢脸。

子寒洗完澡出来，我靠在床上看书，他倚到我身边，状似无心地问："今天因为宸宸，和妈不愉快了？"

我惊讶地看着他，原来他已经知道了。我委屈地看了他一眼，眼里又开始泛潮。

"怎么了？"子寒柔声问。

"没什么！"我回避道，生怕自己的眼泪忍不住。

"我是你老公，对我还隐瞒啊？妈觉得你对宸宸太严厉了是不是？"子寒拍拍我的脸，并无责怪之意。

既然他都知道了，我也不再隐瞒，于是，点了点头。

子寒亲昵地贴着我的脸："你生性敏感，内心纤细，我怕你闷在心里不高兴，妈溺爱宸宸，你别介意。"

我撒娇地钻入子寒怀里："我有那么小气吗？只是，我觉得过于溺爱不是好事。"

"是，我也这么认为。其实以前我小的时候，妈对我教育也非常严格，可是现在对宸宸就没有了原则，也许这就是隔代亲吧！"

我担心地看着子寒："很多人都觉得豪门出身的男人花心、自我、一无是处，可是我觉得关键还是取决于怎么教育。我不希望宸宸以后沾染上这些毛病，至少他得像你。"

子寒得意地挑挑眉："原来我在你眼里还很不错嘛！"

"你不好我会嫁给你吗？如果你人品不好，再有钱我也不嫁给

你。"我笑着说。

"你笑了就好了！"

我叹了口气："我不会放在心里的，人家说豪门里的婆婆有多么难缠。可是妈咪不一样，我跟你结婚以来，她对我一直和颜悦色的，我已经比很多人都幸运了。今天她也是疼爱宸宸，我怎么会计较呢？"

子寒心疼地搂紧我："我这辈子最高兴的事，就是拥有你。"

我正了正身子："可是我还是认为要好好教育宸宸，不能惯他那些坏毛病。"

"那是肯定的，但是宸宸现在刚会说话，慢慢来。我觉得自从有了他，你对我都不像以前那么在乎了。"

我失笑道："他可是你的儿子。"

子寒挑挑眉道："我当然知道他是我儿子，不然他这么占据你的心，我早把他扔出去了。"

我哈哈大笑起来："如果你敢把他扔出去，都不用我找你麻烦，妈咪那关你就过不了！"

"是，在你们眼里，现在小家伙才是最重要的。灵灵，你就不能分点注意力给我吗？我也需要你的关心。"子寒忍不住冲我撒娇起来。

我把玩着他的睡袍带子："那你要我怎么关心你啊？"

子寒眼里蕴涵着深深的笑意："这还要我教你吗？"

……

天刚蒙蒙亮，我就醒了，子寒还在沉睡。我看着他的睡颜，突然柔情泛滥，我有多久没有这样看过他了？他说得没错，自从有了宸宸后，我的确把大部分精力投到了小家伙身上，尤其是想着要把宸宸教育成什么样子。我暗暗想，为了子寒我也要把和婆媳关系处理好，她是子寒的母亲，我对她理应尊重孝顺，而且并非很大的矛盾，没有解决不了的问题。在美国三年，虽然很少出门，但是依然能感受到美国教育孩子和中国有很大不同。但是在教育下一代上，子寒母亲的观念非常中国化。其实从子寒身上就可以看出，他受的是传统教育，可见西方文化在这一点上并没有影响到在美国居住多年的林家，那么我应该多体谅她一些不是吗？

所以，早上下楼的时候，我看见她，就立刻亲热地打招呼。她愣了一下，随即恢复往常的亲热，有些别扭地说："灵灵，昨天我语气有点急，你别往心里去。"

我笑着说："妈咪，您说哪的话呢，您也是心疼孙子，宸宸有这么疼爱他的奶奶，是他的福气，您脸好点了吗？"

我仔细看了看她的脸，还有些痕迹，但是并不严重。可对爱美的女性而言，即使小得肉眼看不见，亦是相当严重的事。我想，如果这不是宸宸的杰作，不知道会是什么样的结果。

"过几天就好，不会留下痕迹。"

我有些故作轻松地说："如果他还抓您，我还是要教育他。"

佣人给我们端上早餐，她继续说："小孩子哪有不抓人不打人的，你要求太高了，子寒小时候还打人呢！"

"真的啊？现在没见他动过手了。"我故作惊奇地说，努力调节着气氛。

她嗔怪地看了我一眼："他现在要是还动手的话，我都不答应！"

几天后，子寒母亲的脸果然恢复了平滑光洁，几乎看不到什么痕迹，我也终于放下心来。

我欣慰地想，事情终于过去了，人与人的相处中怎么可能没有磕磕碰碰呢？只要相互体谅一下，没有什么过不去的事。可是我万万没料到，原来事情只是一个开始而已，甚至应了一句话：有第一次必然会有第二次。

之后，她对宸宸更是溺爱，甚至到了我们都不能说的程度，宸宸的坏脾气也越加见长，我的担心日甚一日。

这天晚饭，子寒和我都在，奶妈坐在旁边喂他，小家伙非常不合作，要哄好久才肯吃一口。到了后来，直接把自己的小碗摔到地上，甚至摔上了瘾，伸着小手想够其他碟子继续摔。

"宸宸，吃饭怎么可以摔碗？"我忍不住又想教育他。

子寒也说："宸宸，你要是不乖，爸爸妈妈可不喜欢你了！"

小家伙看了看我，再看看子寒，也许知道奶奶就在身边，立刻"哇"地一声哭开了。我头痛欲裂，现在的小孩子情商实在太高，才一岁就已经知道看场合，至少我自己带着宸宸的时候，他很乖，从来不会做这些事。

他奶奶一见他哭，立刻起身，同时责备地瞪了我们一眼："你们两个真是的，想教育孩子不能等他吃完饭再说吗？把他弄哭了，不肯吃饭你们才高兴？哪有人吃饭管教孩子的？"

宸宸继续嚎着，他奶奶心疼地抱过他，离开餐厅哄去了。我和

子寒面面相觑，有些食不知味起来。

回到房间，我担心地看着子寒："子寒，这样溺爱宸宸，他的脾气已经越来越坏了。"

子寒拉着我坐下："我知道，可是我结婚晚，孩子又是他们望眼欲穿的时候才生。妈对宸宸的疼爱，那也是可以预见的，虽然我也不赞成这么惯着他。"

我沉思起来，不能和子寒的母亲关系弄僵，但是也不能让宸宸继续这样下去。

子寒沉默了一会，小心地问我："要不，我去和妈沟通一下？"

我突然嫣然一笑："不要！免得妈咪多想，你给我时间，让我好好想一想，我们要用智慧解决这个问题，免得妈咪心里不舒服。"

子寒亲昵地刮了一下我的鼻子："我相信我的灵灵聪明绝顶！"

随后，子寒母亲对宸宸的宠爱继续升级。在她认为，林家富可敌国，摔点东西实在微不足道，甚至小家伙天天摔着玩，以林家的财力，都不在话下。这点我很理解，她本身就出身豪门，从来没有节约的概念，就如她以前鼓励我花钱就可以看出，她认为豪门理应挥霍，花钱才是赚钱的动力。我在豪门生活了近三年，生活也不算节约，我并非从金钱角度出发，而是我认为这是一种坏习惯，以后会养成暴躁的性格。

然而，宸宸和我相处的时候，他却不犯这些毛病，显得很懂事。有的时候我也奇怪，才一岁的小孩子，他已经懂得分人了吗？可是这却是不争的事实。

"宸宸，以后不可以摔东西，知道吗？"我把宸宸抱到床上，耐心地教育他。

他吮着自己的手指，看着我笑得很是开心。这一刻，我能理解他奶奶为什么那么纵容他。我看着他可爱的模样，心里变得柔软无比，就想看着他天真无邪的笑容，我想每一个做妈妈的人，估计都有我现在的感觉。

"宝贝，以后不能随便摔东西，知道吗？更不能抓人！"我忍不住亲亲他的小脸蛋。小家伙高兴地爬到我怀里，抓着我的睡袍带子，使劲扯着。

我不管他有没有反应，就当成胎教一样自言自语。我相信，即使现在他并不懂这些道理，也会有一些作用。我找了很多宁静的音乐，在房间里放，偶尔也播放国学启蒙教材的录音。

晚上子寒回来的时候，我跟他商量："你能不能邀请一些家里有孩子的朋友周末过来玩？"

子寒不解地看着我，我解释道："最好是中国的孩子，尤其是孩子任性的那种，周末都邀请到家里来玩，最重要的是妈咪得在场。"

子寒似乎懂了："灵灵，你是想让妈看看纵容孩子的结果？"

我得意地拍拍子寒："宾果！你真聪明，那你现在知道怎么做了？"

子寒捏捏我的鼻子："是，我一定按照你的吩咐去做。"

"你真好！"我搂住子寒，毫不吝啬地在他脸上重重一亲。

婆媳矛盾

巧计教子

很快就到了周末，子寒不负所望，按照我的意思邀请了五六对夫妇，加上各自带来的奶妈佣人等，热闹非凡！好在宅子花园极大，宸宸满月后，家里从来没有这么热闹过。他喜欢人多，见这么热闹，兴奋得直在自己的小车上窜，不停地挥舞着小手，模样可爱极了。

来客看见宸宸，纷纷过来抱一抱他，想不到小家伙怕生，直往他奶奶怀里躲。子寒的母亲笑得嘴都合不拢了，连说："这孩子，就认我们！"言语间非常自豪。

我也正式出现在大家面前，有些已经认识，有些还很陌生。天气乍暖还寒，最是户外活动的好时光。东边的花园里，佣人们已经摆好桌子、食物，子寒换上休闲装束，男人的味道需要一定的年纪支撑真是一点都没错，至少我觉得子寒现在比以前更有魅力，斯文儒雅中透着睿智沉稳。我突然想到了林，他也是这么过来的吧？

我甩甩头，把林的影子驱逐出去。一位夫人看见我笑着说："林夫人真是素雅，连首饰都不戴！"

我微微一笑："现在有了孩子，怕咯着他，也怕被他扯，不敢戴首饰了。"

我看着花园里的孩子，暗赞子寒聪明，与我配合得天衣无缝。我和那些豪门夫人坐在一起，子寒和她们的老公似乎很熟，坐在一起就聊开了经济和生意。

"林夫人，你似乎不太社交啊？"其中一位夫人问我。

我微微笑了笑："之前怀着孩子，孩子出生后，注意力都在他身上。"

我和她们随意地聊着，孩子们在花园里玩耍。子寒邀请的都是以孩子任性著称的夫妇，所以不大一会儿，果然出事！

花园里，两个孩子因为争夺一件玩具，扭在一起。这些孩子从出生起就要风得风，要雨得雨，如果在自己家里，可能再多也不会稀罕，但是这样的环境，已经养成了他们独占霸道的性格。我就是想让子寒的母亲看看这样教育出来的孩子会有什么样的表现，毕竟子寒的母亲比较开明。

孩子都是父母的宝贝，一见到自己的孩子受一点伤，父母的心疼可想而知。男人们惯在商场，表现得还稍微冷静一点，女人们可就心疼极了。这些孩子在家里都是宝贝得不得了的，随便碰一下都会紧张得要命，可是对方也都一样。

等到各自抱开自己的孩子时，脸上都不太好看了，虽然都在竭力忍着，维持着风度。

但是这些小皇帝小公主们可不会有任何掩饰，立刻大哭大闹起来，无论父母佣人怎么哄，就是不肯停歇，即使连我们在旁的这些人，都被吵得头痛欲裂。

子寒的母亲皱着眉头看着这一切，忍不住感慨道："子寒小时候从来不会这样，现在的孩子，真是越来越不象话了，做父母的也是，生了孩子就应该好好教育，否则不如不生……"说着她可能意识到了什么，定定地看着我，我心里一阵紧张，怕她误会我的用心。她看了我一会，突然微笑道，"你这孩子，拐了这么多弯，就是想让我知道纵容宸宸会有什么后果是吧？"

我不好意思地笑了笑，真诚地看着她："妈咪，宸宸是我和子寒唯一的孩子，更是您唯一的孙子，看到您那么疼爱他，我真的好高兴，我真的太希望他能在我们的爱里长大。我怕我们对他的爱不够，让他的人生有所遗憾，又怕我们对他的爱太多，让他迷失了善良的本性，我甚至有点不知道该如何爱他好。我更怕我们太过溺爱他，等他长大了会恨我们！"

子寒的母亲惊讶地看着我："恨我们？"

我认真地点点头："妈咪，爹地是我最敬佩的人，您和他把子寒培养得那么好，让我这辈子情有所归，我很希望宸宸是他们的翻版。林家的财富很少有人能够企及，就因为有这样的财富，所以我希望宸宸能够比一般人更谦逊，更有涵养。"

子寒的母亲认同地点点头："我也希望啊！"

"妈咪，林家的产业是几代人的心血，我不知道它能够传几代，但是我希望至少在我和子寒的时候，不要有一丝一毫的损毁。这么庞大的事业帝国，要担负起这个责任，必须要有出色的能力和健全的人格。试想，如果宸宸是一个目空一切的富家子，他如何去担负

这一责任呢？而且，性格太过霸道，我怕他以后没有朋友，会很孤独，会有恨我们的一天！"

子寒的母亲伸手握住我的手，由衷地说："孩子，这段时间辛苦你了。我和你爹地盼子寒结婚盼了好多年，你们结婚后，我们又希望能够早点抱孙子，宸宸刚出生的时候，我们不知道多开心，尤其是看着小家伙一天天长大，一天比一天可爱，只希望他每天都开心。其实我也知道你是为了他好，你是他亲生母亲，没道理不疼他，可是看见你对他这么严厉，我就心疼，打心眼里的心疼。"随后，她开玩笑似地说，"如果你是宸宸的后妈，我还不知道心疼成什么样呢？"

我也顺着她的玩笑说："是啊，如果子寒有一天想休我，估计您为了宸宸都会反对！"

她慈爱地看了我一眼："即使不为了宸宸，我也反对。我相信子寒不会再找到像你这么玲珑剔透的老婆，你爹地经常跟我说，你有超乎常人的心智，要我相信你做的任何决定。"

我甚为感动，心里对子寒父亲的亲近更添一分："妈咪，我不会辜负您和爹地的期望，一定会给你们一个出色的宸宸，请相信我！"

子寒走了过来，伸手揽住我，虽然结婚三年多了，在他父母面前，我还是不习惯太亲热："在聊什么啊？"

我望了子寒一眼，彼此生活了这几年，已经有相当的默契，子寒立刻意会我眼神中的含义，欣慰地拍拍我。

子寒的母亲开口道："在聊如何教育宸宸。"

我没想到她这么直白，生怕她以为我和子寒故意串通起来。从这点上看，我有些小人之心，又或者说是太敏感之故。我的表情没有逃过她的眼睛，她温和地笑笑："灵灵，你不用这么紧张，你是个善解人意的儿媳妇，我知道你用心良苦！"

"谢谢妈咪理解！"

子寒的母亲长长地叹了口气："我也希望宸宸以后争气！"

我微笑着说："只要他像子寒一样，我就满足了！"

子寒得意地笑笑，毫不谦虚地说："我也这么认为！"

子寒的母亲笑得开怀："这自恋的毛病可不能遗传给宸宸！"

我也笑了起来："我估计很难，毕竟小家伙是子寒的骨肉嘛！"

笑完之后，子寒的母亲正色说："我知道你们都是为了宸宸好，但是他毕竟还小，你们可要耐心，不能太严厉了！"

子寒无辜地看着我说:"灵灵,我怎么觉得我们是宸宸的后爹后妈,怎么妈老是觉得我们会虐待宸宸呢?"

　　一席话逗得我们忍俊不禁,孩子教育问题上的分歧也终于迎刃而解,彼此笑得都很真心!

巧计教子

未来的女主人

　　宸宸越来越朝着我预期的方向发展，现在的他不再胡乱打人。尤其在吃饭上，非常合作，甚至自己拿着勺子生疏地往嘴里塞。虽然弄得桌上地上都是，但是我没有阻止他，让他慢慢学习也好。我在中国的时候，曾听很多人说现在的孩子是腐朽的一代，而西方却从来没有这种说法。我认为孩子出生的时候根本没有区别，是后天的教育才形成了如此大的差异，而在教育上，我更偏向西方教育，我欣赏他们从小培养孩子独立性的做法，而这点，恰恰是中国父母最欠缺的，惟恐对自己的孩子照顾不周到，或者磕着碰着了。爱之，适以害之！古人都明白的道理，在当今社会，却已经被屏弃于一旁。

　　这天，子寒的母亲坐在沙发上摆弄插花，宸宸在沙发上爬着，奶妈和佣人紧张地立在一旁，惟恐宸宸摔下来。

　　我在一旁坐下，宸宸见是我，立刻手脚并用地爬到我身上，撒娇地搂着我脖子："妈妈！"

　　他奶奶见状感慨地直摇头："按说全家你对宸宸最严厉，他却还是最喜欢粘着你，怀胎十月就是不一样！"

　　我笑了起来："宸宸也很喜欢奶奶啊！因为您老带着他，我带他的时候少，所以他看见我才会喜欢粘我！"

　　子寒的母亲笑着过来拍拍小家伙的脸："宸宸，是不是这样？你个小东西，这么小就知道远香近臭了？"

　　宸宸见有人跟他玩，咯咯笑了起来。

　　佣人端着碗过来，我示意她把小家伙抱到小餐桌上去吃，宸宸拉着我的手撒娇："妈妈喂！"

　　我心里一软，想了想还是忍住了："宸宸乖！饭饭要自己吃，吃完了再来找妈妈！"

　　宸宸似懂非懂地看着我，奶妈过来抱他，他却不愿意，自己走到小餐桌前才让佣人把他抱起来。

子寒的母亲看了一会，眼里有一抹心疼。虽然之前在教育孩子上，我们已经达成共识，可是真的实施了，她却依然忍不住地心疼："灵灵，他还这么小，很多孩子还在妈妈怀里撒娇呢！"

我看着宸宸自己抓着勺子往嘴里送食物，眼睛有些湿润起来："妈咪，宸宸是我亲生的，我怎么可能不疼爱他呢！有的时候，看他摔倒了，我宁愿摔的人是我自己，听他一哭，我几乎想跟着他哭。可是孩子小的时候不忍心，等以后长大了就不好改变了，我相信以后他懂事了，会感激我们的！"

她看了看宸宸又看了看我，眼里有一丝不解："你从小长在中国，怎么教育孩子上这么西化呢？"

我轻轻笑了笑："就因为我在中国长大，我知道中国教育的弊端，我无力去改变这种现状。但是我们的宸宸，我不希望他以后变得依赖、不讲道理，尤其是在林家这样的财势下，我不希望他变成一个小霸王。命运毕竟无常，朝代都会变迁，何况是一个家族呢？"

她看了我好一会，才说："你是对的！"

我真诚地说："谢谢妈咪理解！"

她又叮嘱了一句："但是也不能太严厉了！"

我失笑道："妈咪，难怪子寒老怀疑我们是后爹后妈哦，您放心，我只是教育他独立懂事，我保证我只教育他，绝对不教训他！"

她这才放心下来，继续摆弄着她的插花。

随着宸宸越来越懂事，他奶奶终于彻底接受了我的教育方式。每次带着宸宸出去的时候，小家伙的礼貌懂事总能为她挣回不少面子。

自从有了宸宸后，连子寒的父亲留在家里的时间也多了不少。一来他年纪慢慢大了，二来骨肉亲情让他越来越喜欢留在家里的时光。

"宸宸，叫爷爷！"

虽然子寒父亲在家里的时间很少，可是小家伙似乎知道那就是他爷爷，小手一直在他爷爷脸上摸着。

我在旁边忍不住说："宸宸，叫爷爷！"

宸宸听话地叫道："爷爷！"

子寒父亲高兴地笑了起来："他还是最听你的话！"

逗了一会儿孩子，他把小家伙交给奶妈，走到东边的客厅里，我清楚他的习惯，知道他想跟我谈谈。

正值夏天，园中的花卉开得灿若云霞，落进眼里，满目芳菲；远处的云彩丝丝可见，天空蓝得澄静宁和。客厅里微微有些凉意，却恰倒好处，这样的天气和环境的确很适合聊天。

"灵灵，你把宸宸教育得很好，辛苦了！"

我笑着谦虚道："爹地过奖了，孩子还小，以后的路更长，我不辛苦！"

他抿了一口龙井，赞赏地看着我，回头吩咐管家道："你去我书房第二个抽屉把那个蓝色的锦盒拿来！"

不多时，管家拿来一个三寸见方的盒子，子寒父亲递到我手中，示意我打开，我依言照做。

躺在黑色丝绒上的是一颗罕见的蓝色钻石。世人皆知，一般钻石通体透明，但如果在钻石形成过程中出现不同热度和压力，再混合其他矿物质，就会形成稀有的彩色钻石。彩色钻石因为罕见，所以价格极其昂贵，而其中的佼佼者，多为珠宝商或收藏家珍藏。蓝色钻石便是彩色钻石中的一种。

子寒父亲对我解说道："这颗天然蓝色钻石是子寒的爷爷购得，传到我手里已经有几十年了，给它命名为'海洋之泪'，现在我把它送给你！"

我愣愣地看着手中的钻石，它的价值至少一亿人民币，我不知道他为何要送给我："爹地，您收藏了这么多年了，我怎么好意思夺爱呢？"我把盒子递了回去。

子寒的父亲笑着摇摇头，示意我安心收下："这些珠宝虽然稀有，不过以后迟早也是属于你们。灵灵，爹地这一辈子阅人无数，自信不会看错人，我们这一脉，人丁不旺，但是所出都是精英。前段时间我看到你妈咪这样溺爱宸宸也很担心，但是你可以以和平的方式化解这种矛盾，可见你是个玲珑剔透的孩子，林家未来的女主人非你莫属！"

我微微红了脸："爹地您过奖了！我没有这么好！"

"不必太谦虚，这个世上，聪明的人很多，但是在聪明的同时懂得进退，知晓内敛低调的人不多，尤其是在你这个年纪！我指的林家女主人不仅仅是子寒的夫人，是指林氏这个大家族！"

我一愣，惊讶地看着他。我进门最晚，那些堂妯娌又比我年长不少，怎么会服气呢？虽然子寒是嫡长子，可是我从来没有想过要成为林氏整个大家族的女主人。我突然想起子寒说的林氏最大的财团依然是从祖业转化过来，那么他的意思是打算让子寒继承了吗？其他人不会有意见吗？

"爹地，我怕我会让您失望！"

"你一定可以的，林家的女主人，需要的不仅仅是聪明，而是智慧，你会决定子寒的事业。"子寒父亲换了个话题，"好了，谈这些现在还早，我只是让你心里有个底！"

我仔细咂摸着他的话，他说我会决定子寒的事业，大概是指如果我能把家庭里的关系都处理好，让子寒不用为这些烦恼，可以更专心的打理生意吧？或者还有教育宸宸等，毕竟打算代代相传，希望家族长久不衰！

专心育子

　　一晃眼，几个月过去了，天气开始转凉。宸宸不知道哪里受了风寒，开始发烧，小脸通红通红的。这可把我们急坏了，我再也顾不得孩子应该怎么教育，听着他时断时续的哭声，我觉得整个心都揪起来了，恨不得替他承受这一切。

　　子寒的母亲看见宸宸难受的样子，眼泪没忍住，心肝宝贝地叫着。

　　"妈妈！"宸宸伸着胖乎乎的小手要我抱。

　　我心疼地搂住他："宝贝，是不是很难受？"

　　宸宸把脸贴在我脸上，小脸滚烫滚烫的，家里进进出出都是医生。

　　"林夫人，请让一让！"

　　"宸宸，妈妈等会儿再抱你好不好？"我试图放开宸宸。

　　宸宸一听，立刻搂紧我的脖子，不让其他人来抱。我心一软，毕竟他只是个一岁多的孩子，我为难地看着医生："要不就这样检查吧！"

　　医生见状只好让我继续抱着宸宸检查。

　　我把他的手掰了下来："宸宸乖！我们让叔叔检查一下好不好？"

　　宸宸见我依然抱着他，就配合起来，手却一直抓着我的手指。

　　好在只是感冒，并没有大碍。我凝视着他熟睡的小脸，即使已经睡熟，依然抓紧我的手，只要我一想抽开，立刻就醒。我叹了口气，摸摸他的小脸，只希望他立刻痊愈。

　　子寒的母亲轻轻走了过来，小声问："怎么样了？"

　　我勉强地笑笑："烧已经退了，过几天就会好的。"

　　"他只要你，那这几天你就辛苦一点！"

　　我点点头，爱怜地看着宸宸，在心里默念：宝贝，你一定要快快好起来！

宸宸这一病，终于让我体会到什么是揪心的感觉，也许这就是骨肉亲情吧！让我愿意为他付出一切，并且无怨无悔！

　　几天后，宸宸又欢蹦乱跳了。我坐在太阳伞下，看着他摇摇晃晃地跑着，奶妈在后面追着他，心里无比满足，他就这么轻易地主宰了我的情绪！

　　子寒的母亲走到我身边："宸宸康复了，我们也可以放心了！"

　　我感慨地说："是啊！他这一病我才知道养孩子有多不容易，父母为我们操了多少心！"

　　她笑了起来："看来只有自己做了父母才会明白做父母的苦心！"

　　我不好意思地笑了起来，的确，有了孩子后，我的心态发生了很大的变化。以前我也感激我妈为我做的一切，但是从来没有像现在这么深刻过。直到看着自己的孩子慢慢长大，才明白父母为我付出了多少。以前是觉得自己应该孝顺父母，而现在可能更多的是发自内心的渴望！

　　园中阳光明媚，微微带着凉意。对这里的一草一木，我已经渐渐生出了感情，不如刚过来时觉得自己突然来到了一个陌生的世界，也许是生活习惯已经潜移默化了吧？她在我身边坐下来，满目含笑地看着宸宸蹦来跑去。

　　"宸宸，来，到奶奶这里来！"

　　小家伙挪动着肥肥的身子，以最重的势头撞入他奶奶怀里，然后抬起小脑袋奶声奶气地叫道："奶奶！"

　　子寒的母亲眉开眼笑地搂住他，摸摸他的小脸："让奶奶看看，有没有撞疼！"

　　宸宸又转过身来扑到我怀里："妈妈！"

　　"灵灵，你没有告诉子寒宸宸病了？"她探究地问我。

　　我摇摇头："他在欧洲处理公事，我怕他知道会担心，反正宸宸现在也康复了，就没必要让子寒知道了！"

　　"下午几个太太约了我喝茶，你好几次没去了，这次陪我一起去？我们带宸宸一起去！小家伙老关在家里也会闷坏的！"

　　我温顺地点点头，把宸宸交给奶妈："宸宸乖，妈妈去换衣服，等下带你出去玩！"

　　虽然我从来没有正式出席过任何场合，但是这种小圈子的应酬，也会陪着她同去。子晴告诉我，豪门里的儿媳妇大多受规矩约束，无论真心还是假意都会对婆婆言听计从，时常陪在婆婆身边的更不

专心育子

鲜见，也会形成自己的交际圈。子寒的母亲虽然开明，但是其他豪门婆婆都有儿媳妇陪同，而自己没有，必然会觉得失了面子。而子寒是独子，这个任务自然会落在我头上，虽然她没有明确要求，但是我知道她肯定不希望被其他豪门婆婆笑话，所以也会陪她几次。

里面的人基本都已经认识，一开始对于我的故事相当好奇，去过几次后，慢慢也就淡了下来。

那些豪门太太看见宸宸，纷纷过来逗一逗他。

"小少爷长得真是漂亮啊！"

宸宸一见，立刻搂住我的脖子，躲闪开其他人伸过来的手。因他刚刚康复，我不忍苛责他，也就由着他了。

"林夫人，这孩子长得真像你啊！"

我看着眼前的女孩，以前似乎没有见过她。看她的打扮，并不像结婚的人。见我疑惑地看着她，她笑着说："我是跟我 anut 来的，反正闲着也无聊！"

说着，她随手指了指远处一位夫人，我笑着点头示意。

"哎呀，我最喜欢孩子了，尤其是漂亮干净的孩子！"

"哦，还不知道怎么称呼你？"

她不好意思地笑笑："我姓李，叫我昕含吧！"

我微笑着点点头："很高兴认识你！"

她在我旁边坐下："你好漂亮啊！尤其是气质，虽然我听说你出身普通家庭……"她顿了顿，不好意思地看着我，"对不起，不知道我这样说你介不介意？"

我笑着摇摇头："这本来就是事实，没什么好介意的！"

她赶紧说："但是你的气质真的比那些出身豪门的人还高贵，跟我说说你是怎么做到的吧！"

她亲热地坐到我旁边，一脸期待地看着我。

这真是一个热情的女孩子！我心里想，宸宸似乎也不排斥她，任由她逗着。

"你过奖了，我真的没觉得自己有什么特别的！"我谦虚道。

她俏皮地笑笑："怎么可能嘛？不然林少爷怎么会非你不娶呢？"

宸宸有些困了，爬到我怀里不再吭声。我爱怜地搂住他，宸宸不会知道，其实我比他依恋我更依恋着他。

"你的命真好，有林少爷这么年轻富有的老公，又有这么可爱的儿子！"她羡慕地看着我。

我轻轻拍着宸宸："等你结婚后也会有的。"

她尴尬地笑笑，然后认真地看着我："其实我已经结婚了！"

我不好意思地看着她："对不起啊！我以为……你还没有结婚呢，因为你看起来感觉像是未婚！"

她开心地笑了起来："女人听到这样的话，估计最开心了！"然后她看了看已经在我怀里睡着的宸宸，小声说，"我们小声点，别把小宝宝吵醒了！"

闲谈中得知，她和我是同年，今年刚刚结婚。我看着她，忍不住感慨起来：一样的年纪，她却依然像个小女孩一般，活泼爱闹，身上有着让人无法忽视的青春！反观我自己，似乎过于安静了，尤其在这样的场合中。但是我却无法不喜欢她，她用她的活泼和热情感染了我。

她俏皮地看着我："以后，我可以找你喝茶或者逛街吗？"似乎意识到什么，马上又加了一句，"我知道豪门里规矩多，可能林少爷不喜欢你出去，如果你觉得为难，就当我什么都没说。"

我轻笑起来："他不会这么约束我，只是喝茶逛街他不会介意的！"

她立刻兴奋起来："那好，我们就这么说定了哦！"过了一会，她又叹了口气，"天天在家也不知道做什么，如果再不找个人喝茶逛街，日子都不知道怎么过了！"

我轻轻笑了笑，没有答话。

她看着我，小心地说："你真的很安静呢，林少爷会不会觉得你太安静了？"

我失笑道："他才不呢！向来都是我在说，我的话比他多多了！"

她戏谑地看着我："那是不是他基本都不说话的啊？"

"不会！"我微笑着回答。

她挨到我身边，一脸期待地看着我："我对你跟林少爷之间的恋情很感兴趣，是不是很浪漫很感人？你们是不是历尽千辛万苦冲破重重阻力才在一起？"

我忍不住笑了起来："你一定是小说和电视剧看多了，我和他之间没有这么缠绵绯恻。"

她略略有些失望："我以为像你们这样的恋爱一定要经过一番波折最后才能在一起呢，我一直最向往这样的感情了！"

我凝视着远处轻声说："生活毕竟是生活，不能和电视剧相提

并论。"

她好奇地看着我："那你和林少爷的爱情是怎么样的呢？我觉得你能嫁给他就像一个传奇一样，哦，我说话又不注意了，我不是说你配不上他，只是，你们的阶层真的相距很远。"

对于我和子寒的感情，我不愿意多说，回避道："我和他之间也许就是缘分吧！"

见我不想多说，她也不再往下问，我松了口气。

她又换了个话题和我聊天，一路聊下来，她给我的感觉一直都是活泼热情，却也不让人觉得突兀不舒服，总之这是个让人轻松的女子。分别时，她特地要了我的联系方式。

朋　友

从那以后，李昕含开始主动约我。而我自从嫁给子寒后，生活圈子也小得可怜，虽然逐渐认识了一些豪门太太，但是豪门之间的交往，牵扯太多，惟恐一个行差踏错，使夫家脸上无光，大多交往都停留在表面。而李昕含给我的感觉不同，她似乎并没有受过太多的拘束，爱笑爱闹爱开玩笑，和她在一起，总能让人心情不自觉地飞扬。而我，也喜欢和她相处的时光，毕竟，人是需要朋友的。

"灵灵，今天你一定要帮我参谋一下，我想给我老公买条领带。"

看着她认真的样子，我忍不住取笑她："你很爱你老公吧？都结婚了，买条领带还这么郑重！"

她不好意思地笑了起来："还好啦！"

"自己和老公这么恩爱，老说羡慕我，你啊，就会哄人！"

她着急地看着我："我没有啊，我就是羡慕你嘛！"

看着她急欲辩解的样子，我收起了玩笑之心："好了，我也是逗你玩的！"

她认真地看着我："其实和你熟悉了后，你也有活泼俏皮的一面！"

我得意地笑了笑："平时只有他看到，不知道为什么，觉得和你很投缘，就像自己的妹妹一样。"

她和我来到罗德尔街，自从有了孩子后，我似乎很久没有逛街了。刚来美国的时候，子寒还经常带我过来，现在想想，距离他上次来陪我逛街，已经是几个月前的事了，如果不是今天她叫我陪着逛街，我都快遗忘逛街是什么感觉了。

"我觉得逛街好象是上辈子的记忆了！"我感慨地说。

她好奇地看着我："难道林少爷不陪你逛街的吗？"

我笑了笑，语气中却没有一丝埋怨："以前刚来美国的时候，他为了让我尽快适应这里的生活，陪我逛过几次，现在有了孩子，他

又忙，就少多了！"

她亲热地挽住我："没关系，我们女人未必一定要男人陪的。我老公也很忙，但是我无所谓，我自己一样能够找到事情做。现在有了你这个好朋友，时间就更容易打发了！"

我看了看她挽着我的胳膊，越发喜欢她了，尤其喜欢她的心态，总觉得她这种发自内心的快乐远比我更容易得到幸福："如果觉得冷清了，你可以考虑要个孩子，我相信有了孩子后，你会更加忙碌，甚至连觉得无聊的时间都没有了。"

说完，我惊讶地问自己，这些话怎么这么熟悉？原来有一天我也会这么说？

她似乎没有意识到，只是突然出神地望着远方，喃喃地问："你说是不是有了孩子后，男人就更恋家了？"

我不知道是不是我的话触动了她某些地方，只好如实回答道："我不知道其他男人是怎么样的，但是自从我们有了孩子后，子寒更愿意留在家里，不过没有孩子之前，他也尽量陪着我。"

她幽幽地叹了口气："你真幸福，有林少爷时时刻刻牵挂着你和孩子。其实我不是不要孩子，而是他不想要孩子，所以……"

她低头看向地面，神情寞落，完全失去了先前的活泼开朗。我懊悔起来，人说矮子面前莫说短话，现在我是不是也沾染了那些不好的习惯？自以为的地置喙别人的生活，自己幸福尤其应该低调收敛一些。我突然讨厌起自己来了，没事何必去提孩子呢！

我小心地看着她："对不起，都怪我，好好的跟你提这些！"

她抬起头来，勉强笑了笑："不要紧，你也是希望我幸福嘛，我分得清！"

我松了口气，她不怪我就好。看着她强颜欢笑的样子，我又忍不住开导她："男人有时候也像一个孩子一样，突然要他承担很多责任，他会害怕会退缩，如果有一天他想通了，估计天天都哄着你给他生孩子。你还这么年轻，开心生活最重要！"

事实上，我心里却觉得疑惑，豪门中的老公和长辈，最期盼的就是有继承人。我几乎没有听到过哪个豪门少爷不愿意要孩子的，事实上有了孩子也影响不了他们分毫，孩子自然有长辈和佣人带着，更不会再有人唠叨，所以他们也很乐意有个孩子，甚至说有了孩子后，他们的自由远远超过没有的时候。我又想，是不是他们的感情出现了什么问题？可是昕含这么郑重地给老公挑领带，似乎也不像出问题的样子。

她看了我一会儿，突然问："你觉得豪门里的男人会有专情的吗？是不是每个都喜欢拈花惹草？"

我仔细看着她，难道说她老公有了外遇？不过这是人家夫妻间的事，我也不好意思多问。看着她期盼的眼神，我坚定地点点头："有！其实男人是否花心和是否生在豪门没有必然的联系，只看这个男人的人品。"

她看着来来往往的人群，很长时间没有说话，我也不知道该说什么。平时的她向来活泼开朗，突然变得如此多愁善感，我一时还不能习惯。良久，她才说："我现在很怀疑这个世界上是否还有属于彼此的感情存在，或者说还有没有一辈子的感情存在。"

我轻轻握住她的手："别这么悲观，肯定有的，相信我！"

她低头看了看我握着她的手："那你相信林少爷对你的爱会持续一辈子吗？"

我毫不犹豫地点点头："我相信，子寒他不会移情别恋。"

她突然挑衅地看着我："是吗？林少爷是个忙人，经常在外面，你真的不担心他喜欢上别的女人吗？像他这种超级有钱的男人，可是众多女人追逐的对象，你真的放心吗？"

我有点不舒服，但是想到她也许遇到感情问题才会如此尖锐，也就不和她计较，只是认真地看着她："我放心他，我相信子寒不会做对不起我的事，夫妻之间贵在彼此信任。你也是，别胡思乱想了，也许什么事都没有，都是自己瞎想出来的。"

她突然笑了起来："好了，我乱发了一阵感慨，让你也跟着难受了。"她突然定定地看着我，"如果有一天，你发现林少爷有别的女人，你会怎么做？"

我直觉地不愿意去想这个问题，我无法想象子寒有别的女人的场景，我相信子寒不会让我这么痛苦。

我拍拍她，轻轻摇了摇头："子寒不会让我去面对这些，我相信他。"

她看着我，长长叹了口气："对不起，我自己不开心，让你也跟着不开心了，我相信林少爷会好好珍惜你们之间的感情。"

我笑着点点头："开心一点，我相信你老公也会如此，你要相信他。"

她默默把头靠到我肩上，喃喃说道："你知道吗？我真的好爱

朋友

他，只要他能陪在我身边，我什么都不再奢求，我无法忍受他心里有别的女人，可是即使他心里有别的女人，我依然爱他至极。"

我心疼地看着她，这是个为情所困的女子啊。我从来都喜欢纯粹的女人，看着她痛苦的样子，我也忍不住难受起来，却不知道如何开导她。

过了一会儿，还是她自己振作起来："今天这么好的天气，我还说这些丧气的说，真是浪费。来，陪我去挑领带，我老公喜欢浅色的东西，你比较淡雅，应该能帮我挑到他喜欢的领带。"

见她自己想开了，我也松了口气。当下专心致志地陪她挑选领带，顺便也给子寒买了几件衣服。

之后一个星期，她没有找过我。中间我打过一个电话给她，她的语气轻快开朗，她告诉我一切都是她自己胡乱猜测，他们的感情更胜往昔。我听后忍不住为她高兴，但愿她能幸福！放下电话，我突然很想念子寒，他已经出去一个多星期了，宸宸经常问我爸爸什么时候回来。

也许是我和子寒之间有感应，傍晚时分，子寒突然回来。宸宸摇摇晃晃地扑过去，子寒亲着他的小脸蛋，父子俩亲热异常，我看着这副画面，心里弥漫着感动。

子寒把孩子交给奶妈，牵着我回到房中。一关上门，他就抱紧了我，用额头抵着我的额头，哑着声问我："灵灵，想不想我？"

我含笑看着他，羞涩地低下了头。

子寒加重手上的力道："想不想我？"

我扭捏了一下，嗔怪道："哪有逼着别人回答说想的啊？"

子寒失望地看着我，我勾住他的脖子，在他耳边小声说："我好想你！"

只这一句，似漫天繁花，子寒的眉头立刻舒展开来。窗外的晚霞格外绚丽，从落地窗外透了进来，给所有的东西都镀上一层光圈。看着背光而站的子寒，我突然掂起脚在他唇上印下一吻，子寒一个用力，把我再度拉入怀里，直到我呼吸困难，他才离开我的唇，我喘息着偎在他怀里。

子寒魅惑的声音在我头顶响起："灵灵，你和我刚遇见你的时候一样羞涩，我爱极了你这副娇态。"

子寒的手在我腰际游走，我阻止了他："你刚回来，这次在外面那么多天，先泡个澡，我叫佣人准备点吃的。"

子寒拉住我："我泡个澡就行，吃的不用另外准备了，等一下就吃晚饭了。"

我点点头，在我转身的时候，子寒突然从身后搂住我，在我耳边说："何况，晚上还可以吃你！"

我大窘，转身欲打他，他已经放开我走出房间。

我坐在床上替他收拾衣服，吩咐佣人把衣服拿去洗了。

过了一会儿，佣人又回来了："少奶奶，这个耳钉是您的吗？"

我接过那个耳钉，心里一紧，不动声色地问："哪里来的？"

佣人不疑地答："在少爷的西装口袋里。"

我握着耳钉，示意佣人出去，心里却像炸开了锅一般。子寒很少接近女性，他口袋里怎么会有女性的耳钉呢？戴着的耳钉怎么会轻易跑到他口袋里？这个耳钉上的钻石足有一克拉，如果是他打算送给我的，怎么会只有一只呢？我仔细凝视着它，排除了子寒打算送给我的念头，这只耳钉不是新的，如果是新的，应该是一对，而且应该用盒子装着。我反复看这这个耳钉，上面有一个字母"L"，我心痛地想，这是"Love"的缩写吗？是一个女人表达爱还是男人的承诺？

子寒出来的时候，我正捏着耳钉在发呆："灵灵，这次回来，我给你带了礼物。"

我一惊，迅速把耳钉放到抽屉中。我看着子寒深情的眼神，不相信他会跟其他女人有牵扯，也许是什么人不小心落在他身上吧！可是什么样的人有机会让耳钉落到子寒口袋里呢？虽然子寒平时不喜欢保镖跟随，可是他和人交往极为谨慎。

"在想什么呢？"子寒在我身边坐下。

"没什么！"我掩饰地笑笑。

看着子寒磊落的表情，我更加相信是我多心了。刚刚子寒还对我深情无限，他怎么可能在如此对我的同时，还和其他女人有牵扯。也许这个耳钉是子晴的吧？子晴一向和子寒亲近，她的可能性最大，我稍稍放了心，如果是子晴的，那就不难解释了。我失笑起来，我也太草木皆兵了，前几日还劝昕含来着，放到自己身上，也洒脱不起来了。

我转身替子寒把浴袍带子绑好，温柔地伏到他怀里："吃饭还早，要不要休息一会，倒倒时差？"

子寒满足地躺到床上，把我拉到怀里："现在什么都不想做，就

想这么抱着你。”

我凝视着他的眼睛，子寒的眼神一如平常，我更加确信是我多心了：“子寒，我喜欢你呆在家里。”

他伸手抚着我的长发：“我也喜欢啊，这里有你有宸宸。”子寒突然支起身子，定定地看着我，“这段时间里，我不会再出去，我想多陪陪你和宸宸。”

我含笑看着他，温柔地点点头。

子寒突然扳过我，摩挲着我：“灵灵，现在还早，我好想你！”

我看着他充满欲求的眼神，迟疑着说：“你刚刚洗完澡呢！”

他用力一抱我：“等下再洗就是了。”

我无言默许……

我凝视着子寒熟睡的脸庞，他的睡颜安静而满足，呼吸均匀平稳，刚才他对我的痴迷依旧，又怎么可能出现其他女人呢？我甩甩头，把这些乱七八糟的念头甩到一边，女人容易胡思乱想，说得一点都没错。

捍卫婚姻 （一）

　　子寒虽然留在比弗利，但是他依然很忙。虽然我努力让自己不要乱想，可是那只耳钉像钉在我心上一样，时时冒出来，提醒我那是属于一个女人的东西。

　　我站在窗前摆弄着那一捧百合，思绪飘得很远。

　　"想什么想得那么出神呢？"子晴的声音在我身后响起。

　　我放下百合，招呼她坐下："看你眉飞色舞的样子，是不是有什么喜事要告诉我？"

　　子晴脸上突然出现了娇羞的神态，扭捏地说："今年我和他打算订婚，之前他带我去见过他父母了，过几天我想带他来家里。"

　　我惊喜地看着她："真的啊？太好了，你啊，也只有他制得住你！"

　　子晴坐到我身边，揽着我的肩撒娇："我可得好好感激你这个军师，要不然我们现在还吵架呢！他说我只是有点公主脾气，心眼不坏，现在越来越识大体了。这好象就是一个良性循环，以前我和他越吵越僵，我希望他对我倾注更多的关心，可是他却离我越来越远了。后来我学着去理解他的时候，他对我越来越好，我从一开始努力改变自己，到后来好象脾气自然而然的就越来越好了，这种感觉真的好美妙。"

　　我突然想起什么，走到床边打开抽屉，把那个耳钉递给子晴："这个是不是你的啊？"

　　子晴接过耳钉看了一下，还给了我："不是我的，怎么了？"

　　我掩饰地拿回耳钉，云淡风轻地说："没什么，佣人拣的，可能是美妍她们落下的。"

　　子晴不以为意，拉着我兴奋地说着自己的最新进展，而我的心思已经飞到了九霄云外！既然不是子晴的，那么唯一的解释就是外面的女人的。这一刻，我觉得脑袋疼痛得像要裂开了似的。

送走了子晴，我回到床上躺着，脑子却不肯停歇。我拿起电话，想打给子寒问他到底是怎么回事，想了想又放下了。虽然子寒说他喜欢我表现吃醋，喜欢我有什么事都跟他直说，但是我清楚说和做是两回事。上次明星借他炒作的事上了报，我不可能不知道，所以他才希望我问他，可是这次也许什么事都没有，我这样拿着一个不知来历的耳钉问他怎么回事，他肯定会以为我不相信他。思来想去，我还是决定暂时放下这件事，如果真的有什么事，那么这只是一个开始而已，如果没有什么事，我现在岂不是胡思乱想？

正想着，昕含打电话过来约我喝茶，我怕自己一个人乱想，就答应了她。

再次见到她，只见她眉飞色舞，想来和她老公的问题已经得到彻底解决。才几天而已，现在心中郁闷的人已经换成是我了。

她亲热地揽住我，高兴地说："我和他的问题已经解决了，他还是爱我的。"

我勉强笑笑："没问题就好！"

她探究地看着我："你怎么了？气色好像不太好？"

我掩饰道："没有，可能昨天晚上没有睡好吧！"

她关心地看着我："男人靠养，女人靠睡，你要什么有什么，还有什么事能让你没有睡好啊？"然后她恍然大悟地说，"我明白了，一定是林少爷刚回来，你们小别胜新婚，所以累倒了？"

我脸一红，转移了话题。她谈兴正浓，我也不好意思打断她，无意识地搅拌着杯中的液体。对于她的话，有些心不在焉。

她嗔怪地说："灵灵，你怎么了？出来这么魂不守舍。你看现在外面天气多好？再过一段时间就要冷了。"

我顺着她的目光看向窗外，只一眼，我的视线就凝固了！那个身影不是子寒吗？看见子寒不会让我如此震惊，我惊讶的是他身边的女孩，挽着他的胳膊，如此亲昵，即使是子晴，也不会如此。

我怀疑自己是不是看错了，可是再想看的时候，早就失去了踪迹。我手脚冰冷，几乎以为自己是在做梦，难道说子寒真的背着我有了其他女人？可是他对我依然温柔体贴，我深呼吸几次，告诉自己那可能是我的幻觉，可能是我昨天晚上没有睡好。

"灵灵，你怎么了？"

我迷茫地回头："啊？什么事？"

昕含皱着眉头看着我："我都叫你几声了，在看什么呢？"

"没什么!"我强自镇定下来,不让她看出有什么异样。

她笑了起来:"这么魂不守舍的,是不是想林少爷了?我也真是的,今天实在不该把你叫出来。"

我抱歉地笑笑:"我可能精神不太好,你别取笑我了。"

昕含见我心不在焉的样子,叹了口气:"好了,晚上约了我老公吃饭,你今天精神不太好,注意休息啊!"

回到比弗利,却惊讶地发现子寒坐在沙发上,陪着宸宸玩耍:"灵灵,小家伙的精力可比我们旺盛多了!"

我看着子寒,想从他脸上看出点什么,可是他的脸上和往常无异,我心想是不是我看错了?可是我突然发现,他现在身上穿着的衣服和我刚才看见的一模一样,那我刚才看到的到底是不是他?

"妈妈!"宸宸看见我,从地上爬起扑过来抱住我的腿。

子寒笑着直摇头:"这小东西,陪他玩了半天,看见你还是把我这个爸爸扔在一边,看来我以后要多下工夫才行。"

我抱住宸宸,不着痕迹地问:"你陪宸宸玩了很久了?那他没午睡吗?"

子寒走过来捏捏小家伙软绵绵的小手:"还好,我回来的时候,小家伙刚醒,你上哪去了?"

我几乎脱口而出想问问他自己上哪去了,想了想,还是作罢了。如果我刚才看见的人真是子寒,那么我问了他也不会告诉我真正的答案,如果不是他,那么我何必要问他?

"和妈咪一起出去时认识的一位朋友约我喝茶,前几天她和她老公出了点问题,所以陪陪她!"我在心里加了一句:现在有问题的可能是我们。

子寒笑笑,抱过我怀里的小家伙:"来,爸爸抱!妈妈刚回来,让妈妈休息!"

我突然觉得鼻子发酸,子寒依然如此心疼我,他又怎么会做对不起我的事呢?上次他不是告诉我他这一辈子都不会做对不起我的事吗?

我想把这件事告诉我妈,又怕她担心,可是闷在心里我觉得整个人都要爆炸了。我走到阳台上,还是拨通了我妈的电话,即使不告诉她,听听她的声音也好,我也确实很想念她了。

"灵灵,这么晚了有什么事吗?"

听到我妈的声音,我才想起现在中国已经是晚上十二点多了,

我抱歉地说："对不起，妈妈，我忘记时差了，要不我明天再打给你吧！"

我妈关心地问："灵灵，是不是有什么事？你从来不会深夜打电话过来。"

我迟疑了一下："我一时忘记了时差。"

我妈敏感地问："你怎么了？是不是发生了什么事？无缘无故，你不会这么晚打电话过来。"

我强打起精神："真的没什么，只是想念你们了！"

我妈似乎不太相信："真的没事？宸宸乖不乖？"

"很乖，越来越可爱了！"提起宸宸，我心里一阵揪痛，无忧无虑的他一点都没有意识到父母之间的问题。

"灵灵，有什么事一定要告诉妈妈，妈妈就算不能帮你解决，也能帮你分析，给你意见。"

听了我妈这么贴心的话，我的眼泪差点泛滥，几乎想立刻告诉她我这几天的发现。话到嘴边，又怕她陪着我难受，还是忍了下来。只是斟酌地问："妈妈，你觉得子寒会爱我一辈子吗？"

我妈笑着说："傻孩子，你们都结婚三年了，你还问这样的问题？"

我坚持道："你告诉我嘛！"

我妈叹了口气："男人结婚后，就多了一份责任……"

我忍不住打断我妈："难道结婚后就只剩责任了吗？妈妈你应该知道，我要的不是责任，是爱！如果没有了爱，责任对我而言毫无意义。"

我妈语重心长地说："我知道，但是很多时候责任和爱是并存的，因为他爱你，才会想着对你负责。"

"那么，有责任心的男人就不会心有旁骛了吗？"

我妈不答反问："灵灵，到底怎么了？"

"没什么，只是我最近一直在想这个问题，一辈子那么长，子寒会始终如一的爱我吗？"

我妈笑了起来："傻孩子，你就是喜欢胡思乱想，只要你不先对不起他，子寒永远不会做对不起你的事。"

我惊讶地问："为什么？你怎么这么肯定？"

"没有为什么，你相信妈妈，子寒不是这种人，他对感情，比你执著。而且我看在眼里，很清楚你们之间的感情，子寒爱你比你爱他深，不管你承不承认！"

听了我妈的话，我抗议起来："妈妈，我哪里不执着了？"

我妈求饶道："好好好，是妈妈用词不当，但是子寒是个不可多得的好男人，你要好好珍惜，没事不要胡思乱想，他是你最亲最近的人，你要对他有信心，婚姻是要用心经营的。"

以前听到我妈说这些，我虽然会耐心听完，却从不上心，此时却觉得她的话那么熨帖那么富有哲理。

"我知道了，妈妈，你那边太晚了，你早点休息吧！"

在我挂上电话之前，我妈又叮嘱道："灵灵，虽然子寒是个好男人，妈妈还是要提醒你，有了宸宸是好事，但是你不可以把所有的精力都放到孩子身上，男人也是需要关心的。"我妈似乎犹豫了一下，才轻声说道，"好好把握你手中的幸福，不要因为子寒爱你就疏忽他，让外面的女人来弥补他心中的缺憾。"

我放下电话，呆呆地坐着，我妈最后一句话像锤子一样重重地敲打在我心上。仔细回忆起宸宸出生后的一切，子寒似乎不止一次和我抱怨过，我的心思都放在了小家伙身上，尤其是宸宸会开口说话后，我更加专注于对他的教育。是因为这个原因吗？是因为子寒觉得我冷落了他吗？我委屈地想：即使我心思放在宸宸身上，那不是他的儿子吗？

如果他真的有了其他女人，我要原谅他吗？即使他回头了，我能当作什么都没有发生过吗？我对感情极为苛刻，如果发现子寒对我不忠，我还会留恋他给我的一切吗？

宸宸突然跑了进来，奶妈跟在他身后，我心中更是苍恻，如果真的……，那宸宸怎么办？我清楚以林家的财力，绝对不会让孩子流落在外。我一惊，我在想什么？我在想离开子寒后怎么过吗？我被自己的想法吓了一跳，什么都还没有搞清楚，我怎么可以先有如此悲观的想法？上次的明星炒作，我不是误会了子寒吗？也许这次也是一样！

我拨通子寒的电话："子寒，你晚上回来吃饭吗？"

子寒磁性的声音传来："灵灵，我晚上有事。"

有事？是公事还是私事？我鼻子发酸，掩饰住浓浓的失落："哦，我知道了。"

"如果你想我陪你吃饭，我推掉吧！"子寒不知道是不是感觉到了我情绪低落。

　　我强迫自己开心起来，事实上到现在为止，我除了看见一个耳钉和一个跟子寒很像的身影外，什么都没有。

　　晚饭时分，子寒果真回到比弗利，我有一丝喜悦，他还是把我放在首位的。

　　我偎在他怀里，柔柔地说："你今天本来是不是有重要的事情？"

　　子寒揉着我的长发："陪你也一样重要。"

　　"我知道你有事，可是今天我就想你陪我。"

　　子寒没有不高兴，相反显得很开心："难得你会主动要求我，即使再重要的事，我也会推掉。"

　　我趴在他怀里，感受着他的气息，这一刻才确信他依然在我身边。我不舍地抱紧他，子寒大概感觉出来我的异常，柔声问："怎么了？"

　　我没有说话，只是摇摇头。子寒扶起我的头，让我不得不和他对视："灵灵，有什么事一定要告诉我。"

　　我鼻子一酸，委屈地看着子寒。我是什么事都可以告诉他，可是这样的事，叫我如何启齿？我看着如此温柔深情的子寒，怎么也不相信他会有其他女人，可是那天看见的一幕像隽刻在心头一般挥之不去。

　　"子寒，你知道吗？我真的很在乎你。"我幽幽地说。是的，我害怕失去他，我害怕宸宸没有完整的父爱母爱。我不知道如果我真的面临这样的状况，我会如何选择。

　　子寒听我这么说，高兴地抱紧我："我也一样，你和宸宸就是我的一切。"

　　我在心里告诉自己，子寒是我老公，是宸宸的父亲，我不应该胡乱怀疑他，我应该抛弃那些乱七八糟的念头。所以我展露笑颜："你永远都只能属于我和宸宸，好不好？"

　　子寒认真地点点头。我心想，过去的就让它过去吧！有人说，亲眼所见的都未必是真的，我又何必庸人自扰？

捍卫婚姻（二）

天气冷得很快，只是一个星期而已，秋意微寒已经被寒意入骨取代。昕含几次约我，我都不愿意外出，怕她不高兴，就邀请她来家里做客，我以为她会爽快地答应，但是她都推辞了。我想可能她觉得林家财势过大，家里规矩太多，拘束太多吧，所以也不勉强她。

连日下了几天雨，空中总是弥漫着一股清冷的味道，我忍不住缩了缩脖子，这几场雨几乎下到了人心里。我害怕冬天的萧条，总喜欢在房间里摆上几瓶花，会让人的心情也开朗几分。

也许真的是天气冷了，子寒的父母留在家里的时间开始多了起来，子寒也推掉了一些不是太重要的应酬，一家人有空就在客厅里陪着宸宸玩耍，笑声时时回荡在比弗利的宅邸。我满足地看着这一切，感受着这种切切实实的幸福。子寒对宸宸非常疼爱，对我也体贴如常，我更加确定是我多想了，我不相信一个男人在外面有其他女人回家还能做得如此滴水不漏。

"妈妈，亲亲！"小家伙直往我脸上凑。

子寒笑着抱开他："亲爸爸！"

小家伙却不合作，嘴里嚷道："妈妈是香的！"

我"扑哧"一声笑了出来，子寒郁闷地问我："难道我身上的味道不好闻？"

子寒身上的味道清新干净，我不知道小家伙为什么更喜欢我身上的味道，也许是因为怀了他十个月吧，他已经习惯了我的味道。

"同性相斥嘛！"我笑得不可抑制。

"这个小色狼，如果他不是我儿子，我早就把他扔出去了，居然还想亲你！"

我嗔怪地看了子寒一眼："别胡说，他现在什么都听得懂。"

子寒开心地笑了起来："我们的宝贝这么聪明啊？这一点像我！"

我意有所指地说："那你刚才说他是小色狼，是不是也像你？"

子寒没有听出我话中有话，毫不在乎地说："那是他的审美眼光像我，灵灵，这世界上还有比我专情的男人吗？我这辈子只要了你一个。"

我专注地看着子寒，想看看他说这句话时的眼神，可是我只看到了从容和坦然。我懊悔起来，我怎么可以如此试探他？我脑海里突然闪过一个奇怪的念头：难道说那个耳钉是子寒自己放的？为了让我更加在意他？随即我又否定了这个想法，耳钉子寒是可以自己放进去，但是他又怎么能正好让我看见他和其他女人呢？这个说法显然不成立，何况我不相信子寒会如此试探我的反应。

"在想什么呢？"子寒的声音把我拉回现实中。

我掩饰地笑笑，再一次告诫自己，不准再胡思乱想，可是有的时候，人的思想真的不受自己控制。

两天后，昕含打电话给我，我再次邀请她来家里玩，她迟疑了一会，笑着说："你家里人那么多，聊个天也不方便，今天天气不错，还是出来吧！"

想到前几次都拒绝了她，再拒绝也不好意思，我只得答应下来。

再次看见她，依然是那个爱笑爱闹的女孩儿，怎么看都不像是结了婚的女人。

她含笑凝视着我："这几天气色好多了嘛，看来最近心情不错。"

我笑笑，没有否认。自从抛开了那个纠结我的问题后，我发现日子还是很美好，索性不再自寻烦恼。

"你不也是一样嘛！"

她突然笑着说："他现在终于肯要孩子了。"

我也为她高兴着："那真是太好了！"

她笑得非常开心，眼中充满神往："我希望生个女儿，以后可以嫁给你儿子，可以订个娃娃亲呢！"说完，她小心地看了我一眼，"林家是豪门中的豪门，我这么想似乎太高攀了！"

我明白她的想法，在嫁给子寒之前，我只是单纯的认为林家是豪门，后来才知道豪门也分很多种，虽然没有严格的界限，但是在圈子里的份量完全不同。子寒的父母会接受我，我一直以为他们对门第观念也不是很强，后来才明白，不是他们门第观念不强，他们是担心子寒不结婚，我想起了那天下午和子寒父亲的对话。

那天我刚刚睡醒，佣人过来告诉我子寒父亲刚刚拍到两件宝贝，叫我过去一起鉴赏。

我走到书房门口，轻轻敲了敲门。

"灵灵，过来看看，这张是唐代的名琴。"

我拿过放大镜仔细看了看这张琴，我知道能被他拍回来的断然不会是赝品。

"爹地，这张是雷氏制琴，具体出自谁之手，我一下分辨不出来。"我放下放大镜，笑着说。

子寒父亲赞赏地点点头："没错，的确是雷氏家族所出。我在你这个年纪的时候，造诣远远不如你。"

我轻轻笑道："您有那么大的生意要打理，哪像我这么有闲专心研究这些呢？"

他探究地看着我："一个人的精力总是有限，除了时间，你的确天分极高。"

我笑着说："以前都是纸上谈兵，来到美国后才突飞猛进的，还是得益于您的教导。"

他笑着摇摇头："我的知识还未必有你广博，唯一比你多的只是阅历而已。我年纪大了，这辈子也没有女儿，和你倒是越来越觉得投缘，就像忘年交一样。"

"谢谢爹地真心接纳我！"我由衷地说。

他招呼我坐下，欲亲自给我倒茶，我赶紧接过，替他和自己斟上。窗外的冬日暖阳照进来，越发显得温馨。这一刻，我觉得坐在我对面的不是我的公公，倒像是我的父亲。

"你不用感激我，应该感激你自身的素养。虽然我从来没有强调过，子寒出身豪门，但是不可否认，他从出生就已经注定他拥有什么样的身份。他是我的独子，我对他抱了很大的期望，对于他的婚姻，更有很多设想，但是最后我还是尊重他自己的选择：一方面我对金钱的意识已经非常淡泊，只希望他能拥有他真正想爱的人；另一方面，当我第一次见到你的时候，你给我的感觉出奇的好，我几乎以为你是生错了门第，你比豪门千金更像豪门千金。只是有一点担心，担心你不能适应豪门生活。"

"让爹地操心了！"

他笑了起来："不过你的适应能力比我想象中的要好。其实豪门之所以设置那么多限制，不纯粹是因为钱，以后宸宸长大了，你就会完全明白，之所以拒绝普通女子嫁入，有多种因素。"

见他斟酌着，似乎担心说透了我会难受，我主动说："我明白，子寒告诉过我，从小生长在豪门中，接受的是贵族教育，举手投足

捍卫婚姻（二）

· 157 ·

间没有一个动作是累赘或者不优雅的。外面很多人觉得这样很痛苦，其实形成习惯后，就不会觉得累，就像一般人在自己家里表现的一样，每个阶层有每个阶层的特色而已。"

"对，简单的说，接纳了普通女孩，怕到时候她不能胜任，失了面子。不管别人信不信，一个从小长在豪门里的孩子和从小长在普通家庭里的孩子，习惯上绝对有所不同，要改变这个与生俱来的习惯，可能要十年，甚至更长时间。好在你悟性极高，半年时间已经学习得差不多了。所以很多时候，我都觉得你是为豪门而生。甚至子寒真的娶了一个门当户对的豪门千金都未必有现在和谐。"

我明白他的意思，他是指豪门千金如果性情不好，届时阶层是一致了，却依然会家无宁日，或者貌合神离。我突然想起了林，想起了他的婚姻。

"灵灵！"昕含的声音把我拉回到现实中，"我发现你很喜欢发呆呢！"

我不好意思地笑笑："你刚才说什么？"

她突然羞红了脸："我说我没有这方面的经验，以后少不得要请教你了。"

我也红了脸，毕竟我也是结婚才几年，即使关系很好，也不好意思把这些事拿出来说，当下，只得尴尬地笑笑。从这点看，我和她实在是不像生活在美国的人。

正说着，子寒的电话打了过来："灵灵，我回来了，你在哪？"

"我在外面和朋友聊天，你回来怎么不先告诉我呢？"

"我想给你一个惊喜嘛！你在哪？我来接你？"

"司机就等在外面，哪里需要你接啊？"

子寒却坚持道："司机是司机，我喜欢来接你，让司机自己回来好了。"

我抱歉地看着昕含："他回来了，要来接我。"

昕含立刻站起来说："那我先走了，借用了你这么久，估计林少爷都讨厌死我了。"

我轻嗔道："怎么会？反正他不在我也有时间。你怎么过来的？不如我们送你？"

她笑着拒绝道："司机送我过来的，就在楼下，我自己回去吧！"

我还想说什么，她已经拎起小包，离开座位。我看着玻璃外慢慢西沉的夕阳，静静地等待子寒。

捍卫婚姻 （三）

日子又恢复了平静，我渐渐淡忘了耳钉一事，也许是谁和子寒擦肩而过，也许是另一个和感情无关的答案，我翻出以前看的书，试图找回以前的心境。不得不承认，人的视野应该开阔一些，生活过于单调，真的容易胡思乱想。我希望能够做点事，可是嫁入这样的世家，有得也必须有舍。我可以享受世界顶级的生活，任何梦想只要财富可以实现，只是转瞬的事情，可是惟独不能随意行事，一言一行必须符合豪门媳妇的身份。虽然没有严格的家规来制约我的行动，但是自有一股无形的力量让我恪守自己的本分。

不等我有机会感慨，子晴郑重其事地将她的意中人带到林家，一如当初子寒带我过来时一样。子晴喜欢的男人的确不错，虽然家世和林家相比还是稍逊一筹，但是其他各方面条件都与她极为匹配。只一眼，我便认为这个男人可以托付终身。

趁人不注意，子晴溜到我身边：“灵灵，你觉得怎么样？”

我只笑不语，看着子晴着急又忐忑的样子，恍如我那时的心态，时间过得真快啊！

子晴拿胳膊碰碰我，带着一丝嗔怪：“干吗笑啊，说话呀！”

我顿了顿，认真地看着她：“离开他，你会怎样？”

子晴一愣，下意识地说：“我不要！”

我笑了起来：“那不就可以了？虽然我看人未必准，但是我认为他值得托付终身，不过他可能不会任你胡闹，这点你要有思想准备。”

子晴佩服地看着我：“灵灵，你好厉害，我喜欢他就是因为他不像其他人只会讨好我，一点情趣都没有！”

我搅拌着杯中的玫瑰露，戏谑地看着子晴：“我记得你以前经常跟我控诉他对你不够迁就？”

子晴作势要打我：“讨厌啦！我现在不是改了很多了嘛，你要看

见我的进步啊!"

我轻轻一笑:"我看见没用,要他看见才行啊!"我认真地看着她,"子晴,要一个男人在乎你,不是每天跟他无理取闹,而是让他从心里就放不开你。"

子晴亲热地挽住我:"知道了,反正你的话我都相信。"

正说着,子寒走了过来,看见我们挽在一起的手,笑着问:"在聊什么呢?"

子晴俏皮地一笑:"在聊灵灵当初是怎么征服你的。"

我嗔怪地斜了子晴一眼,子寒爽朗地笑了起来:"灵灵没有征服我,我自愿为她赴汤蹈火的。"

子晴乐了:"这才厉害嘛,所以我已经找灵灵当我的军师。"

这时候,宸宸扑了过去,抱住我的腿仰着脑袋叫我:"妈妈!"

子晴高兴地蹲下身子:"这才多久没见又长高了,宸宸,叫姑姑!"

小家伙睁着溜圆的眼珠,配合地叫道:"姑姑!"未了,还在子晴脸上亲了一口,把子晴高兴得手舞足蹈,和小家伙十足地成为一对活宝。

子晴兴奋地说:"灵灵,宸宸太可爱了,你怎么养的呀?我爱死这个小东西了!"

听到子晴这么说,我也很开心,再没什么比夸奖自己孩子更动听的话语了,子寒更是得意:"你也看看宸宸是谁的孩子嘛!"

"是,你基因好行了吧?"子晴心情大好地说。

子寒毫不谦虚:"那是当然!"

我轻拍了子寒一下:"谦虚点好不好?"

子寒笑着搂住我:"外人面前应该谦虚,都是一家人,何必这么见外呢?你说是不是,宸宸?"

小家伙见这么多人,咯咯地笑得很开心。

见子晴爱不释手的样子,我笑着打趣道:"如果你喜欢孩子的话,快快结婚,然后生两个宝宝,你天天都可以逗他们玩。"

"你又拿我开心!"子晴作势要打我,在看见她意中人走过来的时候,立刻偃旗息鼓。我和子寒四目相对,夸张地笑了起来。

看着子晴的眼神,我知道她已经找到自己真正所爱,我祝福她。人生最大的幸福不是拥有不能企及的财富,而是深爱的人陪在自己身边。子晴的订婚仪式在一个月后举行,她是林家唯一的女孩儿,我以为会有一番铺张的景象，结果和我与子寒结婚时差不多，极其低调，甚至没有通知太多人，子晴依然笑靥如花。我想能和自己喜欢的人共偕白首，是什么样的形式都不再重要了吧！

子晴订完婚，已经是冬天了。也许是先天原因，我特别畏寒，无论吃多少补品，依然如故。每年冬天的时候，我对子寒特别痴缠。正在胡思乱想间，佣人敲门进来："少奶奶，少爷打电话过来的时候您在午睡，他说今天就回来。"

夜幕降临的时候，我站在落地窗前凝视着远处，期待着花园里响起熟悉的车声。

"灵灵，你怕冷还站到窗前，小心着凉。"

我惊讶地回头，子寒已经走入房间。

"我在等你嘛，为什么我没有看到你进来呢？"

子寒笑着捏捏我的鼻子："你肯定又在发呆，所以没有注意。"

我羞涩地笑笑，发呆似乎是我的习惯之一，昕含也经常说我走神。

"外面很冷吧？我叫佣人给你准备热水。"

子寒痴缠地搂住我，微微抗议道："灵灵，我刚回来，最想的就是你，你不先表达一下对我的思念之情？"

我失笑道："你才走了三天而已，我怎么表达我的思念之情？"

子寒摩挲着我的脸，呢喃道："你没有听过'一日不见，如隔三秋'吗？我们等于十年没见了。"

好不容易把子寒哄去洗澡。有人说男人骨子里会有孩子气的一面，子寒更是如此，但是他表现得恰倒好处，不会让我反感，只会让我心里有一种暖暖的感动。

我理了理被他弄乱的长发，起身收拾他脱下的西装。一个东西突然掉了下来，我拣起一看，竟是一条项链，上面还缠绕着一根女人的长发。我的心剧烈地跳动起来，我打开抽屉，里面还躺着两个月前一样从子寒口袋里发现的耳钉。如果前一次是巧合，那么现在怎么解释？我拿着那条项链凝视很久，上面也刻着"L"这个字母。从这个字母就可以断定，这两样东西的主人是同一个女人。

我起身走到阳台上，让冷风吹拂自己，希望让自己紊乱的心绪宁静下来。我几乎有一种冲动，想把项链和耳钉拿到子寒面前，质问他到底是怎么回事？这两件东西太蹊跷，我已经无法自圆其说，那根缠绕在项链上的头发，似乎是缠绕在我心上。

捍卫婚姻（三）

　　看着霞光笼罩下的比弗利，依然那么美丽。我想起四年前子寒带我跨进这里的一幕，那时的我对一切都充满了好奇，对子寒的爱深信不疑，难道说真的没有一生一世的爱吗？

　　一滴泪滴到手中，慢慢散开，我的爱情是不是也会如此？到最后，烟消云散？我这一辈子到底在追求什么？我后悔自己的选择了吗？

　　"灵灵，你老不肯听话，又站在外面吹风了。"

　　我迅速擦干眼泪，转身回到房间。

　　子寒探究地看了我一眼，扶起我的头："怎么了？眼睛怎么红红的？"

　　"没什么，外面风吹的吧！"我胡乱搪塞着。

　　子寒把我搂入怀中，他身上还有刚沐浴后的味道，怀抱温暖一如往昔。我偎紧他，在心里默念：不要背叛我们的感情，不要让我离开你。

　　我忍不住打了一个喷嚏，子寒见状责怪我道："你看，这么冷的天你怎么老喜欢站阳台上呢？下次我得叫人把阳台封了。"

　　"我没事！"我闷闷地说。

　　子寒看了看手表，抱歉地说："灵灵，我马上要开一个视频会议，等会再来陪你。"

　　我默默地点点头。

　　子寒一走，房间里只剩下我一人。我掀开被子，坐到床上，慢慢冷静下来，终于发现了一丝不对劲。刚才过于惊讶，一直围绕着子寒是否有了其他女人，而没有去仔细思考这件事。现在仔细一想，另一种可能立刻浮现出来：子寒生性谨慎，如果他真的有了其他女人，他不会这么轻易让我发现蛛丝马迹，可见是有人故意希望我知道。那么这个人的目的是什么呢？希望我和子寒大闹？希望我们的感情破裂？

　　第一次是耳钉，不到两个月又是项链，如果不是这条项链的出现，也许我不会发现破绽。第一次可以解释为不小心，那么第二次就解释不通了，是有人故意想要我知道！项链是随身物品，如果不是刻意，又怎么可能会到子寒的口袋里？退一万步讲，子寒真的移情别恋的话，他直接跟我提出来就行，并不需要如此折腾。一直以来我都清楚，维系我和子寒婚姻的就是我们的感情，一旦他对我的感情没了，我并没有能力与林家抗争。也因为这样，我清楚子寒不需要这么做!

　　我拿起耳钉和项链,想去书房找他,刚到门口,又打消了这个念头。以子寒的身份,主动接近他的女人不在少数,我又有多少精力去一个个防着?即使我防了一个两个,我能防一辈子吗?即使我真的能防一辈子,我这一生会有多累?我们的婚姻能否不受其他人破坏,子寒是关键。那么这件事是个契机,当下,我决定暂时不告诉子寒。

捍卫婚姻（四）

　　想明白了这点，我不再自怨自艾，恢复到以前的生活状态，每周做SPA，闲了看看书弹弹琴，耐心教育宸宸。我心里清楚，如果我一时失魂落魄，子寒会关心会心疼，可是如果我长期如此，别说他不喜欢，连我自己都会厌烦自己。我不想让自己成为豪门怨妇，也许这就是幕后之人的目的，那么我又岂能如她所愿？我更加用心打扮自己，这次的事情甚至激发了我的好胜心。为了宸宸，为了我们的婚姻，我必须利用智慧化解这次危机。

　　冷静分析后，我知道我在明、对方在暗，首先我要确定对方是谁。子寒平时有什么事都会告诉我，可是他却没有跟我说过他最近有没有认识什么女性，也许他是怕我多心吧！我这样安慰着自己。

　　我开始留意子寒的一切，可是却毫无所获，我不禁怀疑自己是否猜错了。打开电视，看了很久都不知道到底在播什么。我叹了口气，关上电视，突然好想找个人商量一下，却发现真的没有什么朋友。我看着昕含的电话，犹豫着是否要找她商量一下，结婚以后，能够随意聊聊的似乎也只有她一个。可是她清楚我的情况，这种夫妻间的私事我不希望让人知道。我想起了李静贤的事，本来只是夫妻间的问题，由于外人插手，几乎闹得离婚，最后在两个家族的干预下，虽然勉强维持了婚姻关系，至于夫妻感情到了什么地步，恐怕只有当事人才知道了。想到这里，我瞬间打消了找昕含的念头。

　　经过缜密分析之后，我认为这件事百分之九十和子寒无关，随后的一件事更加确定了我的猜测。

　　那天子寒去洗澡，手机里突然进来短信，平时子寒也从来不会回避我，我更没有去看过他手机里的内容。这次，我突然多了一个心眼，直觉告诉我，这个短信似乎不寻常，如果是朋友或者生意上的伙伴，很少会发短信。

　　我拿过手机，心跳得有些得厉害，过去把门关上了。子寒的手机短信，只要不点进去看不会显示已经阅读，一样能看得到内容，消息里说："我不会破坏你的婚姻，我只是纯粹地爱你而已，我只想让你接受我的爱，不要对我这么残忍！我什么都不求，只希望你能让我陪在你身边，不管是什么样的身份，我都不介意。"

里面只有几个消息，想来子寒还来不及删除，从消息上看，对方似乎不知道子寒的身份。

放下手机，我悄悄记下这个号码，也许将来有用，我把手机放回原处。单纯从刚才的消息里可以得出，子寒并没有接受对方。消息是用中文发的，对方应该是中国人，虽然我和他之间习惯说国语，但是子寒和他父母在外面都讲英文。

这个短信让我很震撼，这种小说里的情节真实地出现在我生活里的时候，我才相信小说就是源于生活的。

虽然这个短信只是一个求爱短信，并不是子寒和其他女人牵扯不清的证据。但是我了解男人的心理，男人对于深爱自己的女人不可能像言情小说中描述的那样，为了表示对女主角的忠贞，狠心拒绝爱上自己的女人，生活中的男人普遍做不到。别人深爱自己，是对自己的肯定，是自身魅力的体现，对于这样的女人，男人心里都怀着一份宽容和莫名的情愫，尤其是表现得无怨无悔的女人。

我打开抽屉，拿出项链和耳钉，捏在手里看着，她真的不会破坏我们的婚姻吗？那么这两样又怎么解释？看来，我碰到了一个心计颇深的女人，而且隐藏在暗处。

我想来想去，只有子晴可以帮我这个忙，帮我找出这个女人，可是她生性单纯，又藏不住话，这是我最头痛的一点。如何才能让她在不知情的情况下帮我完成这件事呢？

这天，子晴兴冲冲地跑来找我，手里还拿着一堆线："灵灵，我听干妈说你还会女红，你可不可以教我？"

我看着她，心中了然，笑着说："会啊，不过就像你说的，林家富可敌国，这些事哪需要你来干啊？"

她微微红了脸，扭捏地说："我想给他织一件衣服，我最喜欢八十年代的言情小说里女孩子给自己的心上人织衣服的感觉，我要亲手给他织一件。"

"可是要织成象样的衣服需要功底，你刚开始学，织的可能不是那么美观。"

子晴信心满满地说："这个我知道，但是我相信我用心学了，一

定会织好的！"她摇晃着我，"你就教我嘛！"

"好！反正我在家里也闲得很，你有空就来找我吧！"

子晴兴奋地递上针和线："等我织成，我一定好好报答你。"

"都是一家人，说什么报答不报答的。"我嗔怪地拍了拍她。

我开始用心教子晴女红，子晴大出我的意料，我以为一向娇生惯养的她只是一时兴起而已，可是她坐了整整一下午都不觉得累。我在心里感叹道：爱情的力量真是伟大！

我不知道是子晴在女红上有天分还是爱情的信念促使她学得很快，一下午教下来她已经学会基本针法，只是织得有些不够平整，这是初学者无法避免的事情，只有多练习才会改善。

从那以后，子晴一有时间就往我这边跑。子寒的母亲开玩笑说子晴再这么霸着我，宸宸都要有意见了，每当这时，子晴就撒娇让干妈带宸宸出去玩。好在她现在非常赞成我的教育方式，我也不再担心她没有原则地溺爱宸宸。

之后我又一次发现那位神秘人发给子寒的消息，上面说：我知道你不是那么狠心的人，我不会要你付出什么，只希望不要让我离开你。

我不知道对于这样的"柔情攻势"，子寒还能抵挡多久，而我却不能再坐视不管了。

"灵灵，我想织这个花纹，你教我好不好？"

我点点头，手机在这个时候响起，我说了声抱歉起身接"电话"。接完后，我愣愣地看着子晴，不说话，神色凝重。

子晴关心地看着我："怎么了？谁打来的？怎么接完电话情绪就这么低落了？"

我叹了口气，摇摇头。

子晴着急地问："你告诉我啊？发生什么事了？"

"在俱乐部里认识的一位太太，关系不错，她老公出轨了，她又没有证据，心里憋得难受，就找我诉说。看见她这样，又帮不了她什么，我心里也不好受。"

子晴一听，松了口气，云淡风轻地说："我当什么事呢！这种事在豪门里太常见了，想要证据有什么难的，找私家侦探查呗！豪门太太都这么干，找到狐狸精再找人去教训，我二嫂就干过！"

我淡淡一笑："这个我可帮不了她，我平时在家出门又少，别说私家侦探了，人都认识不了几个。"

子晴拿过自己的手机，翻出一个号码给我："这个简单，我交游广阔，豪门里的人谁不认识几个私家侦探啊？"

我迟疑地接过她递来的号码："找私家侦探是不是太过分了？如果被出卖了呢？"

子晴不以为然地说："要都像你这么想，私家侦探都要失业了。他们都很有职业道德，你告诉你那朋友，放心找好了，无论是谁，他们都不会向第三方透露雇主的资料。再说了，都是豪门里的人，人家也惹不起，说出来对自己也没好处！"

我捏着子晴给我的号码，心里很激动，我终于要回应了。我在心里说：对不起！子晴，在这件事上我利用了你，我只是想捍卫我的婚姻。

送走子晴，我回到房里，打开抽屉，拿出那两件"证物"，这个纠缠我几个月的问题我终于要面对了吗？

窗外的阳光很好，所有阴霾在这样的阳光下都显得微不足道，我想起一句话：乌云遮不住阳光！

宸宸突然跑了过来，拉着我的裙子下摆："妈妈，抱抱！"

"少奶奶，他一醒来就要找你。"奶奶一脸无奈地说，我点点头，示意她先出去。

我蹲下身子，摸了摸宸宸因为刚刚睡醒还有点红通通的小脸："宝贝，饿不饿？"

宸宸搂着我的脖子撒娇："妈妈喂！"

"宝贝乖，东西要自己吃！"

宸宸似懂非懂地点点头。我看着他吃得满嘴都是的样子，心里突然变得很软，暗暗下定了决心：宝贝，妈妈不会让任何人来破坏我们的家庭，妈妈一定让你健康成长！

捍卫婚姻（四）

自　省

几天后，我就拿到我想要的资料。在刚打开的第一眼，我便惊呆了，几乎不敢相信我所看见的。勉强使自己回复到平静，才相信自己不是做梦，连对方什么时候走的都没有注意。这叠资料使我感到彻头彻尾的寒冷。

坐到车里，我的脑子里还是乱糟糟的。我曾经设想过无数次的场景却一次都没有用上，上天给了我这么一个意外。

回到比弗利，子寒的母亲正在花园里教宸宸认字。小家伙看见我回来，立刻跑了过来，习惯性地抱住我的腿。

"妈咪，我给宸宸买了几身衣服，等下您帮我看看，小家伙生日那天穿哪身好看。"

子寒的母亲眉开眼笑地抱过宸宸："我们的心肝宝贝穿什么都漂亮，是不是，宸宸？"

"妈妈，亲亲！"小家伙指指自己的脸，这个动作惹得他奶奶忍俊不禁。

我亲了他一口，对子寒的母亲说："我还给子寒买了两条领带，我先去房里放好再下来。"

"去吧！"

回到房里，我把东西仔细销毁，才拿着宸宸的小衣服下了楼。小东西极爱臭美，见我手上的衣服，立刻要我替他换上。

子寒的母亲笑着说："和子寒小时候一模一样。"

我也笑了起来："子寒小时候这么臭美啊？真看不出来！"

"爸爸！"我转头一看，子寒将手上的西装外套递给佣人，走过来抱过宸宸。

"宸宸乖！"

"今天怎么这么早就回来了？"

子寒腾出手揽过我："想你了，想多陪陪你和我们的儿子！"

"肉麻！"我心里高兴，嘴上却不肯承认。

晚上，子寒已经入睡，我却丝毫没有睡意，心里一直翻腾的厉害，我怎么也没有想到，竟然会是这个答案。

"灵灵，怎么还不睡啊？"也许是我翻来覆去吵醒了子寒，他睡意朦胧地说。

我掩饰道："在想一点事情。"

子寒坐了起来："在想什么？"

我叹了口气，偎到他怀里，撒娇道："你好霸道，连我在想什么都要干涉。"

子寒捏捏我的脸，在我额上轻轻一吻："我是关心你嘛！这么晚还不睡觉，有心事？"

我意味深长地笑了起来："你说我嫁给你之后，要什么都有，你那么疼我，宸宸又懂事，我还会有什么心事呢？"

子寒深思了一会，关心地问："是不是岳父岳母他们那边有什么事，所以让你晚上睡不着？"

我定定地看着子寒，结婚以后，子寒对我父母很周到，每个星期都会打电话慰问他们，告诉我父母我们在美国的情况。所以我妈对子寒相当满意，她认为生于豪门之家还能做到如此谦和孝顺，绝对会是一个好丈夫好父亲。她跟我说子寒每星期打电话比送给她几幢豪宅都开心，这是一份心意，不是金钱可以买来的。投桃报李，我对子寒的父母也更加孝顺。我一直认为夫妻双方的父母最好交换孝顺，如果是我每个星期给我父母打电话，子寒经常给他父母买东西，效果绝对不如现在好，聪明的夫妻绝对明白这中间的差异。

我摇摇头："他们很好！"

子寒坏笑着凑近我："那是我刚才对你疼爱不够？所以你不累？"

听他又逗我，伸手就往他腰上的嫩肉一掐，子寒大叫："你谋杀亲夫啊？"

我嬉笑着搂住他的脖子："怎么会呢？我可不想这么快守寡，再说宸宸也不能没有爸爸！"

子寒收起玩笑的一面，认真地看着我："最近你一直都睡得不安稳，告诉我，是不是有什么事困扰着你？"

原来男人细心起来可以比女人还细心，我轻轻叹了口气："最近我想了很多。"

子寒温柔地问："想了什么呢？"

我凝视着子寒，诚恳地说："自从宸宸出生后，我放了很多精力在他身上，我担心他的成长，担心他的教育，担心很多很多事情。你几次跟我开玩笑说小家伙夺去了我的注意力，我没怎么当一回事，我觉得那是你的骨肉，你怎么会跟自己的孩子计较呢？可是这几天我突然想明白了，你要的不是一个孩子的妈妈，以前你说过，你希望每天清晨醒来第一眼，看见我在你怀里熟睡，每天晚上能相拥入睡，你是一个那么注重感觉的人，我却忽视了你的感觉，我……"

还没等我把话说话，子寒已经重重地吻住我，直到彼此都喘不过气来的时候他才放开我。我定定地看着子寒，他眼里是我无法形容的神色，似感动似爱怜："灵灵，你真的让我爱到骨子里！宸宸刚出生的时候，我的确不习惯，虽然他是我的儿子，可是你突然对这小家伙的关心远远超过了我，那种失落慢慢取代了初为人父的喜悦，我很担心以后你都这样。我看了很多书，书上都说女人一旦有了孩子，心思都会放在孩子身上，我试着理解你，可是心里依然很不习惯。以前我不在的时候，你经常会打电话跟我撒撒娇，可是有了孩子后，似乎我不打给你，你也想不起来要打给我，那种感觉……那种感觉就似乎你已经不再需要我。我努力告诉自己，你也是为了我们的孩子，你爱孩子等于爱我，可是，我依然希望我们像以前那样。"子寒顿了顿，别扭地说，"其实，我很需要你的关心，你才是我做一切的原动力。"

我听着子寒吐露心声，内心变得柔软无比。听他这样一说，我才彻底相信，男人其实并不像表面表现出来的那样坚强，即使是子寒这种在外人眼里可以呼风唤雨的男人，他依然需要关心。

"对不起！宸宸快两岁了，我整整忽略了你两年，你有没有怪我？"

子寒温柔地抚着我的脸："失落的时候，我就告诉自己，宸宸是我们的孩子，每一个做妈妈的女人都会这样，我不应该怪你！"

我突然心里一动，是不是因为我疏忽了子寒，才让其他女人有机可乘？这次是别人一相情愿，可是如果我长时间疏忽子寒，而其他女人对他温柔体贴、关怀备至呢？想到这里，我觉得浑身发冷。

"灵灵，你怎么了？"子寒关心地看着我。

我摇摇头，抓紧子寒的手："以前是我做得不好，我们回到过去好不好？以后我每天都缠着你，直到你烦为止好不好？"

子寒笑了起来，笑容直暖到我心深处，他感慨地把我搂进怀里：

"我不会嫌你烦，娶你的时候我就决定这辈子就要你了。不管你怎么样，都是我自己的选择，我从不后悔自己的决定。"

我悄声问："那你觉得失落的时候，为什么不认真跟我谈谈呢？"

子寒长长叹了一口气："如果你没有意识到的时候，或者你觉得你做的才是正确的，我跟你谈也没用啊！"子寒犹豫了一下，不好意思地说，"再说，我也不想像个小男人一样，乞求你的关心，我也有我的骄傲嘛！"

我玩味地看着他："如果我也这么想，今天晚上没有跟你说这些，你岂不是闷在心里一辈子？"

子寒失笑道："那也只是一个阶段，我心里自有分寸。"

和子寒这样一番开诚布公的夜谈，拉近了我和他的距离，那是一种心的距离。窗外月已西沉，花园里只有几盏小灯亮着。子寒抱着我在床上相拥而坐，一起回忆以前恋爱的日子，那种感觉似眼前、似天际，如此遥远又仿佛就在昨天，似乎一夜之间我和他又回到了蜜月时期。这是我们有孩子以后的第一次，一种发自内心的甜蜜，我似乎越来越愿意和他痴缠。我知道，子寒的心依然在我身上，我没有失去过他。换一个角度想，也许她的出现未必全是坏事，至少她让我意识到我和子寒之间潜在的问题，反而让我们的夫妻感情更胜从前。

早晨醒来的时候已经阳光普照，子寒正含笑凝视着我，见我醒来在我额上印下一吻，我圈住他的脖子，撒娇道："什么时候醒的，怎么不叫我？"

"昨晚那么迟才睡，想让你多睡一会儿！"

"你真好！"我毫不吝啬地回亲他一下。

"只是这样吗？"子寒戏谑地看着我。

我故意装不懂："那还要怎样？"

子寒扶正我的头，嗔怪地看着我："昨天你也说了，疏忽了我两年，你不觉得应该好好补偿我吗？"

我矫情地说："你又不是女人，还要补偿？"

子寒突然凑近我，摩挲着我的颈："我突然感觉像回到了蜜月，今天我在家里陪你好不好？"

我羞涩地一笑，攀住他的脖子……

当我们携手下楼的时候，惊讶地发现子寒的父母都坐在客厅里，宸宸正表演给他们看，两位老人笑得合不拢嘴。

自省

"子寒，你在家啊？宸宸实在太好玩了，刚才还摇摇摆摆学跳舞呢！"

子寒抱起宸宸，笑着说："难怪今天都没来吵我们，今天宸宸就交给你们了，等下我陪灵灵去逛街。"

子寒的母亲高兴地说："去吧！"没人跟她抢宸宸，我不在家，宸宸就光粘她了，她也乐得和孙子亲近。

"那辛苦妈咪了！"

反　击

　　坐在车里，我甜蜜地靠到子寒肩上，子寒伸手一揽，长叹一声："这种感觉真好！"

　　我摇下车窗，任风吹乱长发，舒服地闭上眼睛。今天的天气很好，不冷不热，阳光明媚却不刺眼，真是个适合外出的日子。路上的行人不多，不像以前在上海时交通那么拥挤，行人一个个打扮得都极其入时。我想我现在的眼光既中且西吧，我会欣赏东方的柔美，也会欣赏西方干练的健美。

　　子寒对我向来慷慨，又难得陪我逛街，只要我看得上眼的，他都立刻一一刷卡。正逛着，手机响了，我一看，立刻微笑着接起："昕含！"

　　电话那头的声音带着哭腔："我老公最近对我很冷淡，灵灵，你出来陪我好不好？"

　　我看了看身边的子寒，立刻说："好，我们在老地方见吧！"

　　挂上电话，我对子寒说："子寒，刚刚一个朋友打电话说她的婚姻有点问题，想和我说说话。我看她哭得很伤心，你送我过去好不好？顺便我也想让你见见我平时交往的人！"

　　子寒宠溺地刮刮我的鼻子："我们难得有空出来玩，你还要去陪别人？"

　　我抱歉地看着他："我也不想的，可是你不在的时候，她经常约我喝茶聊天的。我不能你一陪我，我就把她撇得干干净净嘛！你也不希望我是这种人，对吧？"

　　"是！你永远都有理！"

　　待我和子寒赶到的时候，昕含已经坐在位置上等我了，我微笑着挽住子寒："昕含，这就是我老公！子寒，这是昕含！"

　　子寒愣住了，李昕含脸上同样是难以置信的表情，神情慌乱，我冷静地看着这一切。

反击

　　子寒脸上没有了刚才的柔情，取而代之的是一种极为冷峻的表情。

　　我推推子寒："怎么了？刚才还好好的。"

　　子寒回过神来，脸上恢复了往日的神情："没什么！"

　　李昕含的表情从惊讶到恢复镇定，我不着痕迹地看着这一切。子寒借口宸宸会找我们，没有多呆就急急带我回了比弗利。

　　路上，子寒问我："灵灵，你们怎么认识的？"

　　我小心观察着子寒，看来子寒心里的震惊绝不亚于我当初知道答案时。以子寒的谨慎不会在没有搞清楚状况之前，先来跟我说。

　　"上次妈咪带我去参加一个聚会，我们带着宸宸一起去的，昕含说觉得我和你之间就像一个传奇，她对我的事情很感兴趣。之后经常约我喝茶聊天，慢慢地就熟悉起来了！"我努力保持着云淡风轻。

　　子寒笑得很勉强，有些心疼地抱住我："灵灵，我知道天天让你呆在比弗利是有些闷的，你也需要朋友，需要有人陪你说说话，可是豪门虽然光芒万丈，朋友却注定屈指可数，我很希望有人能真心地陪伴你，做你的知己好友。可是对于接近你的人，你也不能全然交付信任。"

　　我迷茫地看着子寒："怎么突然跟我说这些？"

　　子寒掩饰道："我只是担心你受骗上当而已！"

　　我笑着说："反正我又没借别人钱，人家也没要我帮什么忙，能上什么当嘛！"

　　子寒摇摇头，认真地说："灵灵，借钱帮忙都是最小的事情，有些人的企图远远超过你的想象。你毕业后就嫁给我，几乎没在社会上呆过，你没有社会经验，我只是希望你好好保护自己！"

　　我挽住子寒，邀宠地说："我没有社会经验不要紧啊！我也不要好好保护自己，反正，我相信你一定会保护我的，对不对？"

　　子寒呆呆地看着我，然后重重地点了点头，认真地说："对！我会保护你，我会保护你不受任何伤害！"

　　我笑着亲了子寒一口："那我还担心什么呢？"

　　子寒揉揉我的长发，一脸怜惜。

　　我伏在子寒怀里，在心里说：对不起，子寒，其实我早已知道！

　　回到家里，子寒吃了几口就借口有事，上了楼。子寒的母亲关心地看着我们："你们出去的时候不是好好的吗？闹别扭了？"

　　我坦然地一笑："怎么可能嘛！妈咪，子寒怎么会跟我闹别扭呢?"

她笑着摇摇头:"也是,我看我是瞎担心了!"

我把宸宸交给她:"要不我去看看子寒吧?不知道是不是有什么事让他不高兴了。"

她点点头,牵着宸宸去散步了。

我起身走向楼梯,我想子寒现在心里一定是愤怒的,一种被人欺骗和戏弄后的愤怒!

房间里没看见他,我朝书房走去,刚到门口就听见他的声音:"我希望你以后不要找她,灵灵把你当成朋友,而你却编造身份欺骗她。如果不是我发现得早,你预备怎么做?……不要再说什么!你只是爱我,你这么费尽心计接近我老婆,你的最终目的是什么?恐怕不需要我多说了吧?……我一开始没有断绝和你来往不是因为我对你有情,而是因为我不想伤害女人,但是如果你破坏我的婚姻,那我绝对不会手下留情!……我只跟你说一句话,彻底消失在灵灵的生活里,否则,你会后悔!"

我没有走进去,既然子寒没有来告诉我,那么我就当不知道吧!他不告诉我自然有他不说的理由,就像我也没有告诉他一样,也许是他怕我伤心,也许是他觉得被一个女人欺骗很没面子。不管怎么样,这个危机,我想已经解除了。

我拉开窗帘,让太阳洒进房中。我长长地舒了一口气,心中积压的郁闷一扫而空。花园里宸宸正跑得欢快,子寒的母亲在后面跟着,小家伙一边跑一边咯咯地笑着:"奶奶,来追宸宸啊!"

"我的小祖宗,别跑那么快,小心摔倒!"

看着这一幕,我心里无限满足。我不知道有了孩子的女人是不是都会有这种感觉?只是单纯地看着自己的孩子健康玩耍,心里都会充满喜悦,希望他快点长大,却害怕错过了孩子成长的任何趣事,又担心孩子长大后不能再像小时候那么无忧无虑,那是一种交杂着矛盾的喜悦心情,甚至会觉得疼痛。也许我属于感情过于丰富的人才会有那么多的感觉吧!

突然感觉身后有人抱住我,我没有回头,不用想也知道是子寒,他亲着我的耳际,轻声说:"我们的宝贝好可爱!"

我回头笑道:"那是因为他的爸爸优秀!"

子寒笑了,轻轻捏了下我的脸:"在我眼里,他妈妈倾国倾城!"

我忍俊不禁:"我怎么觉得我们是相互吹捧呢?"

反击

　　子寒挑挑眉道:"我们只是陈述事实而已,哪里有相互吹捧?"

　　我朝着宸宸喊:"宝贝,往这边看!"

　　宸宸听到我的声音停了下来,四处张望着,却没有发现我的踪迹。急得他四处乱找,还是在他奶奶的指点下,才发现阳台上的我们,他仰起小脑袋,兴奋地大叫:"妈妈!"

　　我拉住子寒:"难得全家人都在,我们去陪宸宸吧!"

　　我看着玩成一团的父子俩,心里被填得满满的。我不知道子寒是否也是这种感觉,有了我和宸宸,还有其他女子能驻进他心里吗?我凝视着子寒,呆呆地出神起来。

忘 年 交

　　这件事就这么风平浪静地过去了，我又恢复到以前的生活状态。我想一辈子那么长，总会有几个插曲吧！也许这些插曲才会让我们觉得生活是如此丰富多采，虽然在经历的时候有痛苦也有害怕，可是等我们老了再回忆的时候，未必不是一种故事。也许是因为我和子寒之间太过顺利了，如果我们之间经历过生死相许的感情……

　　我失笑起来，生死相许的感情固然轰轰烈烈，可惜经历过这样的感情后，真的能回归到平淡安静的生活当中吗？这中间的落差恐怕要亲身经历过的人才深有体会吧！就如小说中永远只写到男女主角经历重重考验最终走到一起，不会写婚后琐碎的日子，也许是无法写下去，也许是不知如何去写。生活毕竟是现实的，也许像我和子寒这样未必不是一种幸福：平静地恋爱，平静地结婚，平静地生活，平静地相伴到老。对我而言，能如此，此生已备觉满足！

　　外面又是很好的天气，也许是和心境有关，我吩咐佣人将琴搬到东边的阳台上。略一思索，弹了一曲《梦江南》。这首曲子已经很久没弹，以前每次弹这首曲子，都会情不自禁想起了林，想起我们的有缘无份，想到痛彻心扉；可是现在弹起，除了淡淡地惆怅，已经没有当初那种心痛，也许时间是最好的良药，不知道他是否也是如此，既然无缘，便希望对方幸福吧！而我已经有了子寒和宸宸，不是吗？上苍毕竟待我不薄，人生最大的幸福不是追忆曾经拥有，而是珍惜眼前所有。

　　我遥望着远处的浮云，心中淡然，又弹了一曲自己改编的《俩忘烟水里》。

　　"好曲！"

　　我一惊，回头，原来是子寒的父亲，立刻站起身叫道："爹地！"

　　子寒的父亲亲切地问："吓到你了？"

　　我不好意思地笑笑："是我太沉浸在曲子里了！"

我把他让到椅子上坐下，吩咐佣人泡茶拿水果过来。

他阻止了我的忙碌："灵灵，泡壶茶来就可以了，坐吧！"

我依言在他对面坐下。

他看着花园里的植物，眼神悠远，神情淡定从容，却带着淡淡遗憾："这首《俩忘烟水里》让我回到了七八十年代，我喜欢看粤语长片，这些曲子曲曲都是经典啊！想不到你竟会弹这么怀旧的曲子，那时候你还没出生啊！"

我点点头，子寒跟我说过他父亲的时间极其宝贵。嫁给子寒三年多，这样坐下来聊天的机会屈指可数，我心里非常愿意和这样一位神秘又睿智的商界巨人聊天。

"我并不喜欢时下流行的歌曲，也不知道为什么，似乎只有七八十年代的老歌才能吸引我。我喜欢这些怀旧的老歌，在我认为，无论是歌词还是旋律，都比现在流行的东西隽永，可能是因为现在过于直露了，而我更喜欢含蓄的东西。"

他点点头："以前听子寒说过，你是真正的琴棋书画样样精通的才女，也很想跟你切磋一下，不过……"

我明白他未说出来的是什么意思。毕竟我是他的儿媳妇，不是女儿，有诸多避忌；他又是如此身份，长时间和儿媳妇喝茶聊天，总有不便。子寒的父亲极注意礼仪和礼节，以往每次有话跟我说的时候，尽量会选择在花园里。我想子寒的君子风度也是遗传自他吧！我理解地点点头。

"不过今天听到如此怀旧的琴声，还是忍不住驻足聆听了。"

我微微红了脸："爹地过奖了，我弹得不好！"

"你不用太谦虚，你弹得很好，乐为心声，比话语更真实。"

我调皮地一笑："那以后我在家要少弹琴了，免得我心里微妙的情绪变化，爹地都听在耳里。"

他听后一愣，然后爽朗地笑了起来："这个我倒没有想到。"

我替他续上茶水，虽然和他接触不多，可我心里已经把他当成亲生父亲对待，甚至带着崇拜和敬仰。我不知道为什么会有这种感觉，是我缺少父爱吗？

"爹地，今天您怎么会有空？"

他抿了一口茶，轻缓地说："也许年纪大了吧！现在更愿意留在家里，逗逗宸宸，感受一下天伦之乐。"顿了顿，他又说，"你把宸宸教育得很好，小家伙活泼调皮却不失礼貌。"

"这是我应该做的。"

他认真地看着我："豪门生活很无趣吧？外人都觉得豪门生活光芒万丈，挤破了脑袋想进来，可是真的身为豪门夫人，牺牲一样很多！"

我微微笑道："人生有得必有失，只要能陪在爱自己和自己爱的人身边，就足够了！"

他点点头："如果觉得家里闷的话，可以多陪子寒参加一些宴会，我想子寒是很愿意带你的。"

我笑了起来："其实我不太热衷上流社会的交际，不过如果子寒希望我参加的话，我依然会去。平时在家里带着宸宸，日子也不难过。"

他望着远处的天空，缓缓地说："我的事业迟早要交给子寒，以后他可能会更忙。但是子寒是个极为专一的人，在感情上他认定了轻易不会变心。"

我探究地看着他，难道他看出我前段时间和子寒之间微妙的变化吗？所以才来提点我？

他继续说道："其实在你这个年纪，你已经做得相当好。有些女孩嫁入豪门后，天天草木皆兵，疑神疑鬼，你的淡定从容会让你幸福。"

我真诚地说："谢谢爹地教诲。"

他又笑了起来："说句倚老卖老的话，我这辈子很少夸奖什么人，可是你却让我打心眼里满意。"

听到他这么说，我心里很高兴。想装得淡定一点，毕竟还是无法过于老成，心里又好奇得紧，忍不住露出小女儿的情态："爹地能告诉我原因吗？"

他愉悦地笑了起来，感慨地说："你毕竟还只是一个二十几岁的孩子啊！"

我也不好意思地笑了起来。

见我好奇的样子，他坦白地说："很多嫁入豪门的女孩子，第一件事就是讨好豪门家长，可是你只是安静的做你自己，悄悄地处理好这些关系，从不邀功，从不表现自己。事实上我这辈子阅人无数，是真心的还是刻意表现，我一眼就可以看得出来。尤其是在子晴这件事上，子晴是个很任性的人，以前她经常针对你，我也看在眼里，之所以没有出面阻止，就是想看看你如何应对。你能做到顾全大局，

忘
年
交

· 179 ·

能让子晴把你当成知己，足见你为人处世的高明。"

我戏谑地说："爹地都说得我不好意思了，您为什么不理解成我心计重呢？"

他哈哈大笑起来："我最欣赏你的一点，就是你不怕我！对我无所求的人才能做到，也许正因为你心中无所求才会如此坦然，有一句话说得好，无欲则刚！智慧和心计重有很大区别，不以害人为前提，用心经营自己的幸福，又怎能称为心计重呢？在我看来，懂得变通，懂得顾全大局，替身边人着想的人是拥有智慧的人；心计重只是小聪明，和智慧无法相提并论。"

"爹地如此夸奖我，我怕有一天，我会骄傲。"我开玩笑说。

他笑了起来："我现在明白子寒为什么那么喜欢你了！"

我羞涩地一笑，微微红了脸。

子寒父亲的肯定让我欢喜了好几天，虽然我从未执着他是否满意我，但是我心里却很渴望得到他的认同。他是一个非常成功的商人，一生经历无数，能被他肯定，着实让我有些得意。

子寒看得出我情绪很好，笑着揽住我："这几天很开心？"

我毫不隐瞒地点点头。

"告诉我，为什么心情这么好？"

我左顾右盼，故意吊子寒的胃口。子寒手上用了点劲："真的不说？"

"好啦，我说，但是我怕你觉得我自恋嘛！"

"我保证我不这么觉得。"

"爹地说，他很满意我这个儿媳妇。"我又私自加上一句，"也就是夸你有眼光。"

子寒笑了起来："我本来就很有眼光，我爸要求很高，能让他满意的人可不多。"

我笑得更加灿烂："你这么一说，我更加得意了。"

坦　白

　　能取得子寒父亲的肯定，能得到子寒的爱，能拥有活泼可爱的儿子，我的豪门生活几乎已经完美无瑕了，前段时间的插曲几乎被我忽略了。可惜，我低估了李昕含，我不知道她竟然还没有放手。

　　那天，子寒在书房里处理公事，宸宸扑腾着跑过来，手里拿着一个手机。

　　我蹲下身子："宸宸，爸爸的电话很重要的，怎么可以随便拿来玩呢？爸爸知道吗？"

　　小家伙点点头："爸爸给我玩的！"

　　我心想：子寒也真是的，怎么手机都拿来给宸宸当玩具，也不怕什么重要电话漏掉了。

　　"宸宸乖，我们把电话还给爸爸好不好？以后不要拿爸爸的电话玩了。"

　　小家伙似懂非懂地点点头。我拿过手机，一条被宸宸无意间打开的消息吸引了我的视线："我绝对不是因为你的身份才接近你，我是真的喜欢你，就算你打算从此不再见我，也给我最后的机会跟你当面解释，好不好？"

　　我看了下时间，是刚发过来的。她并没有放弃对子寒的纠缠，我心里有些愤怒，到了这一步还有什么话需要当面说清楚的？难道她还能告诉子寒她接近我只是一个巧合？

　　我想了想，又把电话还给宸宸，由着他去玩了。

　　过了一会，子寒下楼了。看见我在摆弄插花，问我："宸宸呢？小家伙拿了我的手机去玩。"

　　我笑着说："手机你也给他玩？说不定早就被他摔坏了。"

　　"他有兴趣嘛！就这么一个宝贝儿子，摔坏了再换一个就是了。"子寒不在乎地说。

　　我站起身来，笑着威胁道："不准破坏我的教育成果，不要太纵

容他。"

子寒拥住我："你不知道小家伙现在正处于求知欲旺盛的时期，刚才我又在开会。他说'爸爸，我想玩手机'。我只好给他了，保证没有下次了。"

"好了，我只是这样说说，干吗这么认真啊？"我和子寒走到花园里，手机已经被子寒的母亲收起来了，宸宸正在开他自己的小车。

下午，子寒要出去了，我提出要跟他同去。他愣了一下，没有拒绝。我承认我小心眼了，我怕他去见她，怕她会使什么手段，我不能拿自己的婚姻冒险。

坐在车里，子寒问我："灵灵，今天怎么会要跟我一起出来？"

我抱住他的腰："我也不知道为什么，今天就是想跟你在一起。"

子寒温柔地摸摸我的头："不过今天是和几个朋友打球，顺便谈一项合作，等下可不能觉得无聊哦！"

原来子寒只是和朋友打球！听到这个答案，我松了口气，看来我的平静也只停留在表面而已，我担忧地看着他："既然是和他们谈合作，我这样跟过去是不是不好？他们带夫人吗？"

子寒摇摇头，我更加不安了："那我跟你一起去你会不会别扭？你刚才怎么不拒绝我呢？要不，还是让司机送我回去吧？"

子寒笑道："你从来没有主动要求过跟我一起去，你第一次开口，我怎么能拒绝你呢？反正也是很熟的朋友，不要紧，再说了有些人还没见过你，一直好奇得很呢！顺便让他们认识认识你，也没什么不便的。"

听他这么一说，我才稍稍放下心来。心里忍不住汗颜起来，我这样算不算盯着子寒？

子寒和他的朋友打了一会球，坐到一边开始谈生意上的事，我借口阳光很好，自己在球场走走，子寒叮嘱几句，便放我离开。我走到一边，悄悄打了一个电话……

回去的路上，子寒关心地问我："今天有没有觉得无聊？"

说实话，的确有那么点无聊。我想最辛苦的应该是子寒了，又要谈生意，又要照顾到我，难免累心："还好啦，子寒，我问你一个问题，你要老实回答我。"

子寒看着我认真的表情，也凝重起来："什么问题？"

"你这样带我出来，而我不是富家千金，会不会影响到你？他们心里会不会有门第之见？"

子寒松了口气："我不敢说所有人都不会有门第之见，毕竟门第还是存在。可是这些朋友都是豪门公子，他们的生长环境和我差不多，很多接受的都是家里安排的婚姻，有些貌合神离甚至同床异梦，他们羡慕祝福还来不及，怎么会影响我呢？再说了，男人之间的情谊和女人不同。"

我嗔怪地拍了他一下："讨厌！你想说我们女人容易嫉妒，心眼小是吧？"

子寒爽朗地笑了起来："我可不认为这是缺点，你要是经常表现一下你的嫉妒和小心眼，我不知道多高兴呢！"

我半开玩笑半威胁道："你可别让我有机会经常表现嫉妒和小心眼，如果有，只能是宸宸。"

"我们彼此彼此！"

吃过晚饭后，回到房中，子寒去洗澡，我把手提电脑抱到床上，开始上网。子寒进来看见忍不住说："灵灵，这样对脖子不好！"

我笑着回答："但是舒服啊！"

我知道时间差不多了，登上邮箱，惊讶地喊："子寒，这是什么？"

子寒过来一看，脸色大变，着急地看着我："灵灵，你别激动，听我解释！"

邮箱里是李昕含和子寒吃饭时的照片。这封邮件当然不是李昕含所发，可是为了她不再继续纠缠子寒，我只能选择一劳永逸。

我定定地看着子寒："难怪那天你看见她表情这么惊讶，原来你们早就认识！"

子寒脸上是从未有过的愤怒，过了很久，他才平静下来："灵灵，我用人格跟你起誓，我和她之间什么都没有，我从来没有做过对不起你的事。"

我盯着那些照片："那你为什么不早告诉我？"

子寒叹了口气，坐到我身边："灵灵，这件事说来话长，我怕你多想，所以才没告诉你。"

我委屈地摇摇头："可是如果你不告诉我，我更会多想。"

子寒抱歉地看着我："对不起，灵灵，之前没告诉你是因为我不知道如何跟你去谈论一个女人，后来我发现她竟然在接近我的同时还在接近你，我想告诉你，又怕你难得交往一个朋友，却发现对方是别有居心地接近你，你会难过，所以我才没有说。她是跟我表白

坦白

183

过，但是我没有接受，尤其是发现她竟然暗中接近你，马上就和她断绝往来了。但是她一直不肯放手，最近还不停地找我，我没有理会，可能是因为这个原因她才会发这些照片给你吧！"

我想，我现在最关心的莫过于他们是怎么认识的："你和她……是怎么认识的？"

子寒见我神色平静，开始诉说："这是几个月前的事了，现在看来，其实她早就知道我的身份，包括你的身份，整件事都是有计划的。我是在法国出差的时候认识她的，那天谈完生意，我正准备回酒店，突然一个女孩子过来跟我说她的钱包掉在酒店了，问我能不能送她去酒店拿一下。看在大家都是华裔的份上，我就答应了，正巧她也住在美国，我以为她根本不知道我的身份，所以也没有忌讳，路上她就表现出对我的好感。"

我撇着嘴不高兴地说："那你就不应该再理她了，你还跟她吃饭！"

子寒赔笑道："那她也没跟我说什么嘛！我保证，我从来没有主动联系过她，虽然吃饭是我请她，不过是她提出来要感激我，我不习惯女人付钱，所以才变成了我请她。"

我喃喃地说："原来昕含接近我，竟是为了你！"

子寒皱着眉头说："她连名字用的都不同，看来早有预谋。"

"难怪我几次邀请她过来玩，她都找借口推辞了，想来是怕碰到你。"以前我一直想不通她对我和子寒如此感兴趣，却一直推辞我的邀请，直到我知道答案的那一刻，一切谜团才解开。

子寒不舍地抚着我的脸："这就是事情的经过，我任打任骂！"

我轻轻笑了笑："美女当前，你能做到如此，已经很不错了，但是我有一个要求！"

子寒见我没有生气，自然什么都满口答应："别说一个要求，只要我能做到，什么都答应你！"

我认真地看着子寒："不要再和她有任何联系，更不准再和她见面，我会吃醋！"

子寒心疼地看着我："我早就打算不再见她，在我心里，始终都是你最重要，何况我们还有宸宸，你还怕我变心吗？"

我玩味地看着他："我当然怕了，很怕很怕！"

子寒握住我的手，郑重地说："我保证，再也没有下次了！正常的社交我无法避免，如果再发现有什么女人对我有想法，我第一时间离开，这样好不好？"

我搂住子寒的脖子，笑着说："好！如果男人有守宫砂，真想给你点上一颗。"

子寒缠绵地抱紧我："谁说男人没有？你已经在我心上点了一颗了，它这辈子只会属于你了！"

我没有怪子寒，从心里就没有怪他，虽然我对感情的要求极高，但是我不会设置一些连自己都做不到的标准去要求他。如果要他杜绝跟任何女人来往来证明对我的爱，本身就不切实际，除了言情小说中的男主角能做到，我相信现实里再专一的男人都做不到。子寒能做到这份上，我已经很知足了。

我知道这件事到现在才算落幕了，想起前段时间和李昕含的交往，心里还是觉得难受，虽然我和她并非相交多年的闺中蜜友，可是想起那几个月一起聊天喝茶的日子，依然觉得遗憾。也许不是因为这件事，我和她可以成为一对好朋友，可惜她是怀着目的接近我，而我在最后为了自己的婚姻，也没有把她当朋友。

和子寒相识已经四年，我对他极其了解，当初他发现李昕含居然接近我，但是他没有点破。这次我收到这样的邮件，他同样不会去问李昕含，所以她永远都没有解释的机会，李昕含是个聪明人，所以才出现了这一系列的事件。经过她的事，我也彻底明白了，不管是李昕含或者是其他任何女人，关键在于子寒。我一直不明白为什么很多女人婚姻一出现问题，就立刻将所有的责任推给第三者。一份感情出了问题，首先是感情双方的问题，其次才是第三者的问题，如果感情固若金汤，别人想破坏也无从下手。不过也许我是站着说话不腰疼，如果某天子寒真的变心了，我不知道会不会大方的说这是我的问题，是子寒的问题，和其他人无关！

想到这里，我失笑起来。问题一旦解决，我就整日里天马行空地乱想起来。

坦
白

185

一劳永逸

下了几场雨后，天气冷得很快，花园里湿漉漉的，宸宸失去了花园这个玩耍场所，只好转移阵地。好在客厅极大，也够小家伙折腾的，在我的监督下，客厅里的摆设几乎没有遭到破坏。

我坐在沙发上仔细研究着男式羊绒衫。子寒看见我替宸宸织的小衣服后，非要我也织一件给他，想到认识他后几乎没送过他东西，对于如此简单的要求，怎么都希望满足他。

正专注地想着该给子寒织什么样的款式，手机响了。我拿过一看，心里一惊，竟是我以为永远都不会再联系的李昕含！我犹豫着，没有立刻接听，我不知道现在还能跟她说什么，可是她很执著，似乎知道我的犹豫，一直不肯挂掉。最终我还是选择接听，我并没有对不起她，何必觉得难以面对？

"你都知道了吧？"这是我接听后，她说的第一句话。

我没有否认："是，我已经都知道了。"

电话那头沉默了，我也没有开口。过了一会，她说："可以出来见一面吗？"

我没料到她会突然提这个要求，脑海里转过无数念头：她为何约我见面？她的目的是什么？她会怎么对我？

"你不敢出来吗？"见我不说话，她激我。

我轻哼一声："激将法对我不起任何作用，如果我出来，也绝对不是你激将成功。我只是在想，现在是否还有必要见面。"

我无法看见她那头的表情，只能从语气中判断。

"我想要一个答案。"过了很久，她吐出一句。

我思索了一下，答应见面。想来她用了这么多心思，最后却输得不明不白，心里一定不甘心。

我上楼换了件月白色的连衣裙，尽量让自己显得素雅。我想这应该是我和李昕含最后一次见面了，不想盛装出席，让她觉得示威或者有压迫感。如果可以，我只希望一切都能消弭于无形中，甚至，从来没有发生。我朝着镜子笑了笑，都是孩子的妈妈了，还喜欢想些不着边际的事。

我到的时候她已经坐在座位上等我。这次相见，感觉很复杂：以前，我们是朋友，见面可以很亲热，可是现在已经今非昔比，但是我心里也从来没有把她当成敌人过。

"对不起，我来晚了！"我压下所有感触，淡淡地说。

她的眼里也同样复杂，已经不再是我以前印象中天真的女孩儿了。我呆呆地想：到底以前的她更接近她的本我，还是现在的她更接近她的本我呢？不过她会精心计划这件事，显然并非我以前认为的那样单纯。

"没关系！"她面无表情地说，我牵强地扯了一个笑容。

我轻轻搅拌着杯中的液体，不再说话，等着她先开口。

不知道过了多久，她终于说："你不骂我？"

我笑了，我不知道自己此刻的表情是怎么样的。如果说毫不介意，连我自己都不相信，我还没大度到别人蓄意破坏我的婚姻我还若无其事。但是要我像对待仇人一样对她，我一样做不到。所以，我淡淡地说："我从不骂人。"

彼此无言，还是我先打破了这种沉默："你想要什么答案？"

她突然抬起头来，定定地看着我："你是不是早就知道了？所以才会带他一起来？"

我笑了起来："子寒是我老公，我和他一起来也很正常吧！"

她不相信地看着我："你真的不知道？"

我没有回答她的问题，只是避重就轻地说："似乎我应该比你有更多的问题吧？"

她一脸戒备地看着我："你想跟我算帐？"

我轻轻笑了："如果你怕我跟你算帐，又何必约我出来？"

她定了定神，我看着她的表情变化，毕竟她还年轻，无法像子寒的父亲一样喜怒不形于色："我约你出来就是想弄清楚你是否早就知道。"

"那我现在告诉你。"我看着她一字一顿地说，"我不知道！"有些秘密就让它成为永久的秘密吧！我在心里说。

她紧紧盯着我："在你看见耳钉、项链的时候，你一点怀疑都没有？"

一劳永逸

我"恍然大悟"道："原来那些竟是你的杰作！没错，当我看见这些的时候，我心里的确很惊讶，但是你最大的疏漏就是连续做了两次，如果只是耳钉我还会怀疑子寒，但是加上项链就不同了。子寒生性谨慎，又怎么可能连续犯两次错？既然不是子寒，那么肯定是有人蓄意破坏，希望我和子寒吵架，置之不理就是最好的办法，我甚至没有告诉子寒这些事。你太高估我了，耳钉和项链是很平常的首饰，我还无法从这判断出是你。不过现在我倒是明白了，原来那上面的 L 不是 love 的缩写，而是你姓的开头字母。"

她呆呆地听着，喃喃地说："我竟然没有想到弄巧成拙。"

我认真地看着她："能告诉我，你为什么要做这一切吗？"

她笑了起来，笑容里带着一丝轻蔑："林子寒这样的身价，当然会有很多女人想博得他的青睐了，你只是运气好，先认识了他。"

我叹了口气："很多事情是命中注定的。子寒在我之前也认识过不少女孩，可是缘分的事，很难说得清，冥冥之中，早就已经注定，没有早一步，也没有晚一步。"

她冷笑一声："命？你家世没我好，可是依然能嫁给顶极富豪，你能告诉我是你命好吗？命运是靠自己把握的！"

我点点头，直视着她的眼睛："对，命运是靠自己把握的。我是子寒的妻子，所以我跟你说的话，你可能听不进去，但是我希望你冷静下来的时候，能够去想一想，我们要把握的命运，不是以伤害别人为前提！但凡一个有良知的人，伤害了别人后，都无法云淡风轻，时时刻刻都会受着良心的折磨，也许不会马上应验，但是人的心境永远都是在变化的，也许有一天，你就会被自责压得透不过气来。所以不要随便去伤害别人，这个世界上有一句话叫因果报应，不是不报，时候未到！"

她面无表情地看着我："你在吓唬我？"

我轻轻摇了摇头，语气平静，也许经过了这些事，我已经变得更加成熟："你是想得到子寒，但是其实你比我更清楚，你已经不可能得到他，所以你才会来找我，你想知道自己是怎么输的？昕含，这是我最后一次这么叫你，我知道我现在的话你未必都能听得进去。退一万步讲，如果子寒不是定力那么强的人，如果你的手段再高明一点，也许你就成功在望；可是你应该也清楚，我的家世虽然很一般，可是我们有儿子，我公公婆婆可能会让他们最宝贝的孙子没有完整的家庭吗？我们相处四年，没有感情是不可能的，他们会很轻松地接受你吗？何况，林家是个很宽容的豪门家族，可是即使再宽容也会有很多约束，凡事有得必有失！"

她惊讶地看着我："你后悔嫁入豪门了？觉得约束太多？"

我淡淡笑了："没有，我做事从来不会后悔，我只是在陈述一个事实。我并不觉得难以忍受，但是每个人的性格不一样，还有最重要的一点，不知道你有没有想过，当你年纪大的时候，或者说当你成功破坏我的婚姻后，你有没有想过有一天，别人也会从你手里抢走这一切呢？"

她定定地看着我，慢慢垂下眼帘，我不知道她现在心里什么感受。但是我相信，人都有其善良的一面，即使她现在不能明白我的话，总有一天，她会想明白的。最重要的，她没有真正伤害到我。

过了很久，她才抬起头来，眼中的戾气已经消失了，取而代之的是一种迷茫和复杂："其实，我也不想伤害别人，如果我能和你一样幸运，我根本就不想去抢别人的东西。可是好男人本来就少，如果我不去争取，还会有我的份吗？"

我想这就是她的矛盾和恐惧吧？我长长叹了口气，对于她的未来是怎么样的，我无法预知，可是我绝对不能鼓励她这一想法。然而面对她的困惑和迷茫，我突然觉得有种深深的无奈，只好避重就轻地说："人应该积极地面对生活，除非你能确保自己永不后悔，否则不要挑战自己的良知。我知道我们立场不同，所以看问题的切入点也不一样。可是我永远相信善良的人才会过得更好，因为她们活得心安理得，不会在午夜梦回的时候无法面对自己的前尘往事。"

"咚"！一滴眼泪落到杯中，她轻轻地抽噎起来，我想也许是某些话触动了她的内心。我和她认识的时候虽然不长，可是平时的相处中还是有所了解，她并不是一个没有良知的人，也许在做这一切之前，她也深深地矛盾过。这样一想，我更加无法去恨她了，默默递了一张纸巾给她。

过了很久，她擦干眼泪，神情是我以前熟悉的她了，盈盈楚楚地看着我，眼中的迷茫已经渐渐散去。我想这才是我们这个年纪应有的眼神啊！我害怕人的眼睛里露出阴狠贪婪的神色。

"你恨我吗？"她小声问我。

我认真地摇了摇头："不恨，从来也就没有恨过！"

她闻言露出轻松的神色，突然展开一抹淡淡的微笑："输给你，我心服口服！"

一劳永逸

　　我也笑了,这场战争是我赢了吗?我失去了我本以为可以深交的朋友,这场没有硝烟的战争里没有任何赢家,有的只是失去而已。想到这里,我心里沉重起来,我希望这是最后一次,希望以后的人生里风平浪静,希望我和子寒能够这样一直走下去,直到我们都白发苍苍的时候。我不知道这样一个愿望是不是奢望,可是如果连这个美好的期望都不抱,那么没有期待的人生如何让人满怀信心地走下去呢?

　　昕含得到我不恨她的答案后,终于安心地走了。我的心里失落了好几天,像在心里下了一场雨一般,湿漉漉的,子寒从来也不知道在这背后发生过这么多事。不知道他是不是觉得对我有所愧疚,留在家里陪伴我的时间更多,我清楚他是在以行动告诉我,他不会背叛我。

　　昕含走后又发过一个短信给我:"灵灵,如果可以,我真的希望我们拥有各自的幸福,成为一对很要好的朋友,其实伤害你,我心里也很难受。我们相处的这段时间,你一直都把我当妹妹一样开解关心,越到后来,我心里的内疚就越深。虽然我失败了,但是我觉得更像一种解脱,以后我就不用受良心的煎熬了。不管你愿不愿意接受我的祝福,我都想跟你说祝福你和林少爷白头偕老!"

　　看着这个消息,我的眼泪终于滴了下来。良久,我才回过去两个字:珍重!所有所有的话都凝聚在这两个字里面,希望她能明白,也希望她能够真的幸福!

与林重逢

　　昕含走后，我又成了没有朋友的人。有一段时间真的觉得很不习惯，时时会想起和她喝茶聊天的情景，偶尔也会翻翻她最后发给我的那个消息，却始终没有再联系过她。我不知道是不是我心里还有芥蒂，又或者说她做了那一切后，我不再认为她是个心思单纯的人，我害怕和复杂的人交往，所以我选择了放弃。

　　很多时候，我会凝视着比弗利的花花草草，静静地回忆着我这一传奇的一生。是命运之手把我推向子寒，还是我自己努力走向子寒？到底我这一生还会遇到什么呢？

　　宸宸特别依恋我，其实小家伙不知道，我比他依恋我还要依恋他。只有把这个柔软的小身体抱在怀里，我才知道他是我这辈子切切实实拥有的。我知道无论发生什么事，都改变不了他是我孩子的事实，我用整个生命无怨无悔地爱着他，这种感觉甚至远远要超过对子寒的感觉。子寒不在的时候，宸宸就是我唯一的慰藉，我陪伴他认字，开始教他背诗，我终于明白我小时候我妈对我的那份情怀，除了感情还有一份希望与寄托在里面。

　　子寒虽没有与我朝夕相伴，但是我的心情是逃不过他的眼睛的。随着宸宸的成长和我对豪门生活的习惯，又或者是子寒怕我闷着，所以开始带我出席一些重要的私人宴会。我从来不会去想子寒的安排有什么用意，人生在世，很多不快乐就是因为自己想得太多，我只让自己记住一点：子寒是爱我的！

　　周末，子寒跟我说："灵灵，明天晚上有个宴会，你跟我一起出席吧！"

　　"是什么宴会啊？"

　　"一个级别很高的宴会，请帖上也邀请了夫人，很多人都是熟悉的，你也不用担心抛头露面。"

　　我圈住子寒的脖子："我不是担心抛头露面，我是喜欢安静的生

活，怕我和你的生活曝露在大庭广众之下，不得善终。"

子寒捏捏我的鼻子："什么不得善终，也不怕忌讳。宸宸已经快两岁了，上流社会的应酬，你偶尔参加几次，不会对生活造成什么影响，林家又不是没有其他例子。"

我答应了子寒，我相信如果他觉得场合不适合，不会开口要带我。我想起了王青蔓的话：老公带自己出席一些场合，说明心里重视自己，过于隐蔽不是好事，外面的女人更加无所顾忌了。

这是我嫁给子寒后，第一次和他出席公众场合，好在以前和子寒的母亲出去也认识了不少豪门太太，相信这次出现也不会过于突兀。

其实豪门夫人的日子也不是那么空虚，如果每天都有宴会的话。

上午在家里做了全身 SPA，下午午睡起来时，造型师已经在客厅等候。很多豪门里的女人因为经常要出席各种场合，家里都有专业的造型师，林家也不例外。但是有些顶级造型师不喜欢在豪门里受拘束，或者有更高的艺术追求，所以便需要预约。子寒为了让我更加美丽，一早已经替我预约造型师过来。

造型师是法国人，好在我略懂法文，语速放慢一点，交流不是问题。

"林夫人竟然懂法文，本来我还带了翻译过来。"对方笑着说。

我用法文说："我想直接交流好一些，我法文说得不好，请包涵。"

"林夫人太谦虚了，您的法文说得非常棒，这在豪门夫人里很少见。"

我微微笑了笑，把我的想法和她做了简单的交流。

因为时间紧，礼服没有另做。虽然我几乎没参加过正式宴会，但是刚到美国的时候，子寒找名师替我设计了很多款礼服，这个是必备的衣服。随后为了紧跟时尚潮流，每年也会重新设计几款新礼服以备不时之需。前不久刚订做的那款白色无肩礼服我特别钟爱，下摆是复古的百褶长裙，上面配以珍珠流苏，显得非常别致。佣人把礼服送了过来，我换上坐到化妆间里。

她根据我的想法画了一张图纸拿给我看，我笑着点了点头："您比我专业，我相信您的眼光。"

一个小时后，她放下了手中的工具。我在镜中凝视自己，发型其实很简单，松散地在脑后挽了一个髻，耳边垂下两缕打卷的发丝，发际旁边插着一支珍珠钻石镶嵌的百合，显得清新淡雅。我对这样的发型很满意，向她表示了我的感激之情。

见我喜欢这个发型，她很高兴："您很年轻，这款礼服特别适合您。我给您设计的这个发型清新雅致，厚重的妆容会掩盖您本来的美貌，我替您化个甜美一点的淡妆好吗？"

我俏皮地一笑："甚得我心。"

她化得很用心，虽说是淡妆，却足足化了两个小时。

"林夫人，您看看还有什么地方不满意吗？"

我睁开眼睛一看，忍不住在心里惊叹她的水平，我想什么样的女人在她手下都能光彩夺目的吧？

"谢谢您，我很满意！"

正说着，子寒回来了。化妆师笑着起身告辞，把房间留给我们两个。

子寒腻歪地搂住我："灵灵，其实我挺喜欢你盛装的样子，我相信今天你肯定是最漂亮的那个。"

我失笑地拍拍他的脸："好了，没见过这么自卖自夸的哦，等下别表现出得意的神色，说不定人家个个都比我漂亮。"

子寒自信地说："像这种上流社会的正式宴会，都带正室出席。但是事实上，哪有那么多美女啊？何况很多都到中年了，所以我保证，你一定是最漂亮的那个。"

以前我跟子寒的母亲出去的时候的确见过不少豪门太太，豪门太太大多数家世显赫，毕竟这个社会还是讲究门当户对的，真正漂亮的的确不多。也许上天是公平的，给了显赫的出身，便不会再给绝美的容颜，真正出身好，长得又漂亮的屈指可数。

我捏捏子寒的脸："自恋的男人啊！"

子寒不以为忤，将我脖子上的项链解下。我不解地看着他的动作："你干什么啊？"

他从口袋里掏出一个首饰盒，在我面前打开，我惊讶地看着眼前的项链，捂住自己的嘴巴。

"喜欢吗？你一直挑不到理想的项链，我根据你的描述请名师设计的，看看合不合你心意？"

我激动地抱住子寒，如果不是已经化妆，我真想亲他一下："喜欢，这是我梦寐以求的项链！"我撒娇地把项链推到他面前，"帮我戴上！"

子寒费了半天劲，终于把项链替我戴好，抱歉地说："我不太会戴！"

我心情很好，忍不住开起了玩笑："不要紧，这说明你没给其他女人戴过，你很熟练我才不高兴呢！"

子寒嗔怪地拍拍我，和我下了楼，楼下车子已经等候多时了。

因为第一次陪子寒出席如此正式的场合，我有些紧张，生怕一个不小心，闹了笑话给他丢脸。虽然嫁入豪门已经四年，我已经习惯了豪门生活，不再是当初复旦校园里那个浪漫多情的女孩。一个月五六百块的生活费，和同学在学校食堂点小炒的日子，坐车去云南路吃麻辣烫的日子，恍惚发生在昨日，又仿佛已经离我很远。我突然想起学校的梧桐树，想起了站在梧桐树下仰望天空的日子，才惊觉曾经的日子已经离我很远很远，远到我以为在前世发生。我突然好想念洁和晓晓她们，不知道她们现在怎么样了？我们选择了不同的生活，走向了不同的人生，不知道彼此的际遇如何。

"在想什么呢？"子寒的话把我拉回到现实中。

我叹了口气，把头靠到他怀里："我突然想起了复旦校园，想起了我以前的同学，不知道她们现在怎么样了？"

子寒伸手把我揽入怀中，自信地说："你肯定比她们幸福啊！"

我笑着摇摇头："子寒，也许她们嫁的人没有你有钱，但是幸福不是以钱来衡量的。当我一件礼服动辄几十万，一件首饰上百万的时候，我也会向往她们漫步在街头的逍遥。"

子寒探究地看着我："灵灵，你对现在的生活厌倦了？"

我定定地看着子寒，我问自己：我厌倦了现在的生活吗？不知道为什么，最近经常梦见以前的事。可是现在的生活不是我自己选的吗？是我自己向往这样的生活，这样的感情，也许我向往的是以前那么纯粹的友谊，而现在和人交往，我必须顾忌自己的身份，很多话只能埋藏在自己心里，任谁都不能说。如果不是我妈，可能我会更加觉得孤独寂寞。

我笑着打趣道："也许是我老了，容易想起以前的事。"

子寒嗔怪地刮了刮我的鼻子："你二十七岁还不到，怎么和老挂得上钩？你这可是提醒我老了。"

我邀宠地搂住他的脖子："你才三十多岁，怎么会老呢？人说男人过了三十五，那种味道才会出来，你现在不知道多有魅力！"

"你啊，哄我开心的吧？"子寒磨蹭着我的脸，眉眼之中却是怎么都掩饰不住的得意。最近，我也越来越愿意让他开心，让他满足！

我坚定地点点头："我是认真的，你现在真的很有魅力，我多担心其他女人抢走你呢！"

子寒高兴地刮刮我的鼻子："你这适当的醋劲我听了不知道多高兴！"

"自恋！"我迅速坐正身子。

这是一个富豪俱乐部，管理非常严格，没有请帖根本无法进去，也杜绝了受其他人骚扰的可能。布置得可谓富丽堂皇、流光溢彩。中间是个很大的舞池，两排长桌上堆满了各种各样的食物，琥珀色的红酒在灯光的照射下更添一份妩媚。

里面已经有不少人，当我挽着子寒进去的时候，很多人的视线朝我们投来。我挽着子寒的手紧了紧，他鼓励地拍拍我的手，我冲他微微一笑。

"早就听说林大少爷秘密结婚了，看来是真的啊！"一个中年男人走到我们面前，手上同样挽着一个女人。

子寒微笑着说："哪里？我夫人喜欢安静的生活，今天还是我执意带她出来，她才肯过来，并非存心隐瞒。"又对我说，"这是李氏财团的第三代掌门人，李氏财团的资产遍布全球。"

我微微笑着，点头致意。

"林夫人果然风华绝代，不然也虏获不了林大少爷的心啊！"

"谢谢，您过奖了！"

这个宴会以华人居多，其中也不乏其他金发碧眼的人。

一个身高将近一米九的外国男人走到我们面前，用英语说："lin，你夫人真是典型的东方美人啊！"

子寒脸上有一抹难以掩饰的得意。等对方走后，他小声对我说："灵灵，我就说你肯定会是最漂亮的那个！"

我失笑地看着他："你没听说过吗？外国人的审美眼光和中国人不同。中国的美女在他们眼里非常一般，但是很普通的中国女孩，他们反而认为很漂亮，所以他夸我漂亮，你应该郁闷才是！"

子寒听我这样一说，无奈地看了我一眼："怎么这样说自己？"

我和子寒坐到一个比较偏僻的位置上。侍者在旁边穿梭着，子寒替我拿了一些食物，我只要了一杯饮料，虽然在美国已经三年，但是对于外国的食物我是敬谢不敏的，我不喜欢鱼子酱，不喜欢鹅肝酱，不喜欢牛排。在我眼里，最博大精深的饮食文化当属中国，

中国菜在世界三大菜系（中国菜、法国菜、土耳其菜）里也名列其中。中国有八大菜系，历史悠久、种类繁多、技艺精湛，甚至还融会了中医等养身理念，讲究色、香、味、意、形，远非其他国家的食物可比，林家的中国厨子亦堪称翘楚。

"吃这么少，等下会饿！"子寒在国外生活多年，已经做到中西融合，他既爱中国菜，也不排斥西方食物。

"我已经让厨子准备夜宵了，回去再吃，省得现在吃多了，礼服穿着难受。"

我轻轻啜了一口饮料，随意打量着宴会里形形色色的人。突然，一个熟悉的身影闯进我的视线。我吃了一惊，再定睛一看，原来不是幻觉。

远处正和人寒暄的竟是四年没见的林！因他背对着我，我看不见他的脸，可是即使这样，我也能肯定，他就是林。这个身影我太熟悉了，绝对不会看错。

"灵灵，在看什么呢？"子寒的话吓了我一跳，我立刻回过心神，怕他看出什么，心里却再也平静不了。林怎么会在美国？他夫人也来了吗？我再度看了看林，他身边没有任何女性，这样的场合他没有带夫人吗？还是他夫人在新加坡？我希望林不要发现我，可是毕竟空间有限，宴会正式开始的时候，我能避得开吗？再次见面他会跟我说什么？我应该对他说什么？这一刻，我的心是前所未有的慌乱。我害怕见到林，却忍不住去搜寻他的身影，他发现我了吗？

越担心，便越逃不掉。林直直地朝我们这边走来，我摒住了呼吸，紧张地看着他。林却没有看我，朝子寒举了举杯子，子寒举杯点头回礼。

我定定地看着他们，紧张得手心都在冒汗。和子寒喝完，林的眼神才看向我，子寒立刻介绍道："这是我夫人！"

听到"夫人"两字，林的眼神有刹那的黯然，不仔细看发现不了，而我看得太专注，他的一丝一毫表情都没有忽略。

林朝我欠了欠身说："您夫人跟我一位故人长得很像！"

我困难地咽了口唾沫，心甬得很紧很紧，子寒狐疑地看了看他。

林随即说："我和这位故人二十年前就失去联系了，我整整找了她二十年。"

林撒谎？他为什么这样说？他说我长得像他故人？又说是二十年前，难道林二十年前真有这样一位故人？或者林当初帮我也是因为我长得像他故人？

"看来这位故人对您而言非常重要？"子寒问。

我紧紧盯着林，不知道他会怎么回答。

正说着，音乐响起，灯光稍稍暗了些，我松了口气。宴会主人夫妇先跳了第一支舞，然后其他人纷纷步入舞池。子寒拉起我，也步入舞池，可是我如何能集中精神和他共舞？

子寒低头问我："灵灵，怎么了？我怎么觉得你心神不宁的？"

我迅速收敛心神："没有，很久不跳了，步伐生疏，踩疼你了吗？"

子寒温柔地笑笑："踩到我不要紧，等下如果其他人邀请你，可别踩了人家。"

我不好意思地笑笑，往子寒怀里偎了偎。

"你怕我失礼于人啊？"我努力维持着平时的俏皮，惟恐子寒看出什么异常。

子寒突然说："刚才那位林先生说你很像他二十年前的故人，你有空应该问问岳母大人，看她是否有这样一位故人，说实话，你跟岳母长得挺像的。"

我惊讶地看着子寒，原来他朝这方面去想了，我一掌拍在子寒身上："胡说什么呢，有你这么猜测自己岳母的吗？"

子寒大呼冤枉："灵灵，我只是开个玩笑而已，我看你情绪不高，想逗你开心嘛！"

"讨厌！"

"我没有对岳母大人不敬的意思哦，有一两个知己，也是正常的嘛！"

我斜睨了他一眼，半真不假地说："如果我有一两个蓝颜知己，你也会说这是正常的？"

子寒立刻说："那可不行，你一个知己都不能有。"

我没有继续跟他纠缠这个问题："你认识那位先生吗？你怎么知道他姓林？"

子寒不疑有他，老实地回答："也不算认识，但是同一个阶层的人，多少总会知道一点，至少会照个脸熟。"

子寒搂着我旋转的时候，我朝林的方向看去，而他也正注视着我，我一惊，立刻移开了视线。三年的豪门生活已经让我非常淡定，可是此刻我却觉得内心翻江倒海，所有回忆一幕幕在我眼前闪过。

与林重逢

一曲既终，子寒携我回到位置上，我低头听子寒说着，不时地应他两声，我怕子寒看出什么来。

"可否请尊夫人跳一曲？"林站在子寒和我面前。

我心知今天遇到林，必然不会只是一个问候而已。子寒微笑着点点头，正好有一位夫人过来邀请他共舞。

我一直低着头，不敢去看林。

"灵灵，你好吗？"良久，林终于开口。

我抬起头，林的眼中盛满了询问，有关切也有痛楚。他瘦了，也憔悴了，甚至连眼神都失去了光彩。我心里一阵难受，眼睛一热，深深吸了口气，才把眼泪逼了回去。我心里对他没有一丝怨恨，是一种非常复杂的感觉，连我自己都分辨不清那是什么。

"我很好，你呢？"我机械地说。

林沉痛地看着我，一如当初看我的眼神。我垂下头去，不去接触他这样的眼神："我不好！自从你离开之后，我就是一具行尸走肉！"

我心中大恸，眼泪再也忍不住。我闭上眼睛，不让它流出来，过了好久，我才敢再度睁开。如果不是现在灯光昏暗，我真的不敢保证子寒不发现。

"我没想到你嫁给了林子寒，林家是个富有敌国的商业帝国，他对你好吗？豪门的拘束多吗？"

我诚挚地说："他对我很好，基本从不约束我。"

林点点头："你本来就自律，根本不需要别人来约束。"

两人无言。虽然和林已经分开四年，但是他给我的感觉依然很熟悉。距离上次和他跳舞已经过去四年多了吧？时间过得真快啊！可是时间能磨灭一切记忆吗？命运为什么安排我和林再次相遇呢？茫茫人海，我和他之前的维系还是没有断吗？也许顶级豪门本来就不多，我会和他遇上也不算太离奇。

"结婚几年了？"林轻声问。

我抬头看了看他，还是选择实话实说："三年！"

林的眼中闪过一丝痛楚："原来……原来你那么快就结婚了！"

我定定地看着林，他是在怪我遗忘他太快吗？他觉得我至少应该伤心几年吗？而我，不知道可以说什么，所以一直没有说话。

"当初我违背了对你的承诺，你恨我吗？"

当初林的离去，我的确伤心了很长一段时间，但是从来没有恨过他。我对他轻轻摇了摇头，吐出两个字："没有！"

林哀伤地看着我，幽幽叹了口气："我怕你恨我，却希望你恨我，有人说有爱才有恨！"

我长长叹了口气："何必自苦？恨一个人只会扭曲自己的内心，我永远都不想去恨任何人。"

林专注地看着我，由衷地说："你比以前更美，褪去了那种青涩，现在你高贵娴雅的气质，能令任何男人眩目，林子寒真是有福气。"

我淡淡一笑，无言以对。

林继续说："看见你嫁给林子寒，我心里很安慰。如果今天你嫁给一个普通男人，要操持琐碎的生活，我不知道心里会是什么感受！好在你最终还是嫁入豪门，对方又比我年轻，我总算放下了心中的担忧。灵灵，对不起！"

我眼前模糊了，几乎控制不住眼泪，可是想到不远处的子寒，我头脑清醒了不少。当初我和林有缘无份，这是注定的命运，而今，我有了子寒那么好的归宿，我怎能不好好珍惜？

"你夫人呢？"我岔开话题。

林忧伤地看着我："自从和你分开，我一直过着名存实亡的婚姻生活。曾经沧海难为水。"

我很想问他，当初不是因为选择了家庭才离开我的吗？又为何是这种结果？这样对她公平吗？同是女人，我知道被丈夫冷落是什么滋味，虽然也许那个女人并不需要。

正想着，舞曲结束，林把我送回座位，眼里却是浓得化不开的情谊。我害怕这样的眼神，我想逃避！

"灵灵，是不是累了？"子寒关心地问。

"我有点困了，下午化妆坐久了吧！"

子寒柔声说："再忍忍！"

我抓住子寒的手："不要跳舞，陪着我好不好？"

我害怕林再度相邀，我害怕自己的情绪泄露。我从来没有想过我和林会这样重逢，我以为我今生今世和他就这样结束了，林将会是我记忆深处一抹淡淡地忧伤，如今却如此突兀的相逢，我心里的惊讶可想而知。

我知道林在看我，我只希望宴会快点结束，让我早点离开这个地方，继续留在这里，对我和对林都是折磨。

我坐在回家的车里,不敢去看子寒,不敢跟他说话,只好偎到他怀里假装困倦已极。子寒的怀抱一如当年那般温暖,我贪婪地往他怀里依了依,命运为什么要安排我和林再度相逢?为何还要来打乱我此刻平静的生活?

外面突然下起了雨,雨点拍打在车窗上,如同敲在我心里一般,一点一滴,绵绵不绝!

回到家中,让人过来替我卸了妆。我静静地看着镜中的自己,子寒从身后环住我:"刚才没吃多少东西,我叫佣人送点消夜过来?"

我轻轻摇了摇头:"不用了,已经很晚了,现在也不饿了!"

子寒亲了我一下,手开始不安分起来。我躲闪着,子寒吻着我的耳垂,声音中带着浓浓地欲求:"灵灵,今晚的你就像不小心跌落凡尘的仙子,让我好好爱你!"

"真肉麻!"我钻入子寒怀里,却阻止了他的继续,"今天我很累了,明天好吗?"

子寒很失望,却还是选择了尊重我。我抱歉地看着他,今天我的心绪那么紊乱,如果不拒绝他,让他看出我心不在焉,会让他更不开心。

夜深了,子寒均匀的呼吸从我头顶传来,我却了无睡意。也许是今晚太震惊了,林并没有问我要联系方式。也许我和他只是以这样的方式再次见了一面,只是知道了彼此的近况而已,也许是我想得太多了吧?也许今晚之后,我和林便从此真正成为两条永不相交的平行线吧?

四年了,当我以为我彻底忘记林的时候,他却又突然出现了,我在心里问自己:我对他还有感情吗?如果有,为什么我这么不希望见到他?这么害怕见到他?如果没有,我为何这么心神不宁?为何不能坦然面对他?

我长长叹了口气,也许我自己都不明白自己心里到底怎么想的,只是有一点可以确定,我已经选择了子寒,那么我希望和子寒一生一世,何况我们还有宸宸。想到孩子,我理智了些,悄悄披衣起身,来到婴儿房。

奶妈听到动静,立刻醒了过来:"谁?"

我轻轻答道:"是我!"

"少奶奶?您这么晚了怎么还过来?"

"晚上有应酬,我想看看宸宸,他乖吗?"

奶妈轻声回答："很乖，吃完奶后就睡着了，下半夜才会醒。"

我点点头，坐到婴儿床边，看着宸宸熟睡的脸，在心里默念："宝贝，你多好啊，从来没有烦恼，妈妈真羡慕你的生活！"

我伸手摸摸宸宸天真无邪的脸，心里漾起柔柔的感动，宸宸脸上依稀有子寒的影子。

我叹了口气，离开婴儿房。

与林重逢

何去何从

之后几天一直心绪不宁，可是林似乎真的从我生活中销声匿迹了，也许他知道我已经嫁给子寒，不想再来打扰我的生活。毕竟，我们现在还能说什么？

我把注意力全部集中到子寒身上，他才是要陪我共渡此生的人。早上，我会和他一同起来，替他扣扣子、系领带；晚上，我会坚持等他回来才睡。子寒笑我现在越来越把他当成第二个宸宸，叮嘱我不要太累了，我却坚持这样做着。我看得出来，子寒很高兴，有了宸宸后，他偶尔会流露出我现在不够重视他的意思。

日子就这样过着。一日下午，我陪着宸宸在花园里晒太阳，手机突然响了起来，是个陌生电话，我莫名地一惊，犹豫着是否要接。可是电话的主人似乎很执著，一直响着，我担心奶妈觉得奇怪，只好拿过手机。

"灵灵，是你吗？"

我的预感果然很灵，真的是林，我握着电话不知道说什么。

"灵灵，是你吗？"林再度重复了一次。

"是，你有什么事吗？"我捂住手机对奶妈说，"你在这里看着宸宸，我去房里找一份资料。"

奶妈以为是子寒的电话，不疑有它地点点头。

回到房中，我关上门，才敢继续电话。我有些好笑，这是不是做贼心虚呢？只不过接了一个故人的电话而已。也许是我自己心理作用，才会搞得这么紧张兮兮，我大大方方接了电话又能怎样？

"灵灵，你的行动不太自由？"林小心地问。

林显然误会了，我赶紧澄清道："不是，刚才吩咐奶妈看好孩子而已。"

电话那头沉默了很久，我也没有说话。过了很久，林的声音才传了过来，带着无限感慨："你已经有孩子了？"

"一周岁多了。"

"儿子还是女儿？"

"儿子！"

"我记得以前你说你喜欢女儿，女儿可以打扮！"

说起孩子，我轻笑起来，每一个作为母亲的女人，也许爱情不再是她的全部，因为她生命里出现了另一个非常重要的人："以前还小，喜欢做梦，自己的孩子无论儿子女儿，都一样疼爱。"

林长长叹了口气："儿子也好，都说儿子像妈妈，他一定像极了你吧？"

"不，他更像他爸爸！"我实话实说。

我没有问林怎么知道我的号码，以林的势力，要调查我的号码，简直易如反掌，只要他有这个心的话。原来，林还是选择了再次联系我，那么我呢？我要跟他说以后别再联系了吗？这样会不会太伤人了？

"灵灵，上次见面太匆匆，匆匆到很多问题我都来不及问你。这四年来，我一直都牵挂你，却不敢再来找你。可是命运还是让我们再度相逢了，也许这就是上辈子注定的缘分。"

我轻轻吐出一句话："可是却是孽缘。"

林的声音里带着无比悲伤："灵灵，你是这么看待我们之间的关系吗？"

我深吸了一口气，尽量不让情绪流露出来："我们之间早就过去了，何必再提。"

林小心地问我："那我们还可以做朋友吗？"

我沉吟了片刻，终究狠不下这个心："可以！"

林的声音轻快起来："上次见面太匆忙，没有好好叙叙，我们吃顿饭好吗？"见我不答腔，林又加上一句，"就当是故人之间叙叙旧！"

我深深叹了口气，最终还是答应了林。他曾经是我爱入骨髓的男人，我终究还是无法把他当成陌路人。

可是答应之后，我却觉得很茫然。我问自己：为什么要答应林的邀请，是余情未了，还是心有不忍？最终我还是没有理出一个头绪来。我看着墙上子寒和我的照片，我乖巧地偎在他怀里，照片中的子寒正凝视着我，我突然涌起一阵感动，如果不是子寒，我又怎么可能这么快就走出伤痛，是他给了我幸福，那么我一定要把此生

何去何从

的感情全部交付于他。这么一想之后，我心里突然有了底气，逃避和纠结都不是办法，关键是我得摆正自己的感情。想到这里，我心里突然觉得一阵轻松。

我答应了林，可是如何出去却成了我的难题。自从发生昕含的事后，我极少出门；我并不认为我和林的事能告诉子寒，有些秘密是注定不能说的，说了会成为一种伤害；除了子寒，我也要避免任何人知道，如果被人捕风捉影的话，那么势必对我的婚姻造成影响。关于隐私我一直认为，如果没有把握一辈子不让对方知道，那么就不要隐瞒；半途被对方知道，会造成更深的伤害。如若选择不让对方知晓，那么必须有把握让对方永远不知道！

我现在终于明白，为何很多豪门会要求嫁入的女孩没有情史？以前我一直以为是豪门以家规压人，现在我却深深认同这一做法。世界太小，谁也不能保证在何时何地突然相遇，如若人品差一些，再度纠缠，那可真的要成为丑闻，任哪个豪门都不希望发生这种事。

我相信林不会纠缠，这也是我答应见面的原因之一。也许，再次见面，发现感觉已经不再，就这么彼此从对方的生命轨迹中消失也说不定。

林家从不限制我的行动，以前我也从来没有去想过自己的行动有何不妥，也许是因为心里坦荡，我甚至没去考虑过这个问题。

我平时很少出去，偶尔有豪门太太相邀，总是事先告诉子寒，即使是出去逛街，总有司机接送。记忆中，我从来没有单独行动过，也许正是因为这个原因，他们也从来没有干涉过我。如今我突然避开所有人出去，会不会引起不必要的麻烦？

我想了很多方法，却总觉得不妥，以前和昕含逛街我从来没有去思考过妥与不妥的问题。我认识的豪门太太里，有些都有投资顾问给自己打理财产，我不知道她们和这些男性交往的时候，是什么样的心理？为何我没有做贼，偏偏心虚呢？是因为我和林之间的过去吗？

最后，我终于想到一个办法。

周一，是个很好的天气，天空碧蓝如洗，晚上刚下过雨，空气特别清新，我的心里亦是一片澄明。宸宸起得比我们都早，他每天早晨做的第一件事就是迈着不稳的步子过来敲我们的门，子寒曾说他比闹钟还准时。

我让司机把我送到罗德尔街，吩咐司机先回去。司机恭敬地点点头："少奶奶，我在街头等您！"

我笑着说："不用了，我今天逛的时间比较长，你等着我反而难受。晚饭前，你过来接我就好，我会给你电话。"

司机点头应允，这样的对话以前也不鲜见，我一直不习惯有人专门等着我。

待司机走后，我转身离开。

林定的地方非常隐蔽，是一处在绿树掩映下的古典别墅。林应该早就吩咐过佣人，佣人开门见是我，立刻引着我往里走去，我的心开始怦怦地跳了起来。

我突然生出一种负罪感，即使我再清楚我不会做对不起子寒的事，可是我这样和林单独见面，真的能这么问心无愧吗？

佣人把我带到一间朝南的房间，林正临窗而立，手里按着一管洞箫。他吹的曲子我很熟悉，是《九阴真经》里黄药师的夫人去世后，他怀念夫人时一直吹奏的曲子。以前我很喜欢，林却总是吹不像样，可是如今，却形神具备。佣人悄悄退了出去，我没有出声，就这么静静地听着，心痛如绞，眼泪终于缓缓而下。林在表达一种什么样的感情？这首曲子他如此娴熟，到底已经吹奏了多少次？是怀着什么样的心情吹奏的？曾经，我最羡慕的就是黄药师和他夫人的感情，至死不渝，早就超越了灵魂和空间，即使天人永隔，亦是不离不弃，是我年少时最向往的感情。

林吹完后，终于转过身来，我迅速擦干脸上的泪。

"来了很久了吗？"林笑着询问，脸上的忧郁却是那么显而易见。

"刚刚过来。"

"自从和你分别后，我每天晚上都吹这个曲子。"林淡淡地说。

我心里很难受，酸酸的，我没有怀疑林的话，他的眼神已经说明一切。我一直认为，人会撒谎，甚至可以自欺，但是眼神却作不得假。

"你吹得很好，很专业。"我勉强笑道。

林听我这样一说，脸上浮现出一种失望的神色，随即掩饰住了："你还肯来见我，我真的很高兴，我本以为今生今世，我都见不到你了。"

"我也很意外，这个世界真的很小。"

林专注地看着我："上次匆匆一别，我总想知道你过得怎么样？

和你分别后，我派人打听过，林家父母对你还不错，我这才放心了些，如果你在里面受委屈，我会很自责！"

我心里有些不是滋味。佣人进来送了些茶水点心，便再度退了出去。

林亲自替我倒上一杯牛奶，递给我："以前，你最喜欢喝这个牛奶了，说经常喝这个，皮肤会像牛奶那么白嫩。"

我捧起杯子喝了一口，是熟悉的味道，林还记得我们之间所有的点点滴滴吗？他真傻，他应该放下，如此岂不是自苦？像是明白我在想什么，林叹了口气，坐到我对面的位置上："我最快乐的事，就是回忆我们之间的点点滴滴，这样，你仿佛还在我身边。"

我终于抽泣起来："不要再说了！"

"对不起，灵灵！"林手忙脚乱地替我擦拭着眼泪，我惊跳起来，自从和子寒结婚，我从来没有和任何男人有过身体上的接触。

我的反应刺伤了林，他的手尴尬地悬在半空里，表情也是讪讪的，我低声道歉："对不起，只是，今时不同往日了！"

林沉默了一会，终于说："我明白！"过了一会，林又说，"前不久，我父亲过世。"

我愣了一下，林为何告诉我这个？后来我才知道，林的父亲在我和林的感情纠葛中扮演了一个什么样的角色："节哀顺变吧！"

我想安慰安慰林，却不知道该说什么，最终只是这么不痛不痒的说了句，想来对林也起不了任何安慰作用。

林表情复杂地看了我一眼："如果不是我父亲，也许我和你，现在是另一番光景。"

我淡淡地笑了笑："这都是注定的，你父亲也是为了家族利益考虑，何况现在人已过世。"

林挫败地叹了口气："是啊，现实就是现实，不能改变就只能接受，今生，我注定和爱情失之交臂吗？"

我不知道怎么回答林。看他如此，我很心痛，可是当初我和他不应该，如今就更不应该。我们两个人之中，至少有一个需要保持理智。

"林，有的时候放下是种善待自己的做法。"我真诚地说。

林紧紧盯着我："所以，你很早就放下了，是吗？"

我没有回答他的问题，只是侧面表达了我很满意现在的生活。

林给我续上牛奶，仔细地看着我："你爱他吗？"

我知道林口中的他是指谁，我爱子寒吗？这是我经常问自己的问题，可是在林面前，我不能表现出来。我狠狠心，对着林点点头。

林却笑着摇摇头："你的眼神并不坚定，你自己都无法肯定。"

我很早之前就知道，林和我是同一种人，观察入微，对方一点点细小的变化，也不会忽略，并且对自己的判断坚信不移。事实上，无论我说什么，林都有自己的判断。

我移开自己的视线，看向窗外，园子里的花木打理得很好，使这幢房子更显得幽静神秘。

我站起来，走到窗外："子寒对我很好。一般豪门少爷身上总会有着这样那样的缺点，甚至是致命的缺点，比如花心，可是子寒不同，他在我面前从来没有把自己当成过出身豪门的少爷，他身上只有那种温暖的气息。结婚到现在他从来没有大声跟我说过话，他对家庭很负责任，只要有空，他都会陪我和孩子。这样一个男人，足以令任何女人放心地把自己交给他。"

我没有回头，怕看见林痛楚的眼神。林的声音从我身后传来："这四年来，我一直在想，我这辈子欠你的要如何补偿！所以，我身边不再有任何女人。"

我压下心里翻腾的情绪，轻轻地说："你完全不必如此，感情没有对错，也没有谁欠了谁，只有合适与不合适。生活已经给了我最大的补偿，你真的不用介怀。"

林走到我身边，和我一同看着窗外的树木："我知道林子寒对你很用心，我应该祝福你的，可是我却觉得吃醋。也许感情从来都是排外的，我还没有如此伟大。"

林的意思再明白不过，他还没有放下我！我终于问出心中的疑问："也许你高估自己的感情了。四年前，你能放下我，四年后，又怎么可能做不到呢？如果你真的这么难以割舍我，当初又为何消失得这么彻底？"

我不明白林的想法。四年前，他跟我说完一句对不起后，彻底消失在我的生活中，四年后，为什么却这么难以忘怀？林的表情似乎他将这份感情压抑得很痛苦。即使他当初作了很痛苦的抉择，可是如今四年过去了，他还没有放下吗？又或者我不够了解男人的感情？

林欲言又止，看了我良久："当初，我只能做这样的选择。"

这时候，佣人进来请示林是否用餐，林轻轻地点了点头。

何去何从

林再度拿起桌上的萧吹奏起来，依然是同一首曲子，萧声凄凉，催人泪下。林的背影有些孤寂，我心中苍恻，我和他到底是谁负了谁，是命运的戏弄吗？也许他比我可怜，在感情的世界里，他那里已经漫天飞雪，他的心可能已经结上厚厚的冰，而我还有子寒，会在我寒冷的时候温暖我，给我依靠。

离开的时候，林没有送我，就这么呆呆地伫立在窗前吹萧。我脑海里回响着他最后一个请求："灵灵，不要对我太残忍，不要让我从此只能在梦里回忆你，即使做你的朋友，不要从此避我如洪水猛兽。"

我没有答复他，看见他这样我很难过，可是我无力改变什么。我默默祈求道：希望命运不要再捉弄我们！

重游复旦

　　林的出现多少影响了我的心情。我对子寒痴缠起来，子寒不解，却依然欣喜，他曾多次抱怨我的感情不够强烈，他喜欢我每日每夜都缠着他，他认为这样才能说明我很需要他。我曾想，如果我真的这样做了，他会不会觉得我烦了呢？

　　随后，冷空气过境，天气骤冷。我窝在子寒怀里不肯起身，他有一下没一下地顺着我的长发："灵灵，最近是不是有心事？"

　　我一惊，子寒看出什么了吗？我忘记了，林和我是同一类人，可子寒也是，他的敏锐绝不亚于我，我不舍地抱紧他："子寒，你知道吗？我真的很在乎你！"

　　子寒满足地笑了，动情地回抱住我："你和宸宸也是我的命根子啊！"

　　"子寒，我一直不明白，你似乎是豪门里的异类。大家都说豪门少爷没有几个专情的，为什么你是个特别呢？"

　　子寒轻轻拍着我："傻瓜，滥情又不是豪门里的专利，哪个阶层都有专情或者滥情的男人。其实要论专一，我觉得豪门里的男人做得更彻底。你想啊，一个出身豪门的男人，有多少女人对他投怀送抱？他已经饱经考验了，所以更向往纯粹的感情，一旦动心起来，那么便是一生一世。如果一定要说普通男人更专情，我可不同意啊！比如有些豪门男人滥情，包养明星模特什么的，普通男人就包养普通女人呗，本质上又没有区别。"

　　我笑着摸摸他的脸："你的话啊，都是站在自己的立场上说的。"

　　子寒不以为然："我的话很客观公正，滥情还是专情看一个人的品行，又不是看一个人有多少钱。"

　　我"扑哧"一笑："我们果然'不是一家人，不进一家门！'其实我和你的观点一样。"

　　子寒满足地叹了口气，抱着我的手紧了紧："其实要男人不变心

很容易，只要女人足够优秀，你说男人怎么会舍珠玉而要败絮？"

我撑起身子，绕有兴味地说："我在网上看到过一篇文章，总结了男人出轨的原因：男人出轨了，理由是女人太野蛮；可是女人温柔了，男人又觉得没情趣；当女人有情趣了，男人觉得不贤惠；女人贤惠了，男人又觉得像黄脸婆。如果碰到具备以上优点的女人，男人出轨后说：你太优秀了，让我有压力！"

子寒笑着把我拉到怀里，正色说："灵灵，以后少上网，尤其不要上这些论坛，那里多为糟粕，乌烟瘴气，只看见人性阴暗的一面，忽略了阳光的一面。记住，人性是经不起分析的，真正幸福的人不会发出这样的埋怨。"

我点点头，不再说话，静静地享受着此刻的静谧。

过了一会，子寒突然说："灵灵，下周我带你去中国好吗？顺便也看看岳父岳母？"

我惊喜地坐起身子："真的？我们带宸宸吗？"

子寒再度把我拉回怀里："当然带了，我想岳父岳母肯定也很想念他们的外孙了。"

我兴奋地搂住他，重重地亲了他一口："子寒，你真好！"

三天后，我们就踏上了飞往中国的航班。子寒的母亲曾问我们要不要使用私人飞机？我谢绝了：一来不想太高调；二来，我对私人飞机有着莫名其妙的恐惧，总觉得飞机太小不安全。

对于初次出远门，宸宸显得特别兴奋，和子寒玩个不亦乐乎，连一直带他的奶妈都不理了，这种父子亲情让我很满足。林的身影暂时被我抛到了脑后。

我妈虽然拒绝了子寒家所有聘礼，可是在我们婚后，子寒依然以我的名义买了这幢别墅给我父母居住。我妈一开始不接受，直到我说，如果我和子寒回来，也不能让我们没地方住吧，她才答应了。别墅面积不大，和比弗利的大宅根本无法相比，子寒担心买大了，我妈更不肯接受，在这一点上，子寒是个非常细心的男人，而他对我妈一直怀有一种尊重的情节。我突然想起子晴的话，以前她一直认为我妈心计太深，可是我从来没有这样认为过。我妈也是凡人，她也喜欢享受，可是她为了自己女儿的幸福，放弃唾手可得的荣华富贵，就凭这一点，我就觉得她是世界上最伟大的妈妈。

我妈见到我们，高兴坏了！抱着宸宸亲个不停，宸宸直往我怀里躲，我哄了好久，他才怯生生的叫了声外公外婆，只一句，就让我父母笑得合不拢嘴。按照我们那里的风俗，硬塞了一个红包给宸宸，寓意他长命百岁。

晚饭在酒店里吃，没有通知其他亲戚，我妈看着我，怎么也看不够似的。饭后，子寒在客厅陪着我父亲，而我妈就拉着我到房里说些悄悄话。

"灵灵，宸宸长得可真快，小家伙真是可爱，也不哭闹。"

我拿过一个橙子，慢慢剥着："刚出来，他新鲜劲还没过，还没到哭闹的时候呢，再说奶妈跟着出来了，对他来说，没有多大区别。"

我妈爱怜的摸摸我的头："跟子寒还好吧？"

我失笑地看着她："你觉得子寒会对我不好吗？不然他也不会带我回来了。"

"子寒是个不可多得的老公，你可要好好珍惜啊！"

我沉默了，好长时间不说话。我妈探询地看着我，小心地问："怎么了？你和子寒之间没有问题吧？"

我摇摇头，看着我妈："妈妈，前不久，我碰到林了。"

我妈惊讶地看着我，脸色有些复杂："怎么碰到的？他找你了？"

"不是，是在一个宴会里碰巧遇上的。你也知道，顶级富豪的圈子就这么大，遇到的可能性也不是没有！"

"那……他跟你说什么了吗？"我妈小心地问，朝门外看了看。

"没说什么，只是后来吃过一顿饭！"

我妈吃惊地问："你们还吃饭？子寒知道吗？"

我苦笑一声："我怎么会让子寒知道呢？"

我妈叹了口气，语气中满是担心："灵灵，妈妈不想干涉你的事。妈妈知道以前你和林的感情很深，可是现在你已经嫁给子寒，在妈妈眼里，子寒一点都不比林差，何况你们还有宸宸，可千万不能让子寒伤心啊！"

我心急地说："妈妈，我和林之间早就没什么了，只是一起吃了顿饭，毕竟，也算相识一场。"

我妈严肃地看着我："你要换位思考，如果今天是子寒和以前的恋人吃饭，你什么感受？你能大度地说你根本不介意吗？妈妈虽然没有经历过你那种感情，但是妈妈知道感情都是排外的，就算你现在对林没什么了，可是毕竟你们是有过去的。林家是豪门望族，这么善待你，你应该好好珍惜现在的生活，不要节外生枝。"

　　我沉重地叹了口气，湿了眼眶："妈妈，你说的我都明白，我心里很清楚，子寒和宸宸才是我最重要的人。可是你没有看见林，他和以前差别很大，他瘦了不少，眉宇间的忧愁让人心痛，你只要看到他，你就知道他有多孤独，他是心里的寂寞，而这种寂寞是我造成的。我看到他这样，我心里真的很难受。"

　　我妈不甚赞同："孩子，他的寂寞不是你造成的。你千万别这么想，他认识你的时候已婚，可是他依然渴求感情，是因为他心里本来就孤独。他已婚的身份注定你们今生有缘无份，你和他都只是彼此生命里的过客而已，林过于陷入感情了，也许正应了那句话：得不到的才是最好的！所以他才会对你念念不忘。灵灵，女人这辈子所求的你全部都拥有了，可千万不要迷失自己啊！过去的就让它过去吧，以后不要再见林了，听妈妈的话，很多时候，相见不如不见！"

　　我忧伤地看了我妈一会，最终，还是点了点头。我妈说得没错，也许时间还不够，林迟早会放下的。

　　我爸对这个外孙疼爱得不知道怎么办好了，什么都依着他、顺着他；连我妈也是，我妈在对宸宸时，远没有了当初教育我时的理智，只要宸宸高兴，她什么都愿意满足，听宸宸奶声奶气地喊一声外婆，我妈简直快乐晕过去了！我有些担忧，就如以前和子寒的母亲在育儿方面的分歧一样，难道真的是隔代亲？

　　我和子寒住了一个星期，打算起程回去。我爸抱着宸宸，不舍之情溢于言表，我妈拉着我的手，说着只有我们两个才明白的话："灵灵，要珍惜你所拥有的，好好珍惜子寒啊！也别老惦记着爸妈！"

　　我含泪点点头。回去的路上，我的情绪又低落起来，子寒叹息一声："灵灵，我很愿意陪你回家看看，但是每次分别，你总会落落寡欢，我都不知道下次还要不要带你回来了。"

　　我把头靠到子寒肩上："我这也是人之常情嘛！"

　　子寒忍不住捏捏我的脸："你啊，就是太感性了！我听别人说，生完孩子会好一点，但是你生孩子前后是一点变化都没有。"

　　我撅着嘴说："我才不要有变化呢！如果身材变了，你不要我了怎么办？"

　　子寒宠腻地笑笑："上次你不是说想念复旦了，这次我陪你回去看看？"

　　我的眼睛一下子亮了起来！重游校园这个念头最近一直很强烈，

可是却没有机会，又不好叫子寒放下生意，陪我回上海，所以一直压着没说出来，上次只是感慨过一次，子寒却记住了！想到这里，我更觉得我妈说得没错，我已经拥有世界上最好的老公，我怎么可以不好好珍惜呢？

离开上海三年多，我却没觉得上海有多大变化，和我离开时差不多，我和子寒下了车，停在"复旦大学"四个大字下。三年了，里面的变化大吗？我居然产生了近乡情怯的感觉。子寒牵住我，携手往校园里面走去。

复旦校园里的梧桐依然长得很好，和以前一样茂盛，更没有显出老态，我忍不住想去摸摸那几棵参天大树。所有的一切都是那么熟悉，我看着身边经过的复旦学子，心里涌起一股感动。他们心里是不是和曾经的我一样，满怀着梦想？有没有一个女孩，有着和我一样的秘密？

我握住子寒的手，与他十指相扣："子寒，复旦还是和以前一样，只是学生换了！"

子寒用力握握我的手："是啊，我记得以前我还陪你在食堂里吃饭呢！"

我淘气地一笑："那时候我不知道你的身份，想起来真是委屈你林大少爷啊！"

"我可一点都不觉得委屈。对我而言，很值得，那段平凡人才可以拥有的恋爱生活，我到现在还怀念。不过灵灵，我得老实告诉你，这里的饭菜真的不怎么样！"

我忍不住笑了起来："以前流行过一句话，叫'玩在上大，吃在同济'。复旦一条都没沾上，你就将就点吧！"我指着图书馆说，"你还记得吗？以前我们经常在里面看书。"

子寒轻笑着点点我的鼻子："当然记得，我当时就在想啊，我怎么找了条书虫？"

"讨厌！"

也许是回忆起了太多的往事，我心里有感慨也有喜悦，更多的是生出很多感悟。以前在学校里的时候，当别人说离开大学校园的心情很复杂，回到大学校园的心情更复杂，我不以为然；此刻却真实地感受到了，我想很多人之所以心情复杂，就是因为自己曾经那么年轻、那么纯粹、那么真实地过了那段岁月，而这种情怀，这种时光，是一去不复返的。心境变了，很多东西都不一样了，有一

句话说得好：物是人非！

子寒突然指着一棵树对我说："灵灵，你还记得吗？我就是在这棵树下告诉你，我喜欢你！"

我脸红起来，曾经的一幕幕在脑海里活了过来，仿佛发生在昨天，那么历历在目。我放开子寒，趁人不注意，采了一朵小花。

子寒被我的情绪感染了，笑着追了上来："灵灵，以前你在学校里是不是经常干这事？"

我偏着头看着他："也不经常，有机会就干。"

"原来你还破坏公物啊？没有人检举你吗？"

我转动着眼珠子："我人缘好，就算被人发现了，人家笑笑就过去了。"

子寒嗔怪地理了理我被风吹乱的长发："我估计人家是看你长得漂亮才不计较的。"

"才不是，是我人缘好！"我坚持道。

"好好好，是你人缘好！"

我们就这样一路走着，一路寻找着以前的回忆，一路感慨着，身边陆续有学生经过，偶尔转过头来看看我们。我在一幢宿舍楼下停了下来，仰望着其中一个房间，指给子寒看："子寒，你还记得吗？以前我就住在这里。"

子寒笑着点点头："记得，可是男性不让上去，想上去还得千方百计找借口，以前你都不让我送你到宿舍楼，更别提上去了。"

"还介意啊？我就住在三楼，不知道那个房间现在住着什么人了，不知道以前我刻在写字台上的诗还在不在？"

子寒惊讶地看着我："你除了采花，还在写字台上刻字啊？你犯的错可真不少。"

"你好讨厌，老郁闷我。"我突然柔情泛滥，忍不住撒起娇来。

子寒捉住我的手，抵住我的额头："告诉我，你刻了什么？"

"我刻了很多呢！"

我没有告诉子寒，我在上面刻了一句"衣带渐宽终不悔，为伊消得人憔悴"。那句诗是为林而刻！

我甩开脑子里紊乱的想法，笑着挽住子寒："你来到这里难道没有感慨吗？你这个豪门少爷在这里可是过了半年的平民生活哦！"

"当然有了，但是这些回忆想起来特别珍贵，我最美好的爱情就发生在这里。我希望等我们八十岁的时候，我还能带着你来这里重温旧梦。"

"不够，你还要唱我最喜欢的歌，当我八十岁的时候唱给我听！"

"是什么歌？怎么以前你没有说过？"

我轻轻哼了起来："如果我能为你求得一点青春，我会留在心中保存，纵然青丝如霜黄飘落红颜已老，只求心中还有一些纯真。日落西山天际一片暮色沉沉，我俩就要走进黄昏，回首多少甜蜜几番哀愁起起落落，始终不悔与你共度此生。山谷中已有点点灯火，暮色就要渐渐昏沉，你和我也然笑泪满唇，感叹年华竟是一无余剩。晚风中布满我的歌声，道尽多少旧梦前尘，夜色中只看到彼此眼神，我俩终会消失在那黄昏。"

"好，回去为你学！"

"不准食言哦！"

我看着远处夕阳渐渐西下，给绿草如茵的校园镀上一层绚丽的金黄色，偎紧了身边的子寒。

重游复旦

真　相

　　回到比弗利，我暗暗下定决心，我不能再见林了。有些感情就应该随风消散，如果这次林没有再度遇见我，那么他的日子依然平静。而我现在应该彻底消失在林的世界里，就如以前他彻底消失在我的世界里一样，时间一久，什么事情都会过去的。

　　十月初的一天，王青蔓过来找我。

　　"灵灵，下个月的慈善拍卖会你可不能缺席啊！"

　　我抱歉地笑笑，找了个借口："宸宸现在认人了，我一不在，他就嚷着要找我，找不到我就哭闹，我实在抽不开身。"

　　"哎呀，小孩子嘛，哄哄就好了。你可是代表子寒的，不能落后了，让人小看了我们林氏。"

　　我有些意兴阑珊。这种拍卖会，名为慈善，却是作秀的场合。并非看是否出自真心，而是看谁的经济实力最雄厚，谁的老公最有钱。我勉强去过几次，场面让我非常不舒服，出多了被指责炫耀，出少了被讥讽寒酸。我宁愿安静地带着宸宸，真不明白为什么有些豪门太太如此热衷。这点我非常欣赏子寒父亲的做法，行善从不显山露水，却从不落后于人。

　　我笑着说："你们去了就可以了，你知道我对这些场合向来比较薄弱。"

　　王青蔓无奈地叹了口气："你这个正牌的林家大少奶奶不去，我相信很多人都会失望的。"

　　王青蔓出身中产，我知道她很希望我去，那么我和她的出身差不多，别人注意更多的可能是我，而她就可以避开锋芒。上流社会也有一个不成文的规矩：虽然外面的人很想知道里面的情况，但是无论是采访还是其他，彼此之间绝对不会透露别人的信息，这在里面是大忌，会遭到其他人的一致谴责，甚至孤立，这也是我之前几次放心参加的原因。

"怎么会呢？我平时就不太参加这些公众场合，你知道我喜欢清净的，你就当照顾我了，改天我去拜访你。"

"好吧，那我就不勉强了。"

我笑着把她送出门："你要是看中了什么，也帮我拍两件。"

她高兴地点点头，一个人可以动用两个人的资金，我相信她绝对不会落后于人，更不会再介意我是参加还是没有参加。有的时候，必须用金钱才能换到安静。

刚把王青蔓送走，手机响了起来。是林的电话，我心头一紧，犹豫着要不要接，最终，我还是接了，有些话，我想说清楚也许更好。

"灵灵，是我！"

"我知道！"

"这段时间我去了欧洲，刚刚回到美国，你在干吗呢？"林的语气很平缓，让我听不出任何情绪。

"我在陪孩子玩。"林没有提起，我也不知道如何主动开口，只好借孩子来提醒他，我已经是一个孩子的妈妈。

"孩子很可爱吧？"

说起孩子，我唇边溢出笑意："是啊，才一周岁多，今天早晨竟然给我拿了一个布林上来。"

林叹了口气："能拥有你和孩子的男人太幸福了。"

我淡淡地笑了："其实，你也有孩子的啊！他们小的时候一定也一样可爱。"

"我既不是一个合格的丈夫，也不是一个合格的父亲，我甚至不知道我的孩子是怎么长大的，他们就已经那么大了！"

"如果你觉得以前做得不够好，现在弥补还来得及啊！"我轻声劝道。

林苦笑一声："来不及了，也许我最大的错误就是不应该和自己不爱的人结婚，所以我现在的一切都是我自己造成的，与人无尤。"

我叹了口气，却不知道还能再说什么。无论我再说什么，对林而言都于事无补，也许什么都不说最好。

过了很长一会，林故作轻松地说："这次去欧洲给你的孩子带了个礼物，明天一起吃饭好吗？"

林很聪明，甚至可以说聪明绝顶。如果他再次约我，我很可能拒绝，可是他以宸宸做借口，这样一来，我拒绝的话，显得我不近

真相

人情，他也避免了尴尬。

我心里挣扎了一会，还是决定快刀斩乱麻："林，谢谢你，你的心意我领了，可是吃饭真的不用了。其实我觉得我们以后应该不见面更好，就像四年前一样。"

我看不见林的表情，当我这样说完后，我觉得浑身像被抽干了力气一样，我跌坐在床上。几乎过了一世纪那么长，林的声音才传了过来，却仿佛从另一个世界发出："灵灵，再次遇见你，我已经压抑了心里的感情，只想着能再次看见你，就是上天对我的怜悯，只要能看见你，我就觉得我的人生还有意义。现在，你要将我唯一的信念都击垮吗？"

我自己受过感情的打击，所以清楚知道那种生不如死的感觉。没有真正深爱过的人绝对不会理解那种痛，所以，我一直不忍心做得太绝，而且是对一个我曾经深爱，此刻他还爱着我的男人，即使他曾经伤害过我，我依然无法狠下心去。

过了很久，我才说："林，你就当这次没有和我重逢，就像四年前你离开我一样。当年你能做到，我相信这次，你也能做到。"

我没有埋怨林的意思，只是跟他陈述这个事实，希望他能明白，时间能够冲淡一切。

"灵灵，你以为我当年选择放弃你，是因为选择了利益吗？你以为我真的这么世俗吗？我是为了你啊，我怕你受到伤害，所以我才忍痛离开你。"

我震惊极了，不敢相信地问："你在说什么？"

林平静地说："你出来吧，我把一切都告诉你。"

我心里还在犹豫，可是好奇心还是占了上风，难道我和林背后还有我不知道的事情发生吗？我知道林不会以这个借口骗我见面，林离开的那么彻底，我本来就觉得奇怪，之前林也曾几次说过要离开我，可是他最后都没有忍住，那次却一去不返，那么干脆。

我用同样的方式来到林的别墅。和上次不同，我不知道这次等待我的是什么答案。

佣人把我带到东边的太阳伞下，林正坐在下面喝茶，眼神却看向远方。听到身后的动静，林转过身来，就这么定定地看着我。佣人见状，退了下去。

"一个月不见，你还是风采依旧。"林淡淡地笑着。

我看着他，百味陈杂。林比上次更清瘦了，精神也不太好，是感情把他折磨成这样的吗？我希望不是这个答案。

"你电话里的话，到底是什么意思？"我开门见山地问。

林示意我坐下，我依言坐到旁边一个位置上。

林略带痛苦地说："也许，本来我打算一辈子不告诉你，可是我无法忍受你不见我。灵灵，你知道吗？为了你的安全，我忍受了四年相思之苦，你还忍心让我忍受一辈子的相思之苦吗？"

"到底……怎么回事？"我讷讷地问。

林的眼神悠远起来，开始了漫长的述说："那次，我铁了心要跟你在一起，可是我父母坚决反对。以前我告诉过你，我父亲具有什么样的身份，能做到他这份上，基本不用怀疑他的能力和手段，即使他已经快七十岁。一开始他们是轮番相劝，见我心意已绝，我父亲便放弃了劝我。他跟我说，如果我敢为你离婚，他不会把我怎么样，因为我是他儿子，但是他会毁了你。我相信他做得出来，你要知道一个成功的富商，有些手段只有你想不到，没有他做不到，我怕他真的伤害你，他说只要我不再动离婚的念头，只要我不再跟你联系，他便放过你。最后，我跟他达成协议：我跟你断绝关系，他绝不能伤害你，如果他伤害你，那么我第一时间就会离婚。"

我呆呆地看着他，有些难以置信。这是生活还是电视？在我背后真的发生了这样的事吗？

林见我如此反应，平静地说："这件事你妈也知道，我最后一个电话就是希望她好好照顾你，甚至休学一年，只是为了你的安全。"

原来是这样，原来竟是这样！以前不解的事，现在都有答案了。难怪我妈莫名其妙要我休学，难怪她接完林的电话，表情里竟带着惊惧。

林继续说："我父亲一直派人盯着我，我知道我不能再找你，如果让他知道，后果不堪设想。虽然他一直都很重承诺，可是我还是担心，所以派人暗中保护你。他虽然监视我的行动，可是对于其他人却没有，只要我不再见你，他就不会大动干戈。"

难怪那段时间我妈经常会害怕，难怪那段时间我经常觉得有道视线盯着我。现在，一切的一切都有了答案，可是，为什么是现在让我知道答案？

"几个月后，见你没有危险，我才作罢。那时候我想，只要你平安，那比什么都重要。"林的声音很平静，语气里却带着深深的情谊和痛苦。

真相

我早已泪如雨下。真相竟是这样，林竟然在背后为我做了那么多，可是我却毫不知情。在他相思成灾的时候，我在努力遗忘他；在他孤独吹萧的时候，我正打算和子寒恋爱；在他埋藏了这么多秘密的时候，我在决定不见他！我，何其残忍啊！

"对不起，对不起，我真的不知道！"

林握住我的肩："这不怪你，只要你平安，我愿意受任何折磨。"

我拼命摇头，泪珠纷纷滚落："不要这么说，不要这么说，是我不好，是我不好！"

林定定地看着我："灵灵，现在我已经有能力恢复自由之身。"

我突然惊醒过来，喃喃地摇头："不，不可以，我不能辜负子寒。"

林扳正我的身子，让我不得不看着他的眼睛："灵灵，我等了那么久，只是为了可以和你在一起，你……还愿意和我在一起吗？"

我惊恐地看着林："你一定是疯了，你一定不知道自己在说什么！"

林摇摇头："不，灵灵，我不逼你，我们那么深的感情，你真的完全放下了吗？你现在是一时接受不了。灵灵，你要明白，这个世界上，没有人比我更爱你。"

我含着眼泪摇摇头，转身朝门口奔去。我好混乱，我觉得自己在梦里，发生的一切都不是真实的，我希望一觉醒来什么都不曾发生过，我宁愿相信林当初因为家族利益选择放弃我，这样我心里会好过很多。

回到比弗利，宸宸正在哭，奶妈努力哄着他。我收拾了一下情绪，怕奶妈看出来。宸宸一见我回来，挥舞着肥肥的小胳膊，朝我扑来。

"妈妈！"眼泪鼻涕蹭了我一身，奶妈赶紧过来抱孩子。我挥手阻止了她。

"宝贝，想妈妈了？"我抱紧宸宸，感受着怀中这个柔软的小身体给我的温暖，以趋散我心中紊乱的各种念头。

宸宸从出生后就由奶妈带着，可是他最喜欢的还是我和子寒，也许这就是骨肉亲情，即使他才一岁多，他也清楚谁才是他的亲生父母。

"妈妈，以后你出去要带着宸宸。"

我把宸宸紧紧贴在脸上，宸宸摸着我的脸，不再哭闹，奶妈感叹地说："刚才您不在，怎么哄他都哄不好，您一抱他，他就不哭了。"

我淡淡地笑着，抱了宸宸回房，宸宸爬到我们的大床上，玩得不亦乐乎。我坐在床边看着他，眼睛开始潮湿起来。

终于，他玩累了，在我身边沉沉睡去，梦里还咂巴着小嘴，发出模糊不清的呓语。我起身走到阳台边，给我妈打电话。

"妈妈，我又见了林。"

我妈难得地有些生气："灵灵，你可以忘记妈妈说过什么，但是不能不想想子寒和宸宸。"

我疲倦地喊："妈妈，这些我都知道，我心里都清楚，我本来已经打算不再见他。"

"那现在为什么又见他？"

"妈妈，你应该知道当初林为什么离开我。"

我妈沉默了，过了很久才说："他都告诉你了？"

我痛苦地闭上眼睛："妈妈，你一直都知道的，是吗？"

"对，我都知道。可是灵灵，不管当初他是因为什么原因离开你，他必须得离开你，谁都不知道未来会发生什么事，当初他也说过只要你幸福平安就好。"

"妈妈，我觉得林爱得太辛苦了。"

"灵灵，我知道你曾经对他付出过感情，知道这个真相后，心里肯定会难受。但是，你必须认清现实，你已经有了子寒和宸宸，你所有的感情都应该给他们。"

我犹豫了一会，还是跟我妈说："妈妈，你知道林今天对我说什么了吗？他告诉我他父亲已经去世，他现在完全有能力获得自由身。"

我妈忍不住提高了声音："他疯了吗？灵灵，你可不能跟着他疯，他有这种念头真是太疯狂了，他有家你也有家，用拆散两个家庭的代价去成全自己的爱？这种行为太疯狂了，也太自私了！"

我叹了口气，没有说话。

我妈小心地问我："你是怎么想的？"

"我听到他这样说的时候也吓了一跳，然后我就回来了。"

"你听到他说这些话的时候，有没有动摇？"

我回想了一会："应该震惊更多一些，我听到林说四年前的事情

很感慨，但是我现在已经没有想跟他在一起的念头了。只是想到他这些年受的感情之苦，心里很不好受。"

我妈听我这样一说，才稍稍放心了些："孩子，林现在是当局者迷。人的感情其实剖析起来很简单，以前你和他的感情遇到了阻力，你才会觉得爱得很苦很深，他当然也会这样觉得，而你和子寒之间一直很顺利，所以你没有轰轰烈烈的感觉。林对你至今念念不忘，一来是因为他真的喜欢你，二来就是因为他遇到了太多的阻力，所以觉得你太珍贵，拥有你太不容易，甚至在心里形成了一种情结，他甚至把拥有你当成了自己生活的终极目标，所以才会有这么疯狂的念头。现在的他很不理智，他已经忽略了现实，我甚至可以说一句，他现在和你比当初更无望。"

我纠结地说："妈妈，这些我明白，只是我看见他这样，真的很不忍。"

我妈的语气严肃起来："灵灵，你要记住一句话：当断不断，必受其乱。你对他不忍，你就会伤害子寒。你好好想想，从子寒认识你开始，他有没有做过对不起你的事？你自己也说过，子寒身上没有豪门少爷的傲气，对家庭负责。妈妈说句绝情的话，你对林根本不需要内疚，他是个阅历丰富的男人，当初如果不是他一味放任自己的感情，何至于走到今天这个地步？他应该清楚自己的身份，作为一个已婚男人，他身上有自己的责任和义务，如果他觉得夫妻间无爱，当初为什么要选择结婚？他可以和子寒一样，坚持寻找自己的真爱，就凭这一点，我就更欣赏子寒。林现在的境地，是他自己造成的。妈妈唯一感激他的地方就是当初他压抑了感情，选择了保护你的安全。"

我忍不住叫了起来："妈妈，你的意思不就是说林是咎由自取吗？是不是太过分了点？"

我妈无奈地叹了口气："灵灵啊，妈妈是要你保持清醒的头脑。其实妈妈感觉得出来，你现在对他的是同情，而不是感情，你只是突然知道他当初为你付出了很多，又看见他现在还深陷在感情里，你也跟着难受。但是这需要林自己想开，而且，你的同情起不了任何作用。妈妈给你作一个大胆的假设，林说他现在可以恢复自由身，他的意思是要你也恢复自由身是吧？那么你呢，你愿意吗？你舍得抛下子寒和宸宸吗？"

我突然觉得惊恐，下意识地呢喃："不，我不要！"

我妈继续说："妈妈只是作个假设，就算你们现在还相爱，林抛下了现在的家庭，你也不顾一切的抛下子寒和宸宸，你觉得你和他能幸福吗？做出了这么惊世骇俗的事情，你们必然站在风口浪尖里，伤害了子寒，你这辈子还能快乐？你作出这样的事情，我和你爸爸必然不会原谅你，林的家族肯定也不会支持他的做法，你们失去了两边的祝福，还能幸福快乐地生活在一起？"

　　我突然笑了起来："妈妈，你明知道这是不可能的，还故意在这里吓我。"

　　我妈也笑了起来："妈妈知道你不会，但是妈妈还是害怕，我只希望你和子寒幸福快乐地生活一辈子。如果可以，我真的希望你从来都不认识林。"

　　"可是，这也是不可能的。"我幽幽地说。

　　我妈沉默了一会，终于说："灵灵，你已经长大了，甚至已经做了母亲，妈妈相信你自己知道怎么处理。孩子，很多时候伤害是不可避免的，你只要努力让伤害降到最低。妈妈以过来人的身份告诉你，很多时候，你希望不伤害任何人，这是不现实的，拖得越久，伤害越大。"

　　挂上电话，我凝视着远方，心里却一刻都不安宁。我妈的话回响在我耳边："很多时候伤害是不可避免的，只要努力让伤害降到最低。"子寒和林我不想伤害任何人，可是这是不现实的吗？我一定要伤害他们其中一个吗？

　　正想着，突然觉得身后有人搂住我，不用回头，我也知道是谁。"在想什么呢？"子寒磨蹭着我的颈窝，弄得我麻痒难耐。

　　"没想什么，宸宸躺在我们床上。"

　　"我看见了，小家伙等下会不会尿床？"

　　我笑笑，有些自豪："自从过了周岁，宸宸就没有尿过床了，他要尿尿了自己会喊的。"

　　"他跟你一样聪明，岳母大人说你过了周岁也不再尿床了。"

　　我大窘："我妈怎么连这个都跟你说？真是的！"

　　子寒得意地说："岳母大人跟我说了很多你小时候的事呢！"

　　"妈咪也经常跟我说你小时候的事，她还说宸宸比你小时候好看。"

　　子寒郁闷地说："自从有了这个小东西，我是越来越没地位了。"

　　"好了，要装郁闷也要装得像一点，你的笑意都快溢出来了。"

真相

我扯了扯子寒的脸。

子寒牵着我回到房间，宸宸无意识地翻了个身，睡梦中咂巴着嘴。

子寒小声说："他好象很喜欢我们的床，翻来覆去地很开心。"

我笑笑："他本来就喜欢爬到我们床上玩，你不是说他每天早晨比闹钟还准时吗？"

也许是我们的声音吵醒了小家伙，他翻了几个身，迷糊地睁开眼睛，见是自己的父母，咧开嘴笑了。这一刻，我心中充满了感动。

子寒坐到床边，把宸宸抱了起来："宝贝，要爸爸抱，还是要妈妈抱？"

宸宸口齿清楚地说："爸爸抱！"

子寒高兴地亲了他一口，我忍不住笑了起来。宸宸真是受教，我坐到另一边："宸宸，饿不饿？是爸爸去拿，还是妈妈去拿？"

宸宸想也不想地说："爸爸拿！"

我得意地笑了起来，抱住宸宸亲了几口："宸宸真是聪明！"

子寒终于反应过来："灵灵，你太坏了，以后宸宸像你可就完蛋了。"

"才不会呢！像我多聪明？"

子寒满足地抱住我们："有了你们这两个大小宝贝，我真的觉得别无所求了。"

我突然心里一动："如果有一天，你失去了我，比如我突然死了，你会怎么样？"

我以为子寒不会回答我，或者又说我天马行空地乱想，想不到他却认真地说："那么我的心会跟你一起死。"

我吸了吸鼻子，把头埋入他怀里："我永远都不会离开你。"

子寒伸手抱紧我："我也不会让你离开。"

抉　择

　　我清楚地知道，我的心已经被子寒和宸宸填满了。林已经带不走我了，他最大的错误就是以为我对他的感情没有变，我从来都认为一生一世的感情存在，却需要前提条件。而我现在只希望和子寒一生一世，在一个女人心里，孩子的比重是很大的，当自己经历了怀胎十月，看着自己的孩子一天天长大，我相信任何女人都割舍不下那个可爱的小天使，即使我不爱一个男人，如果我选择了嫁给他，我也不会做抛夫弃子的行为。何况三年婚姻生活，我对子寒已经有了很深的感情和依恋。

　　可是我不知道如何让林从迷茫中清醒？所以我特别害怕林的电话，只要手机一响，我就惊跳起来。我似乎在逃避这个问题，我妈说"拖得越久"，伤害越大，可是决绝的话，我如何说得出口？在林受了四年感情之苦后，我能残忍地告诉他："以后不要再纠缠我了，我已经不爱你了"吗？也许之前可以，可是在我知道真相后，我真的做不出来。

　　"灵灵，怎么了？醒醒，你做噩梦了！"

　　眼前，是子寒放大的脸，我迷茫地看着他："你怎么了？"

　　子寒轻轻替我掖好被子，擦着我额头的汗："不是我怎么了，是你一直睡得不安稳，好象很难受的样子。"

　　我心虚地偎进他怀里："嗯，我梦见有人要分开我们，我好害怕。"

　　"傻瓜，梦是反的，再说，这个世界上没有人能分开我们，别胡思乱想了。"

　　我在他怀里摇摇头："这个梦太真，真得我害怕。"

　　子寒扶起我的头："灵灵，从中国回来，我就觉得你不开心，怎么了？发生什么事了吗？"

　　我逃避地摇摇头："没什么。"

"我们是夫妻，有什么事，我都会帮你解决，相信我！"子寒柔声说。

我默默点点头，可是这样的事，子寒根本无法帮我解决。

林中间打过一次电话，我只说了一句不要逼我，就扔掉了电话。

子寒去了法国，为时一星期，我特别不舍，对他竟有种前所未有的留恋。我静静地坐在花园里，回想着这些天发生的事情，我惊讶地发现自己的感情变化：以前和子寒结婚的时候，我对自己的感情并不确定，林的影子经常会出现在我的脑海中，可是这次再遇林，直至他提出这个疯狂的想法后，我突然发现自己的感情已经一片澄明，我对他的那种迷情已经彻底消失了。我心里没有不舍，竟是如释重负，因为心里放下了林，对子寒的内疚就消失了。现在剩下的，就是如何让伤害降到最低。我妈最近经常打电话过来，她没有提林，只是经常问问宸宸的情况，我知道她的用意，她不想让我觉得她干涉我的决定，但是她却一直担心这件事，还是我主动告诉她："我已经想明白了"。我妈听了后很欣慰，语气里却是浓浓的担心。

这天，我妈又打来电话，告诉我发了一封邮件给我。自从我和子寒结婚后，我妈就学会了上网，还在家里装了视频。我经常抱着宸宸和她视频，也算是对她的一种慰藉。

我刚把电脑打开，奶妈就抱着宸宸进来了。

"少奶奶，小少爷一直吵着要你。"

"妈妈！"小家伙直往我怀里扑，我接得稍迟了些，他已经纵入我怀里。笔记本被他一带，跌到地上，立刻黑了屏幕。

待安顿好了宸宸，我再次开机，电脑却一开既灭。这款笔记本，极薄极轻便，想来不经摔，想到还有五天子寒才回来，我决定暂时用子寒的笔记本。

子寒的电脑没有设置密码，以前我也不曾动过他电脑，他连密码都没设，应该没什么秘密。我随意点开，只有一些资料和数据，我并没有兴趣。突然，一个文件夹吸引了我的注意，子寒把这个文件夹命名为"日记"，这是他的日记？我从来不知道他有写日记的习惯，记得以前有时候去书房找他，他会急着关掉某个页面，难道就是这个？而我自从嫁给他后，就删除了以前的所有日记，现在也写日记，可是记录的都是宸宸成长的点点滴滴，感情的事，不再记录。

在好奇心的驱使下，我点了这个文件夹，生平第一次做这种事，我有些紧张。点之前我还是犹豫了一下，我看子寒的日记是不是不太道德？每个人都应该有自己的隐私，可是最终我还是没有战胜心里强烈的好奇心。

文件没有被打开，提示我输入密码，这更引起了我的好奇心。我把子寒的生日输了进去，提示答案错误；我又把宸宸的生日输了进去，试了几次都没有成功；最后，我几乎已经放弃，随便把自己的生日输了进去，文件却奇迹般地打开了。

我的心怦怦地跳了起来，子寒的日记里记了什么？其实我对子寒的过去一直都很好奇，到底是什么原因让他一直顶着压力不肯结婚？以前他有喜欢过其他人吗？我从来没有问过他，却不代表我心里不关心这些事。

"……

在所有人都以为我是骗子的时候，她毫不犹豫地选择相信我，甚至还帮我出主意。她真的很聪明，而且很善良。她是我等了三十几年的人吗？幸亏她用自己的手机拨了我的号码，我就有机会找到她……

……

我知道了她的名字，她叫灵灵。人如其名，她很美，却和其他人的美不一样，很清新，很自然，似乎不用化妆不用打扮就能光彩夺目。我清楚，我喜欢她，甚至想娶她，她很灵动，那是一种无法言喻的感觉，如果有她陪在身边一辈子，我就什么都不奢求了……

……

灵灵是个乐观开朗的人，可是有的时候，她会凝视着远方出神，她同时也是个多愁善感的人。我想过告诉她我的真实身份，可是以前的经历让我不敢轻易透露自己的身份。很多女人主动接近我，其实不乏聪明的、漂亮的，可是我却总觉得过于讨好我，意趣全无。我希望能谈一次纯粹的恋爱，我三十多年来，没有真正谈过一次恋爱，也许这是别人无法理解的事……

……

灵灵接受了我的表白，她没有表现得欣喜若狂，只是安静地让我拥到怀里，乖巧得像一只猫。我在心里发誓：我会好好照顾你，疼你一生一世。可是我的身份却成了我的心病，我几次想告诉灵灵，又担心她觉得我在考验她，这件事就这么拖了下来……

……

我带着灵灵去汤臣的别墅，灵灵反应很奇怪，是惊讶我有这样

的别墅吗？那等她到了比弗利不知道是什么样的反应，那里的房子至少比这里豪华十倍……

……

灵灵很努力地适应着这里的生活，她很小心翼翼，生怕别人不喜欢她，看见这样的她我有些心疼，我不想她委屈自己。渐渐地，我觉得她太周到，却失去了原来的生气。记得以前的她，偶尔会发呆，但是更多时候都会有奇奇怪怪的念头。我怀念活泼俏皮的灵灵，现在的她是一个合格的豪门少奶奶，却离我钟爱的精灵般的她越来越远了……

……

参加一个答谢晚宴，不小心被人捕风捉影了，还上了报纸。我第一时间就是担心灵灵看见会是什么反应。可是我又想知道她是什么反应，我怀念她以前吃醋的样子，自从结婚以后，这样的举动她已经越来越少了。可是我失望了，她竟然什么反应都没有，难道她不爱我吗？怎么一点都不在乎？

……

灵灵终于泪流满面地告诉我，她在乎，她伤心，她不喜欢我跟其他女人扯上任何关系。看着边哭边说的她，我知道她在乎我，心里竟是前所未有的满足，我的灵灵回来了……

……

灵灵怀孕了，她一直希望有一个女儿，我也希望，但是我知道我父母肯定更希望是孙子。所以，这个孩子出生就一定会受到疼爱，因为这是灵灵为我生的孩子……"

我的眼睛模糊了，子寒竟然记录了我们相处的点点滴滴，我继续往下拖。

"灵灵喜欢女儿，可是我们第一个孩子是儿子，我担心灵灵失望，可是才一个月，灵灵已经彻底爱上了宸宸。想起这个小家伙，我就开心，这是唯一一个灵灵爱上他而不会让我吃醋的人……

……

最近，我明显觉得灵灵不开心，自从那次宴会回来她就不开心，可是她却对我痴缠起来，晚上要我抱着她才肯睡。我巧妙地问过佣人灵灵最近是否认识过什么人，可是佣人告诉我她基本不太外出。好几次，我都想问问她怎么了，可最后还是放弃了，如果她想跟我说的时候，自己就会告诉我。虽然我们是夫妻，但是我应该给灵灵自己的空间，夫妻之间贵在相互信任和包容……

　　……

　　我看着灵灵闷闷不乐的样子，提议带她回中国，她果然很高兴。这个小东西，难道是因为这段时间闷坏了？自从她怀了宸宸后，好象真的从来没有带她出去过，平时忙着打理生意，经常把她留在家里，在这方面，我真的亏欠了她。另外我还有一个打算，岳母是个睿智的女人，灵灵有什么不开心一定会告诉她，到时候岳母也能帮着开解她……

　　……

　　回去之前，我带灵灵回了复旦校园，那里是我们恋爱的地方，有太多的回忆。灵灵显得非常开心，拉着我到处看着，依稀仿佛，我又看见了三年前的灵灵，那个穿着白色裙子的精灵，含笑看着我，我在心里对她许诺：等你八十岁的时候，我一定再陪你回来……

　　……

　　可是灵灵没有开心几天，回来后，她的情绪更加低落。她一定是发生了什么事了，我问过她，可是她一直都跟我说没事。我忍不住猜测起来，物质上的烦恼，她不会有，那么是感情上的？我被自己的念头吓了一跳，可是这个念头却挥之不去。以前我曾想过，灵灵在遇到我之前喜欢过什么人，可是我知道每个人都有自己的隐私，我不应该去刺探，新婚之夜，我见证了她的纯洁，这样已经够了。只是她不知道，她不开心了，我很难开心起来，我很希望她每天都过得开心……

　　……

　　灵灵最近都显得心事重重，有时候我进来很久，她都没有发觉。我终于忍不住，还是问她了，可是她一直跟我说没事。我不知道她的情绪什么时候才会过去，我不知道她心里藏着什么事，她突然问我：如果有一天她死了我会怎么样？我被她这个问题吓了一跳，她在暗示我什么吗？我借口叫医生来家里给她检查身体，医生告诉我她的身体没有问题，只是最近似乎心情不怎么好，我才放心了。那她突然问我这样的问题是什么意思呢？我们的婚姻因为她的不开心，笼罩了一层低迷的薄雾，希望这层薄雾早日散开……

　　……

　　灵灵，我们是夫妻，你说过以后我们都要坦诚相对，到底是什么样的原因才让你这么郁郁寡欢？

抉择

……"

原来我的情绪对子寒的影响这么大，在我纠结的时候，子寒过得也不好，他担心着我，却要默默埋在心里。这就是我妈说的拖得越久伤害越大吗？我是不是该作出选择了？那么林呢？他能承受吗？

正想着，林的电话突然来了，我只说了一句见面说，就匆匆挂了电话。是的，我不应该再逃避，我应该尽快将目前这个局面拨乱反正，我在心里下定了主意。

我去见林的那天，雨下得很大，顷刻便席卷了天地。以往每逢这样的天气，我便喜欢伫立在窗前，看着远处层云飞卷，天地一色。林沿袭了我这个习惯，我进去的时候，他又倚在窗前吹萧，我在心里默默对自己说：这是最后一次了，林，对不起！

"我已经想清楚了。"我轻声说。

林转过身来，放下手中的萧："对不起，你瘦了！"

我眼中一热，到了嘴边的话，不知道如何说出口。

"我还好！"

"最近，我一直在想一个问题，为什么我们从认识开始就饱受折磨，这是上天给我们的考验吗？"

"我……我今天是来见你最后一面的。"我艰难地说。

林哀伤地看着我："你最终的决定是不再见我？"

"对不起，对不起！"我眼前模糊起来，"林，谢谢你为我付出这么多，可是我现在已经是子寒的妻子、宸宸的妈妈，当初我们选择了婚姻，就意味着要对另一个人负责，婚姻包括爱情也包括责任。我们从一开始就不应该，不能再重蹈覆辙，如果我伤害了子寒，我这一辈子都不会再快乐，而宸宸更是我的命根子。"

林的眼中带着一丝希翼，他轻声问："你这么做，是因为你放不下责任？"

我知道林心里在想什么，也知道有些话很残忍，可是却不得不说："不是，是因为我爱子寒！"

林不敢相信地看着我："你爱林子寒？"

我正视着林的眼睛："以前我还不确定我爱不爱子寒，但是现在我很清楚，我爱子寒，我从来没有想过要离开他。"

林的身子踉跄了一下，我的心里前所未有的难过，我终于还是伤了他，我终于还是要面对我最不愿意面对的一面。

林凄凉地笑了："再次遇到你，我以为是上苍对我们的补偿，希望我们之间的缘分还会继续。谁知道？却是为了让我再次失去你！"

"对不起！"我的眼泪不停地滴落，沾湿了胸前的衣服。

林哀伤地看着我："你很残忍，你知道我可以忍受分离，也可以忍受相思。惟独不能面对你爱别人的事实，你却还是要告诉我。"

我流着泪，无言以对。

林走近我，伸手抹去我的眼泪："可是我还是无法怪你，尤其是看你如此伤心，怪只怪造化弄人，当你未嫁的时候，我不能娶你，当我可以娶你的时候，你已经嫁给别人。林子寒能让你爱上他，想来也不是寻常男人。灵灵，你告诉我，如果你遇见我的时候，我是自由身，你会嫁给我吗？"

我含泪迎视着他期待的眼神，终于，点了点头。

林笑了，带着淡淡伤感："虽然我对这段感情很投入，但是并没有失去理智。当我再遇你时，你逃避的眼神已经告诉我一切——你留恋现在的生活，而我不想苦苦相思四年，就此失去，可是我们还是有缘无份，当我可以给你一切的时候，已经有别人捷足先登。明天我就回新加坡了，今生今世，我不会再爱其他女人，有你留给我的回忆，已经足够，够我过完下半辈子，也许很多人，一辈子都没有爱过。"

我终于忍不住哭出声来，窗外的雨越来越大，寒意无边无际蔓延进来，更添了伤感。

别　离

　　第二天，雨还是没停，淅淅沥沥，绵绵不绝，仿佛飘在人的心头，在我心里弥漫了一层浓浓的哀伤。林回新加坡，我没有送他，我不喜欢离别的场面，更怕眼泪会再次滂沱。佣人过来告诉我，外面有人找我，说是我妈有东西托人交给我，因不知道是否属实，不敢轻易放人进来。

　　我心里狐疑，她在电话里根本没有说起过，怎么会突然托人给我带东西呢？何况她清楚我这里什么都有，我立刻否定了我妈带东西给我，她清楚我目前的状况，不可能让熟人过来见识我现在的生活。我脑海里灵光一闪，是林！

　　花园外面的确有一个人在徘徊，是林的司机，那么林已经回新加坡了吗？想到这里，我心里难过起来，但愿他能放下，但愿他不要自苦。

　　我走到那人面前，对方把一个盒子递给我，小声说："这是他让我交给你的。"

　　我心情复杂地接过，猜测起里面装了什么。我想问问他林是否走了，嘴巴动了动，还是没有问出口。

　　他看了我一会，眼神复杂，"那我走了。"

　　我呆呆地看着手中的盒子，五味杂陈。林走了，当他真的选择了离去，我才惊觉了自己的残忍，以后他会怎么过呢？是否能彻底忘记？还是像他说的一辈子就靠回忆支撑了？

　　司机仔细地看了看我，终于转身离去。我心里哀伤得一塌糊涂，我知道，即使我爱上了子寒，即使我有了宸宸，林将是我心头永远的痛，今生今世，我永远都无法抹去这一抹伤痛，也永远不会有机会弥补。

　　我抬头望向远处，无意间却在转弯处看见一个熟悉的身影转身。是林！他来看我最后一眼吗？林并不知道我发现了他，我没有看见他的脸，可是那个孤寂的身影依然刺痛了我的心。雨瞬间大了起来，密密集集，铺天盖地地袭来，让我透不过气来。佣人过来将伞扣在我头上。

"回去吧！"我轻轻说。

……

别
离

尾 声

又是一年一度的冬天。宸宸已经三岁了，每天都能给我不一样的惊喜，我看着他越来越酷似子寒的脸，心里柔情泛滥。

比弗利的黄昏，美得令人心醉，冬天的黄昏，清冷袭人，而我却不觉寒冷。今生我已经拥有最珍贵的东西，只要一想起他们，我便觉得温暖，这个世界上，有我爱的人也有爱我的人，赋予我生命真正的意义。然而心中有一抹伤痛将伴随我直到死去，我常常问自己：他过得好吗？忘记我了吗？

房间里一直放着林临走时留给我的碟：一花一天堂，一草一世界。一树一菩提，一土一如来。一方一净土，一笑一尘缘，一念一清静，心似莲花开。

他是告诉我以后他的心就如止水了吗？

一日，又是细雨蒙蒙，如雾气一般笼罩着比弗利。手机突然响了起来，竟然是两年未联系的林。

"灵灵，是你吗？"

我尽量让自己平静下来，淡淡地说："先生，您打错了！"

"你不是灵灵？"林的语气充满了难以置信。

"我不是！"我平静地回答。

对方沉默了很久，喃喃地说："真的不是吗？"

我抱过已经三岁的宸宸，对孩子说："宝贝，告诉叔叔，我们不是叔叔要找的人。"

林长叹一声："对不起，我打错了！"

挂断电话后，眼泪却已湿了衣襟。他还是没有忘记，我没有勇气知道他现在的日子是如何度过，唯有将所有联系割断。

我走到窗前，极目望向天际，环抱住自己的身体。

冬去春来。林不曾再联系过我，我把所有和林有关的记忆通通埋葬，专心致志地和子寒生活。

宸宸爬到琴凳上，缠着我问："妈妈，你弹的是什么呀？"

我将宸宸抱到怀里："一首曲子，妈妈最喜欢的曲子。"

门外响起了汽车声，宸宸耳尖，挣扎着爬了下来，拽起我的手去迎接他的爸爸。夕阳下，子寒远远走近，晚霞在他身上镀了一层金边。我微笑地着看他，宸宸已经扑了过去，子寒将宸宸抱起，笑着走到我身边。

我握住子寒的手，握住我今生的幸福。

我很清楚，只要不到我闭上眼睛那一刻，我永远无法言说我今生是将永远幸福。我深知，幸福不是上天的赐予，而是自己的争取和把握，一时的幸福不代表一世的幸福，只有自己用心经营，真心付出，幸福才会长伴在我身边。我更清楚没有一种人生是十全十美的。我偏过头去看子寒，子寒回我一个浅笑，我在心里说：我是真的真的很爱你！而我心底的痛，我只能将它放在我心深处。

这个世上，有一种人一旦爱上，宁愿忍受一生一世的痛苦折磨，也不愿忘记自己心里的爱，宁愿封闭自己的内心，也不愿意再让其他人驻足，林便是如此！

我看着远处夕阳西下，繁华落尽。抚摩着微微隆起的腹部，在心里说：对不起，林，今生，我只能将你埋藏……

尾
声